U0882644

DUKU

读库

1905

主编　张立宪

新 星 出 版 社　NEW STAR PRESS

DUKU
读库

责任编辑 杨　雪
装帧设计 艾　莉
美术编辑 耿　冰
图片编辑 黎　亮
特约审校 马国兴
李英子
吴晨光
张　钧
黄　英
刘　亚

人间日常
虽然再无关联，
感谢那些漫长无聊的日子有你陪伴。
喂，你知道吗？
过两年你爸会常拿
你的成绩和我做比较，
你会开始讨厌我，
后来我们就不再是
朋友了。

旧友

友谊并非恒定不变
它伴随人们的生活而流动
来到某地认识新的朋友
离开时再挥手告别

而更让人遗憾的是
出于某些难以启齿的原因
曾经亲密的伙伴慢慢疏远

虽然再无关联
感谢那些漫长无聊的日子有你陪伴

扉页插画 | **人间日常**　李彬

目录

弄堂、广场和小镇

菱 晓

短短的几年里，我的家乡从一个繁荣的水乡重镇衰败成了萧瑟的孤岛。

弄堂

我们小镇在浙江湖州，很久以前是一个大湖，因为盛产菱角而得名“菱湖”。菱湖镇以菱而名，以丝而丰，以渔而盛。我的家在人民广场东面的一条弄堂里，这是广场周边唯一的一条弄堂，所以名叫“广场弄”。

广场弄一直通到南栅的河边，在弄堂的两侧，有着几条弯曲的小弄堂，这些小弄堂串联在一起形成了整片弄堂区。我们的弄堂四通八达，没有走不通的路，有时走到一个天井里面，貌似没有路了，但仔细找找，十有八九能在墙角里寻到一条十分隐蔽仅够一人进出的小巷。如果实在没有出路，跟天井里敞着后门的人家打声招呼从他们家里穿过去，就能通向新天地了。在我们这条弄堂里，家家户户都把自家大门开挺着，有几户人家连晚上睡觉都开着门，所以进出是很方便的。

弄堂里住着的都是一些非常平凡的人，当然在这些平凡的人们之中，也有那么一两个奇特的人物。

有一个爷爷头上光溜溜的不长头发，大家都叫他“和尚头”。和尚头经常说他大白天见鬼，引得左右邻居们啧啧称奇。“见鬼”这种令人害怕又让我们这些小孩子十分羡慕的特异功能，对于和尚头来说并不是什么好事，因为每次见到鬼之后他都会生一场病。和尚头平日里见到的鬼都是我们弄堂里去世的老人，而且每次都是清早起来见到的。有一次我看见他躺在竹榻上对着围观的邻居们说：“我一早起来烧煤炉，把煤炉从屋子里提出来，刚要将煤球往炉子里放，一抬头就和叶子阿嫂打了个照面！我刚想跟她打声招呼，一想不对，叶子阿嫂已经死了大半年了呀！我扔掉手里的火钳转身就往屋里走，可到底已经不行了。哎哟——哎哟——”围在他身边的邻居一听是见鬼了，都表现出极大的兴趣，纷纷询问叶子阿嫂的鬼魂是什么样子的。有人打趣说有可能是因为和尚头借了人家的某样东西没有及时归还，叶子阿嫂来向他讨债了；也有人说叶子阿嫂活着的时候是习惯每天早起打一套拳的，说不定和尚头烧煤炉妨碍了她打拳，所以才显灵；还有人建议和尚头下次见鬼的时候不要转身就逃，而是问问对方有什么话要跟家里人说，和尚头翻翻白眼说：“被她看了一眼就已经这副样子了，要是再说上几句话那还不要翘辫子了呀？”

在我的印象里，叶子阿嫂生前是一个十分和善的人，她总是笑眯眯的，经常拿一碗刚出锅的小馄饨到我家里来叫我吃下去。她烧的小馄饨很特别，汤里放了金黄的蛋皮细丝和榨菜碎末，浇了喷香的麻油后再倒上一滴辣油，我是不爱吃辣的，可这一滴辣油滴在馄饨汤里那味道却是出乎意料的好。自从叶子阿嫂过世以后，我就再也吃不到她的小馄饨了，即便妈妈在烧好的小馄饨里也滴上那么一滴辣油，味道还是比不上叶子阿嫂弄的香。和尚头谈鬼色变，可我倒是很想再见见叶子阿嫂。和尚头说人只要见了鬼就会生病，如果是厉害的鬼那后果更加糟糕，可能会一病不起。对于他的这种说法我是半信半疑的，人看到鬼就会生病？难道鬼会发射一种看不见的致病物质吗？就像眼镜蛇喷射毒液一样？人活着的时候都没有这样的能力，死后难道比活着的时候更加厉害？我挺想念我们弄堂里过世的一些老人，他们生前都对我很好，家里有什么好吃的东西总是会想到我，我想他们的魂魄肯定还是原来那副慈爱的面容，绝不会变得非常可怕。

为能再次见到这些过世的老人家，我很早就从床上爬起来，睁大眼睛在幽静的弄堂里走几个来回，却不见一个鬼影。我静静地坐在家门口的小竹椅上，竖起耳朵聆听着晨雾中的响动，希望能听到鬼们聊天的声音，可是空气中只有远处轮船的汽笛声和弄堂里此起彼伏的呼噜声，我想他们肯定是不舍得让我生病才不现身的。

弄堂里还住着一位远近闻名的算命先生，他家门口挂着一个“算命测字”的牌子。这个算命先生名叫阿星，是个瞎子，听说算得很准，可是我不太相信他的水平，因为他曾经给我的表妹小西西算过命，说她五行齐全，是只“聚宝盆”。可小西西明明是我见过脾气最坏的人，动不动就跺脚哭闹打地滚，她发脾气的时候大人们就想起阿星的话来了，“这是一只聚宝盆！是聚宝盆呐！”于是不管她要什么想怎样大人们都依着，如此这般小西西就更加狂妄了。我觉得这样暴躁的小孩根本不像是“聚宝盆”的模样，我很怀疑阿星是听错了西西的八字，或者只是说些吉利话以博取大家的欢喜。

我听说过阿星的一件奇事，说是我们镇上有一个人肚中长了一个瘤，城里大医院的医生都说这是绝症没得治，这个人来弄堂里求阿星救命，拿出来厚厚一叠钞票求阿星帮他续命，阿星犹豫再三到底还是收下了这个人的钱，对他说“今朝夜里我来动手术”。这个人得救了，他去医院里做了全身检查，发现原来的肿瘤消失了，可是阿星却在床上躺了一年，听说这种帮人续命的事情会折算命先生自己的阳寿。这件事情被传得神乎其神，引得镇上很多病人都到我们弄堂里来找他治病，可我就从来没见过真正被他治好了的病人，可见这件奇事多半是阿星自己编出来的一个广告而已。

住在弄堂口的小芳阿姨咳嗽得很厉害，她去医院配药打针过了好几天还是不见好。弄堂里的人虽然清楚地知道生病要靠医生治，可要是病不能很快痊愈就会觉得有必要找阿星问一问，即便是出几个钱也情愿。小芳阿姨去找阿星看病，他说她得的这个病是跟她那过世多年的哥哥有关，我听说了这个事情，深深觉得阿星是在胡编乱造，随便找个跟鬼神相关的理由就把人忽悠了，算命先生的钱真的是太好赚了。

我很少去阿星家里，因为他家的前后门总是紧闭着，进去之前必须要先敲敲门，自报家门得到允许之后才能进去。阿星并不总是待在屋里的，他经常坐在家门口的藤椅上，想必他也觉得自己家里太“气闷”，需要呼吸一下新鲜空气。阿星永远戴着一副黑色的太阳镜，不管夏天乘凉还是冬天晒太阳都戴着。阿星不太说话，惜字如金，他总是默默地坐在一旁听别人聊天，我想他肯定从人们细碎的谈话中听到了很多有利于他算命的消息。弄堂里的邻居们从不轻易叫阿星算一个什么事情，因为他是要收钱的。你要是心血来潮让他算个东西，算完之后说他算得不准或者不肯“意思一下”，那么阿星就不会再理睬你了。有一次阿四婆婆的一整串钥匙找不到了，她把家里全部翻一遍可就是不见钥匙的踪影，阿四婆婆看见阿星坐在家门口的藤椅上，就让他帮忙算一下钥匙去哪儿了，阿星说去竹榻周围找找看，阿四婆婆回家一找，果然是卡在竹榻和墙壁之间的缝隙里头了！她向阿星连声道谢，逢人就夸他算得准，可她既没出钱也没有送点什么东西，于是从此以后阿星对阿四婆婆就像对空气一样，不管她如何搭话他都一言不发。阿四婆婆觉得委屈，去邻居家串门的时候总是低声地复述着钥匙事件，说当时就是让他帮忙的，估计阿星也就随口荡荡而已，哪知道这样都要收钱，阿星真当势利。其实我们弄堂里的人都知道阿四婆婆是出了名的抠门，要从她手里挖出一分钱来那可是比登天还难的。

有一个夏日的夜晚，很多人在弄堂口的广场上乘凉，大家东拉西扯，谈天说地。那天阿星难得心情大好，对某件事情发表了一两句自己的看法，我看平时只听不说的他今天兴致这么好，就趁机问他我以后能不能成为一名画家，阿星"嗯"了一声，我心里暗自高兴可不敢再追问下去，因为我是没有钱可以给他的。阿星的这一声"嗯"无疑是对我肯定的回答，这让我从此坚信自己是能走画画这条路的，我觉得即便他平时没有一次是算准的，可算到我头上的时候肯定是准确的。我跟家里人说阿星算我以后能成为一名画家，他们听了是不相信的，奶奶说阿星就是随便哄我开心，不能当真，可是一转身她却逢人就说我命里是个画家，是阿星给我算过的。邻居们听奶奶这么说，都摆摆手说阿星的话三分真七分假，不能当真，可是后来不知道怎么回事大家开始渐渐相信这个预言了，邻居们都说要早点收藏几张我的画，说不定以后能值很多钱。妈妈叫我照着齐白石画虾，爸爸让我模仿徐悲鸿的马，有一段时间妈妈逢人就说要让我上中央美术学院什么的，让我凭空产生了一种将来必定成名的幻觉。当然中央美院是没有上成的，成为画家的愿望也是落空的。我记得爷爷曾经跟我说起过我们老祖宗有一本很厉害的书叫《易经》，如果把这本书全弄懂就能算命了，可是这本书非常难，只有聪明绝顶的人才能把它搞懂，我想阿星有可能也读过《易经》，只不过也许他还不够聪明，没有把书里的道理都弄懂，或者只弄懂了一部分，所以才会出现常常失算的情况。

人民广场

我们弄堂的东边是一条河，西边是人民广场。人民广场是一大片泥地，有两三块长草的地方，经常有很多蜻蜓在草里飞来飞去；广场上还有一块沙地，是运动会三级跳远的比赛场地。广场的中央放着两个绿色的铁管做的球门，天天风吹雨淋，长了不少锈斑。广场上有一个司令台，以前司令台的楼板下面是空的，经常有乞丐和流浪汉在下面过夜，对于他们来说这是一个遮风挡雨的好地方，可惜后来司令台两侧的小门被水泥封掉，台下的空间也被封起来，乞丐和流浪汉只能在司令台上面过夜了。冬天的时候他们在台上生火取暖，漆黑的夜里远远就能看到司令台上有一团火在闪动着，天一亮这些在台上过夜的人就卷铺盖离开，只留下台面上黑乎乎的一块焦痕。

对于小镇的人来说，人民广场是很有用场的，早上人们要到广场上来早锻炼，傍晚大家都来散步踢球放风筝，那个时候还没有广场舞，但肩上扛着录音机一边放磁带一边绕着广场快走的大爷还是有的。秋天是广场最热闹的季节，小学运动会刚结束中学的运动会就接上了，镇上的傻子阿三喜欢和运动员比谁跑得快，弄堂里的大爷大妈拖着麻袋到广场上去捡学生喝完扔掉的塑料瓶，乔乔的奶奶煮一大锅茶叶蛋端到弄堂口，一会儿工夫就卖光了。中学的运动会过后没几天展销会又来了。展销会比运动会更热闹，广场四周立起几盏很高的探照灯，把整个广场照得通亮，晚上来逛展销会的人和白天一样多，人山人海讨价还价，场面热闹异常。小镇人民全都涌到广场上来，周边各个村庄的人们也都来了。我家里坐满了从乡下赶来的亲戚，他们在我家里喝一口茶，稍微坐上一会儿就急着要到广场上去逛展销会。展销会上什么都有，锅碗瓢盆，吃穿用戴，在那个没有超市的年代，展销会最大限度地刺激了老百姓的购买欲望，妈妈和奶奶虽然早把该买的东西都买齐了，但她们还是很乐意陪着这些亲戚再逛上几圈的。

展销会上的展位是用毛竹搭起来的，所有摊位全部搭好要三天三夜才能完成，展销会结束以后广场上的摊位全部拆掉。有一年，小学校长觉得好不容易搭建起来的摊位就这么拆了有点可惜，于是决定借展销会的摊位开一次“美食大会”。一个班级一个摊位，每个班级要卖什么美食打算卖多少钱都由学生自己决定。在这个“美食大会”上，家长们都抢着为自家孩子露一手，爸爸妈妈爷爷奶奶齐上阵，老早就在琢磨要做什么好吃的东西放到自己班级的摊位上来售卖。

我知道珍珍妈妈炖了一锅美味的牛肉，阿寅爸爸做了白白胖胖的鱼圆，浩浩妈妈准备了香喷喷的鸡蛋糕。人民广场上人山人海，场面好不热闹。婷婷姐姐的妈妈现做冰糖葫芦，吸引了很多人围观，她把烧热的糖汁往果子串上一浇就成了冰糖葫芦，一做完就被抢光。小凯哥的爸爸找卖棉花糖的小贩借来做棉花糖的机器，人多得挤都挤不进去。我用爸爸给我的零花钱买了棉花糖、卤鸡爪、茶叶蛋、烤鸡翅、鱼圆、萝卜丝饼，吃得非常满足。

人民广场的西面是镇上的中学，早上九点钟是学校早操时间，学生们排着队伍穿过司令台旁边的边门来到广场上做早操。站在司令台上的体育老师先是整队，队伍都排齐了就开始放音乐做广播体操，这个时候广场周围就会聚集不少人来看热闹。对于我们弄堂里的小孩来说，这是每天必不可少的一个娱乐项目，还不会说话的小婴儿只要一听见广播里的声音就立马要往广场上去，大一点儿的孩子就跟在学生队伍后面学他们的动作，弄堂里的小孩都会做这套广播体操。

除了小孩子，还有几个老人每天准时准点到广场上来跟着广播一起做操，他们做得比学生认真，手伸得笔直，每个动作都力求一丝不苟，跟司令台上的领操员一样。我从小就跟在学生队伍后面做操，这套早操所有的动作都熟记于心，我觉得自己做得不比台上的领操员差，便想我也可以到司令台上去领操。

有一天我悄悄跑到司令台上，对那个领操的学生说，

“你下去吧，今天我来领操”，也许是因为我长得特别高的缘故，这个学生二话不说就跑下台去。我一个人站在司令台上，背对着广场静静地等待音乐响起，心里有点紧张，想着台下这么多人都在看着我可千万不能出错。面朝司令台的墙壁把整套广播体操做完，音乐一结束我就赶紧跑下台去冲到学生队伍后面站着。学生们和往常一样排着队伍回学校去，出来看热闹的老人小孩也都散去，广场上恢复了平静。第二天我又跑到司令台上去冒充了一回领操员，这一次我坦然多了，动作幅度也比前一次夸张许多，但依然没有人发现我是冒牌货。我这才发现原来所有人都在自顾自地做着自己的广播体操，没有人在意台上的领操员是谁，也没有人关心领操员的动作是否做得标准。我原本以为自己很了不起，站在台上带领了这么多人一起做操，广场上所有师生的目光都集中在我一人身上，但其实根本就不是这样，我想我即便是到司令台上去乱舞一通再翻几个跟头也不会有人察觉有什么异样。第三天我不再冒充领操员了，站在学生队伍后面和大家一起做操，早操做到一半的时候才有人发现司令台上没有人，一个学生快步跑到司令台上去。

我不再向往做司令台上的领操员了，但我还是很喜欢跑到广场上去和学生们一起做早操，我发现和很多人共同做一件事情要比背对着大家自我陶醉来得更加有趣。

阿四婆婆

阿四婆婆一家住在我家对面，她在娘家排行第四，人称阿四，弄堂里的小孩子都叫她阿四婆婆。阿四婆婆和她丈夫在菜场上开了一家烧鸡店，她的儿子也在店里帮忙，他们家卖烧鸡挣了不少钱，在我们弄堂里应该算得上是十分殷实的一户人家了，可是她家的伙食是最简单的，饭桌上永远只有蚕豆瓣和咸菜两只碗，虽然是卖烧鸡的，却从没见过他们吃烧鸡。阿四婆婆在家中紧握财政大权，每月给丈夫和儿子发一笔少得可怜的零花钱。她的丈夫姓金，是个十足的妻管严，他曾多次向我爷爷和爸爸借钱买烟，就是不敢开口跟自己老婆要钱，因为他知道一旦伸手要钱就会被阿四婆婆痛骂一顿。阿四婆婆也经常骂儿子不争气，骂他整天就知道睡懒觉，不知道想办法多挣钱。她的儿子叫金大发，一米八的大块头没有一点儿自己的主见，什么都听他妈的。他总是低着个头板着个脸，从不跟邻居们打招呼，回家就是闷头睡觉。

金大发的妻子在粮油厂上班，每个月的工资要交给婆婆一半，即便如此，阿四婆婆还是不喜欢这个儿媳妇，总能挑出她很多的毛病来。我经常听见阿四婆婆在弄堂里说这个媳妇又馋又懒，完全不会勤俭持家，晚上洗个脚竟然要用到半脚盆的水，过日子一点儿都不精打细算，要不是现在她肚子里怀着孩子老早就不要她了。阿四婆婆非常肯定儿媳妇肚子里的是个孙子，她每天都琢磨着孙子的名字是叫“金元宝”好还是叫

"金鑫鑫"好，她思来想去觉得"金鑫鑫"比"金元宝"更多金，所以最终决定这个孩子就叫"金鑫鑫"。孩子还没生下来，阿四婆婆就开始吹起牛来："我们家金鑫鑫以后是要做大官的，我要让他去读外交系，做外交官！"过两天她又说："做外交官风光是风光的，但钞票应该不会太多，还是要让鑫鑫去做生意，自己做老板，我们家金大发没有遗传到我的脑子，这是没有办法的，但我相信我们家鑫鑫肯定是聪明的！以后做大生意挣大钱！"在我们这条弄堂里，所有人都知道在金家门里阿四婆婆是大王，家里两个男人都做不了主，地位最低的就是儿媳妇，做什么都是错，虽然没有咒骂毒打，但总遭婆婆横眉竖眼。关于取名字的这个事情，金家媳妇也早已为肚中的孩子想好了名字，我曾听见她跟人说，如果是男孩就叫俊贤，如果是女孩就叫玉珍，可媳妇终究拼不过婆婆，这呱呱坠地的婴儿到底还是叫了金鑫鑫。

阿四婆婆一听儿媳妇生的是个女孩，铁青了脸一声不吭。她在心中打定主意不要这个媳妇了。她心里清楚儿子是肯定不敢忤逆她，金大发没有自己的工作，这么多年来一直在自家烧鸡店里干着收钱的轻松活计，经济上完全依靠家里。其实小夫妻之间没有什么矛盾，但禁不住老太太日日夜夜反反复复念叨媳妇的种种"恶行"，金大发终究还是听从了母亲，在鑫鑫刚满周岁几天后与妻子办妥了离婚手续。鑫鑫妈妈泪流成河，净身出户，从此再也没有踏进过这条弄堂一步。

阿四婆婆虽然重男轻女，但自己嫡亲的孙女到底还是不能不管的，她以一种“一人肩挑重担”的凛然姿态照顾起这个没了娘的婴儿来。孩子一天天长大，老太太不忘时时刻刻告诉她：“你妈妈不要你了，你是奶奶辛辛苦苦养大的，你长大以后一定要孝顺奶奶，奶奶为了操持这个家不知道多么辛苦……”每当卖冰棍的小贩来到弄堂里叫卖，她就对鑫鑫说：“我们家没有钱，穷孩子不吃棒冰。”

阿四婆婆不忘为儿子物色对象，可镇上多数人都知道这个婆婆的厉害，一听是要介绍给金大发的就立马逃走了，这么几年拖下来，金大发竟在不知不觉间染上了赌瘾，偷偷地欠下不少赌债。直到高利贷的催债人到弄堂里来上门讨债，阿四婆婆才知道自己的宝贝儿子已是债台高筑。那一伙来讨债的人每人手持一把大刀，高声叫骂，老太太倒地哭泣，声称要和儿子断绝母子关系，但她到底还是为儿子还清了赌债，只再也不让他进烧鸡店收钱，而是从此待在家里带孩子。金大发哪是会带孩子的人，孩子一哭闹他就不耐烦，拎起女儿一顿痛揍。

金大发再婚的对象是他自己找的，这女人之前有一个儿子跟着前夫生活。阿四婆婆得知她家里还算富裕就同意了这门婚事，但提出要女方写一张保证书，保证不觊觎金家的财产，一二三四几点保证用白纸黑字写清楚按上手印，没过门的新媳妇心中虽不情愿但还是勉强照办了。阿四婆婆的精明和小气在我们弄堂里是人尽皆知的，谁要占她的便宜她就跟谁拼命，对于钱她是极其认真的，不仅防着媳妇，还防着丈夫和儿子，她只相信她自己。新媳妇什么家务都不会干，一觉睡到正午十二点，这样一对比，老太太就想起前面那个媳妇的种种好处来，但她心里也明白即使自己对这个新媳妇不满意，这夫妻俩才刚结婚总不能又逼着儿子离婚，就收起以前的那一套，还算客气地跟新儿媳和平共处了几个月。新媳妇对鑫鑫也还算不错，完全没有传说中后妈的可怕虐待行为。几个月后，她向公婆提出想和丈夫搬出去住，说已经托人给大发在粮油厂里找了一个还算轻便的工作，她还相中了一间房子，买房的钱不够，想让婆婆支援一点。这下彻底点燃了婆媳大战的导火线，老太太理直气壮提出两点：第一，我只有这一个儿子，我就是死也要和儿子住在一起；第二，当初就是看你娘家还算有钱才让你进门，没想到不到半年你就开始打我们家钱的主意，你要买房子找你爹妈去，我老太婆一分钱都不会出。从此以后，冰火两重天，老太太拿着当初的那张保证书到处宣称这个新媳妇是个骗子，处心积虑要来骗他们家的钱。不到半年，金大发又离婚了。

大约在鑫鑫七岁的时候，阿四婆婆终于看中了一个满意的姑娘，名叫秀兰，是个刚来的外乡人，二十四岁没结过婚，据说恋爱都没有谈过，她的工作是在镇上唯一的大酒店里端菜。这姑娘人美嘴甜，头脑灵活，手脚麻利，听说有不少追求者。阿四婆婆带着金大发到大酒店里点了两个便宜的素菜，点名要秀兰把菜端上桌，金大发一看见秀兰就把头低了下去，秀兰倒是落落大方，笑盈盈地为他们端菜打饭，阿四婆婆打定主意一定要为儿子把这件事做成了。她三天两头给秀兰送烧鸡，想出各种由头来为儿子创造和秀兰的见面机会，金大发这个人虽然懒惰懦弱，但样子也是过得去的，在老太太的百般撮合下，大发和秀兰竟然真的走到了一起。阿四婆婆别提有多开心了，她终于想明白为什么自己之前一定要逼着儿子离婚，原来冥冥之中自有安排，要是没有前面的两次离婚，怎么能迎来这么好的儿媳妇，她越想就越觉得自己英明，是这个家的大功臣。老太太对秀兰非常满意，越看越欢喜，秀兰也的确不赖，把每个人都哄得好好的，公婆都说她好，金大发的脸上有了笑容，鑫鑫也喜欢她，一家人这日子过得十分融洽。

秀兰在过门三个月后不告而别，没了踪影，带走了这个家里所有的现金和金器。

西西的铁拳

西西是我的表妹，是我小姨的女儿。她比我小三岁，力气却是我的好几倍，光用一只手就能把我牢牢擒住。西西的皮肤黑黝黝的，到澡堂里去洗澡的时候经常被别人笑称是“乌骨鸡”。她一听见人家叫她“乌骨鸡”，就立刻抡起拳头摆出一副要打人的架势。她自创了一套“娃娃拳”，这套拳打遍天下无敌手，随时挥向惹她不高兴的人。有一次西西和她妈妈去澡堂洗澡，有个阿姨见了她打趣说“澡堂里来了一只小乌骨鸡”，西西听见了很恼火，猛地使出娃娃拳向那个阿姨冲过去，吓得那人光着身子在澡堂里四处逃窜连声求饶。

西西长得很结实，身上鼓鼓的都是肉，但她的两只手却是精干巴瘦的。她的手比同龄孩子要大一些，手背上的皮肤干巴巴的，手掌的纹路很深，一伸出来就像是农民伯伯辛苦劳作的手。西西人虽小但她的拳头可真不得了，这拳头又黑又硬，就像两个大铁锤，这样的大铁锤经常落在我的背上。后来我经常出鼻血，估计与她的拳头有关。

西西的妈妈，也就是我的小姨长得非常漂亮，人称“人民广场一枝花”。小姨和姨父都是非常温柔的人，可是却生出来这样暴跳如雷的一个女儿，夫妻俩为此很头疼。小姨十分柔弱，根本打不过强壮野蛮的女儿，有时还会跟我一样尝到西西铁拳的滋味，为此经常气得流泪。姨父也奈何不了这个如泼猴一般的娃娃，他气急了会打西西的屁股，可西西不怕被打，每次被打她都能忍住不哭，钢铁女汉子不掉一滴泪，打完以后依旧我行我素。

有一次西西和小姨因为看电视的问题吵了起来，小姨把电视关了，西西立马开起来，小姨又关掉，西西再开起来，两个人你开我关重复多次之后西西“噌”地从床上站起来，一下子把草席撕成两半，她尖叫着从床上跳到写字台，将纱窗抓得个稀巴烂，然后几步跳回到床上，抡起她的大拳头把两盏床头灯哐哐两下打碎！西西的暴行我从小就耳闻目睹，可这么恐怖的场景还是第一次见到，她的火暴脾气发作起来我和小姨两个人都拦不住。姨父回家后看到一塌糊涂的场面气得要命，脱下脚上的一只拖鞋就开始打西西的屁股，橡胶拖鞋重重地在西西的黑屁股上面留下了半只完整的鞋印，我想这要是打在我身上我肯定会嚎啕大哭，可西西非常淡定，一声不吭地受完了打，既不哭闹也不求饶。打完屁股之后是家庭会议，小姨和姨父语重心长地教育了她半天，西西表面上认了错，可本性依旧没有改变。

西西不仅在家里是小霸王，在幼儿园里也常欺负同学。有一天小姨去接她放学，所有来接孩子的家长都围在教室门口等待放学，突然，有一个家长惊呼道："唉哟哟，这是谁家的孩子呀？这么凶的！"站在门口的家长都围过来朝教室里看，只见一个小胖墩张大嘴巴朝着天花板"哇"的一声哭了出来。"喏喏喏，就是坐在他后面的那个女孩子，我亲眼看见她一把抓住那个男孩子的头发，用力往上拔了几下！"有人说。小姨一看，坐在男孩后面的不正是自己的女儿吗，被欺负了的小胖墩嚎啕大哭着，西西却若无其事地整理着自己的书包。从此小姨再也不敢去接西西放学了，她害怕听到家长的投诉、老师的告状，她把接西西放学的任务交给了西西的奶奶。但即便如此，小姨和姨父还是经常被老师叫到幼儿园去。有一次，有两个男同学在教室的过道里追逐打闹，一个在前面跑，一个在后面追，眼看着跑在前面的那个男孩冲过来，坐在教室最后一排的西西把脚往过道上一伸，那个男孩扑通一下被绊倒，一头撞到教室的后墙上，头上立刻鼓出一个鸡蛋大小的大包，而且还流血了。看到同学撞得头破血流，西西慌了，一口咬定不是自己干的。这个男孩送到医院被诊断是轻微脑震荡，小姨和姨父又赔医药费又买水果和礼品上门赔罪。除了把人绊成脑震荡，西西还在跟同学玩扳手腕时把一个男生的右手扳断了，在上厕所的时候为抢蹲坑把一个女同学的脸抓破了，类似的事情不计其数，令所有人闻风丧胆，同学们不敢惹她，老师们希望她转班，家长们反复告诫自己的孩子一定要和西西保持距离。

西西经常惹祸，负荆请罪和登门道歉对于小姨和姨父来说是家常便饭，为此他俩想过很多办法，甚至把西西带到上海大医院的神经科去看过。上海医生说这孩子神经没毛病，做父母的要反思自己的教育方式。小姨感到很委屈，觉得自己的教育方式没什么问题。无奈的小姨想到了弄堂里的算命先生阿星，到阿星那里给西西算命，阿星听了西西的生辰八字，掐指一算，说："五行不缺，是只聚宝盆！"小姨大喜，可是阿星皱了皱眉又说："不过，这小孩脾气不大好啊——"西西脾气不好在我们弄堂里是人尽皆知的事情，她曾经揍过阿星的孙子。"那怎么办呢？"小姨问阿星。"等上学了就会好起来的。"阿星说。

在我们镇上，小孩子上了小学一年级才算正式上学堂。西西在幼儿园里称王称霸，人见人怕，小姨牢记着阿星的话，“上学了就会好的，这孩子以后是只聚宝盆”，期盼着她赶快上小学。西西在地上打地滚的时候，小姨就开始在心中默念“是只聚宝盆是只聚宝盆”；人家告状上门的时候，小姨又开始在心中默念“是只聚宝盆是只聚宝盆”。好不容易等到西西终于上小学一年级，小姨感觉熬出头了，她每天细心地观察女儿的喜怒变化，但发现西西的暴脾气一点儿都没变，甚至比以前更加厉害了：吃饭的时候一不开心就把饭碗倒扣在桌上，刷牙的时候嫌妈妈唠叨就把牙刷往窗外一扔，种种恶行，不胜枚举。

西西对于我这个表姐也是不留情面的，我辛辛苦苦写了一个暑假的十几篇作文，就因为我给她取了一个“李逵”的外号被她一把撕碎。有一次我们在聊长大以后做什么，西西说她以后要当大官，我说“吵架官”最适合你了，当然，你去相扑也是不错的。结果当然又是被她的铁拳狠揍了一顿。西西一天天长大，力气也越来越大，家里的东西常被她弄坏。小姨不停地买碗换灯修门配纱窗，总说：“三岁看到老，这么无法无天的孩子长大以后可怎么办哦！”外婆说：“瞎子不是说了吗？等长大了懂事了自然会好的。”我妈说：“长大以后被人多揍几次就会长记性了。”

有次小姨和姨父去了上海，所以西西暂住在我家。那天爸妈上班去了，爷爷奶奶去了乡下，家里就只有我和西西两个人睡午觉。夏天的午后弄堂里静悄悄的，我和西西躺在饭桌旁边的竹榻上吹着风扇呼呼大睡，我在迷迷糊糊中听见屋里似乎有动静，微微睁开眼睛一看，吓得我瞬间清醒了——陈银宝正坐在饭桌前喝酒吃东西！陈银宝是我们镇上有名的流浪汉，每个人都认识他，他脑筋正常，不疯不呆，可是外表看起来跟镇上的疯子差不多，浑身脏兮兮，衣服破破烂烂，头发乱得像鸟窝，总在垃圾堆里找吃的或者捡一些瓶瓶罐罐塞到随身携带的麻袋里。不知道他是怎么偷偷进来的，此刻正悠闲地喝酒吃菜，一只脚架在凳子上，样子看上去十分自在享受。

我期盼着陈银宝赶快吃完走人，可是又害怕他吃完了会伤害我和西西。我看看身边的西西，她睡得正香，嘴角流着一道口水，我不知道该不该把她叫醒，想带着她一起冲出去逃走，可是不知道西西看到陈银宝之后会做何反应，想来想去还是按兵不动，直挺挺地躺在竹榻上不敢翻身。陈银宝一直吃一直吃，他喝一口酒吃一筷菜，感觉吃了很久很久。我很害怕，可又担心他会偷家里的东西，我想他要是偷东西我就喊救命。就在我心里盘算该怎么办的时候，西西醒过来了。她睡得脸蛋红扑扑的，我悄悄地给她使了一个眼色，她一抬头看见桌边的陈银宝，大叫一声从床上跳了起来。

西西到底比我胆子大，她大声叫道："陈银宝，你干吗？"陈银宝不为所动，泰然自若地说："小东西，你给我安分一点，再叫把你舌头剪掉。"西西毫无惧色，她跳下床抓起一个凳子就向陈银宝砸过去，陈银宝一侧身躲开了，西西又抄起一个凳子扔过去，身边的凳子都扔完了没有砸中目标，西西使出了她的娃娃拳，她像螺旋桨一样挥动着两只手臂朝陈银宝冲过去，被陈银宝一把抓住。西西使劲挣扎却不能动弹，陈银宝一只手牢牢地擒住她的两只手，另外一只手拿出随身携带的麻袋说："你个小东西这么吵，把你绑起来装在麻袋里扔到河里去。"说着就把麻袋往西西身上套，西西大喊救命，我也跟着大叫起来，陈银宝可能是害怕被邻居发现，放开西西从后门溜走了。

隔壁邻居听到我们的叫声，急忙跑来看发生了什么事，我指着一地的虾壳告诉他们陈银宝来我家偷吃了很多东西，是西西把他给打跑的。大家都朝西西竖起大拇指夸她勇敢，从此以后"西西击退陈银宝"的故事就流传开来，西西一下子从人见人怕的熊孩子变成勇斗恶贼的小英雄，弄堂里的人一见着小姨就说："你们家西西真厉害，连陈银宝都打得过！"

说也奇怪，打从这起，西西变了，她的性情温和了许多，虽然也会板着脸不高兴，但再也不摔东西打人了，从前那种如狂风暴雨般的怒气从她身上渐渐消失，像是生完一场长长的病，终于痊愈了。

黄师傅

黄师傅是个年纪和我爷爷差不多的老头，弄堂里的人都叫他黄师傅。

黄师傅一个人住在我家对面一间小房子里，听说他的老婆和女儿在“文革”中去世了。夏日的夜晚大家都到广场上去乘凉，黄师傅偶尔会给我们讲一些发生在自己身上的故事。他的故事都是一些稀奇古怪的事情，基本上与科学原理相悖，但从他嘴巴里讲出来却很有信服力。这些故事没什么情节，其实就是相当简单的一些事情，但黄师傅是难得讲故事的，难得讲故事的人如果难得有兴致讲故事，就会吸引很多人来听，所以每当他讲故事的时候他的身边就会围满了听众，大人小孩都很认真地听他讲。黄师傅讲故事的时候语速很慢，常常想一想再停一停，好像是在回忆当时的情景。我记得他讲过的三个故事，这三个故事分别和鬼、怪，还有他妈有关。

黄师傅告诉我们，晚上如果是一个人睡一张床，那么一定要记得睡在床的正中间，如果只睡半边床，那么就会有鬼来睡另外那半边。他说在他大约十岁的时候就发生过这样一件事情。有一天晚上，他一个人睡在床的右侧，迷迷糊糊中看见一个白影从门口飘进来，是个穿着白色罩衫的女人，长长的头发披在面前看不见脸孔，她径直飘到床边，头朝床尾躺了下来。黄师傅怕得要死，大声呼唤母亲。黄母听见儿子的呼叫，赶紧从隔壁房间过来，因为他一直不肯让母亲离开，所以黄母就在儿子身边睡下了。从第二天开始，黄母就觉得难受，接下来几天她吐出一些黑色的东西，到医院做了全身检查却没有查出任何毛病，从此卧床不起，直到一年多以后才恢复正常。黄师傅的这个故事讲完以后，大家纷纷发表自己的看法，有人说黄母是鬼上身了，有人说这不是鬼上身，只是被鬼的阴气伤了元气，有人说黄师傅小时候身体太弱，所以才看得见鬼，但又有人说这跟身体强弱无关，是八字的问题。反正人人都讲得头头是道，根本没有人怀疑故事的真实性。之后我在很长一段时间里都不敢一个人睡觉，非得一个人睡的时候就一定要躺到床的中间去，这样的强迫症就是受了这个故事的影响。

第二个故事也是在睡觉时发生的。黄师傅说他刚参加工作的时候住在单位宿舍里，有一天晚上睡觉的时候感觉有尖尖的东西在刮他的脚底板，他低头往脚边一看，只见一只巨大的怪物。这只怪物体形极大，长得十分可怕。怪物先是用尖尖的爪子抓挠着他的脚底板，然后慢慢爬到床上来了。黄师傅停顿了一会儿，我们这些小听众都不敢吭气，“这么大的一只东西竟然没有一点分量。”他慢悠悠地说，“这东西肯定不是人，可是它的两只眼睛黑白分明，没有一丝邪气，喏喏喏，就跟你们的眼睛一样。”他回忆说当时正值盛夏，自己身上只盖了一条薄毯，怪物用长长的尖爪一点点把毯子扯掉。黄师傅心里很害怕，但是他的身体像是被锁住了，一点儿都动不了，他想喊但喉咙根本发不出声音。脑筋清醒得很，两只眼睛瞪得滚圆，他能清清楚楚地看见房内的一切，突然他想起了佛家的六字真言，于是在心中默念起来：唵嘛呢叭咪吽，唵嘛呢叭咪吽……只见一道亮光从天花板上照进来，照得他睁不开眼睛，等光线逐渐微弱下去，发现怪物消失了，他终于能动了。他赶紧下床点灯，屋里一切如常，往床底一看，没有怪物的踪影。听众之中有人说这是个鬼屋，有人说这个怪物可能只是长得吓人，说不定是个好怪物，也有人说这只是黄师傅的一个噩梦而已。黄师傅接着说："后来我听人家说以前在这个宿舍里住过一个女人，她在这屋子里小产过一次，我想那个东西有可能就是那个还没成形的娃娃吧。"我们这些小孩都不知道"小产"是什么意思，黄师傅又给我们解释了半天。这个故事让我知道了六字真言这个好东西，从此以后每当做噩梦的时候就在心中默念"唵嘛呢叭咪吽"，这六个字的发音还是当初跟着黄师傅读了好多好多遍才记住的。

第三个故事很明显缺乏真实性，但不知为什么给我印象很深。他说有一天自己不小心掉进了河里，扑腾着喊救命，远处过来一艘小木船，船夫将他从水中救起后划船至一面高墙边，墙上有一扇小门，船夫把船停稳沿石阶而上开了门，让黄师傅进屋把衣服弄干。屋里陈设简陋，穿过屋内的三道门后就是一条大街，黄师傅发觉这条街上的风貌有些异样，和平时所见完全不同，他沿着大街一直走，发现这个地方和母亲的故乡有些相似。黄师傅的母亲是湖北黄石人，十来岁的时候来到我们镇上。"我越往前走，就越发确定就是这个地方，我虽然只去过两次，但大致还能记得路。"他说。黄师傅远远听见女人的骂声，走过去只见一个大块头的女人正在拉扯着一个小女孩要剪她的头发，小女孩哭喊着挣不过，被剪掉了两根长长的麻花辫，女人大声斥骂着进屋去了，留下小女孩蓬头散发蹲在原地哭泣。黄师傅一看这不就是母亲的老家嘛！他把那个正在哭泣的小女孩扶起来一看，这五官容貌跟自己母亲十分相似，他问女孩叫什么名字，女孩回答说叫“根宝”，黄师傅心中断定这个小女孩就是幼年的母亲，因为黄母小名就叫根宝，从小受后母虐待，曾在桥头被后母一脚踹下河。黄师傅眼见幼年的母亲受苦，万千滋味涌上心头，这时他听见船夫在喊他叫他回去，他对小女孩说：“别哭了，你很快就能离开这里去到浙江的一个好地方，你在那里会过上很好的生活，你还会生一个儿子……”船夫跑来叫黄师傅快走，说再不走就回不去了，黄师傅只好跟船夫走了。

他们俩一路快跑从原路返回，船夫打开高墙上的那扇小门，黄师傅快步走下石阶跳进木船。就在这时，高墙和船夫都消失了，四周水雾茫茫，只剩下黄师傅一人独坐在船上。“我妈说起过，在她小的时候，有一个陌生人告诉她以后会到浙江的一个好地方去过好日子，还会生一个儿子，原来那个人就是我呀。”他说。

我从未在黄师傅的故事中听到任何关于他妻女的事情，而黄母却是常常出现的。

黄师傅家的灯总是最早亮起来的，早上三四点钟左右他屋子里的灯就亮着了，这是有一次我半夜起来上厕所发现的，黑沉沉的夜里只有一盏黄色的灯火，那扇小小的窗里不见人影，只悬着一盏孤灯。后来我才知道这是黄师傅在写梦，每次梦醒之后他就把梦写下来，多年来总共写了厚厚几大本。

尖刀阿姆

有一天吃午饭的时候，奶奶说她下午要去看望一个亲戚。爸爸说他记得这个亲戚非常凶悍，大家暗地里都叫她“尖刀阿姆”。我问为什么叫她“尖刀阿姆”，爸爸说因为这个阿婆每次和邻居吵架的时候都会把菜刀剁在对方的大门上，所以就得了这个外号。我心想奶奶的脾气这么好，怎么会有一个这么凶悍的亲戚，不过我马上就联想到自己，我脾气也很好，可是我的表妹西西却是一个十足的小霸王。奶奶说尖刀阿姆现在已经很老，早就挥不动菜刀了，这些年里她跟着大女儿住在一个叫作黎里的小镇上，那个小镇和我们这里一样，到处都是河道与石桥。前几天尖刀阿姆从黎里回来，现在和她的小女儿一起住在酱园弄的房子里。奶奶说，她与尖刀阿姆已经很多年没见了，尖刀阿姆以前虽然不太讲道理，整天和人吵架，但她毕竟是自己的长辈，应该去探望。奶奶问我愿不愿意和她一起去。我从来没有见过尖刀阿姆，也没有去过酱园弄，于是欣然同意与她一同前往。

酱园弄是很长的一条大弄堂，弄堂两侧有一些狭窄的小弄堂。我跟着奶奶在弄堂里拐来拐去，最后在一扇开挺着的门前停住了。门口放着一个大水缸，就跟我家厨房里那个水缸一模一样，水缸的旁边整整齐齐放着十几把红红绿绿的热水瓶，煤炉上放着一把水壶正在烧开水。我跟着奶奶跨过高高的门槛进到屋里，一个女人正坐在桌子旁边，看见我们，立刻站起身来。她接过奶奶手上的礼品，笑盈盈地让我们到里屋去坐，她边带我们往里走，边说她刚来这里没几天，是专门服侍老太太的“阿姨”。她说老太太现在正在天井里晒太阳。走出厨房的后门，我感觉视野一下子开阔了，眼前是一个大天井，两棵蜡梅树散发着怡人的花香，天井四周的房子十分古朴，屋里有人在听苏州评弹。

我看见一个老太太在天井里晒太阳，垂着头坐在一只藤椅上，手里捂着个热水袋，膝盖上盖着条小棉被，好像是睡着了的样子。等我们走近之后才发现她并没有睡着，她没有察觉到我们的到来，奶奶走到她身边轻轻地叫了一声“阿孃”，老太太抬起头来问：“你是谁啊？”奶奶自报家门后老太太怔了一下，好像是在记忆的长河中搜索这个名字的踪影，片刻之后她突然抱住奶奶大哭起来。屋里的人听到哭声都跑了出来，老太太经过众人的安慰很快就停住哭泣，她的女儿和带我们进屋的阿姨一人一边几乎是抬着她进了屋。等老太太坐定，奶奶让我叫“阿太”，我知道比奶奶大一辈的老人应该称呼为“阿太”。听到我叫她“阿太”，老人露出了笑容，她伸出手摸摸我的脸庞说“乖心肝”。我看到她的眼睛只有很细的一道缝，看不见眼珠子，她的手不停地在抖，手上的关节都扭曲变形了。我很难把眼前这个孱弱的老人与“尖刀阿姆”的形象结合起来，突然意识到变老是非常恐怖的一件事情。

老太太的女儿给奶奶和我各泡了一杯熏豆茶。熏豆茶里有五样东西，分别是熏豆、芝麻、橘皮丝、胡萝卜丝和几片茶叶，所有的材料泡在一起非常好看。主人家拿出很多东西叫我吃，我就乖乖地坐在椅子上开始吃，我嗑一会儿瓜子，啃一会儿山核桃仁，吃一颗粽子糖，剥几节花生，再喝一口熏豆茶。奶奶一边嗑瓜子一边听老太太诉苦，她说最近中了一次风，右半边无法动弹了，吃喝拉撒需要有人日夜服侍，所以家里就请了一个阿姨服侍她。原本以为过一段时间能够恢复，可到目前为止一点起色都没有。她说她的右眼已经完全看不见了，左眼只能看到模糊的轮廓，看不见也动不了，她感到非常痛苦。趁帮忙的阿姨回厨房泡开水的工夫，她压低声音说这个阿姨饭量很大，耳朵还有点聋，有时呼叫多次都没有反应，因此对这个阿姨不太满意。

因为老太太刚才抱着奶奶哭了一场，所以她年老的丈夫颤颤巍巍端了一盆热水过来给她洗脸。老太太把脖子往前伸，老先生把毛巾拧干帮她擦脸，擦完脸之后老太太把脸一沉，很不高兴地说洗脸水不够热。她开始抱怨丈夫，说老头子什么都做不好，整天就只知道坐在电视机前看电视，为不让他看电视，她把遥控器藏起来了。奶奶说老先生九十多岁身体还能这么硬朗已经是很大的福气了，可是老太太摆手说，这辈子跟着这个没用的老头子不知道受了多少苦。

我觉得她们之间的对话很没意思，就向奶奶提出想出去玩一玩。得到奶奶的同意之后我先在屋外的天井里转了一会儿，天井里除了两棵香气扑鼻的蜡梅树，还有一个木板拼接起来的猫窝，里面躺着一只大花猫和三只小猫。三只小猫中有两只是雪白的，还有一只是全黑的，我很奇怪一只花猫怎么会有全白的和全黑的猫宝宝。这四只猫咪都眯着眼睛躺在猫窝里晒太阳，我蹲在猫窝旁边看它们，那只大花猫扭过头看了我一眼又倒下去继续睡午觉。我在天井里转了转，发现有一个角落里藏着一条很小很小的弄堂，我沿着这条小弄堂一直走，弄堂很长，两边的高墙挡住了阳光，有一种阴暗的气息。我特别喜欢在陌生的弄堂里走来走去，虽然有一种隐隐害怕的感觉，但又很确定弄堂是非常安全的地方，无论在哪一条弄堂里走都不会有一个坏人突然跳出来把我绑走的。这条小弄堂通向另外一条弄堂，我沿着这条弄堂往前走，居然又走回了酱园弄。弄清弄堂的路线就像是解迷宫一样，在这次看望尖刀阿姆之后，我就经常自己跑到酱园弄里玩，不久之后我就把这一片的大小弄堂都摸索清楚了。

桃花开的时候，尖刀阿姆死了。我们全家去酱园弄里吃“豆腐饭”。豆腐饭是吊唁亡人的宴席，但我从来没在任何一场豆腐饭上看到过哭哭啼啼的场面，尖刀阿姆的这场豆腐饭也是如此。主人家十分热情地招待着每一桌的亲友，与我们同一桌吃饭的人都与尖刀阿姆熟识，每个人都能回忆起老太太生前的一些事情。

大家都说尖刀阿姆一生横行天下，见谁都不怕，谁见她都怕。可是我还依稀记得她反复说的一句话："我命苦啊！我真命苦啊！"尖刀阿姆一生从不吃斋念佛，最后奄奄一息的时候交代女儿，一定要把她留下来的钱全部捐给庙里，以求下辈子投个好人家。

工厂

我们弄堂南面有一家工厂，我爸爸就在这家厂里上班。

他的车间在工厂的最里面，这是一个很大的车间，里面放置着三台机器，爸爸、更生叔叔和阿敏阿姨，每个人负责管一台机器。他们三个人是好朋友，更生叔叔有一个儿子，阿敏阿姨有一个女儿，年龄都和我差不多，可是我从来没有在车间里见过他们。爸爸除了一台大机器，还有一个很高的凳子和一个放杂物的柜子，更生叔叔也是如此，但阿敏阿姨除了这些还有一个写字台，我想这可能是对女士的优待。有时候我会在阿敏阿姨的写字台上写会儿作业或者画会儿画。写字台的下方有一个电源插头，阿敏阿姨经常会用一个小炖锅炖一些银耳红枣汤之类的东西。有一次我坐在椅子上两只脚晃来晃去，一不小心把炖锅踢翻了，银耳红枣倒了一地，吓得我赶快找老爸求救。阿敏阿姨知道后一点儿都不生气，笑眯眯地跟我说没有关系的。

从我家走出弄堂，在弄堂口向左转弯，再往前走一段路，就到工厂大门了，总共只需要两三分钟的时间，所以爸爸上班是很方便的。我家天井和工厂就一墙之隔，我觉得翻墙过去更方便，但是我知道爸爸是不会翻墙去上班的。这个厂里种着许多种类的树木，桃树梨树茶花树，玉兰蜡梅桂花树，绿茵茵就像是一个小公园。我最喜欢的是那棵大桃树，春天的时候会开出大朵大朵粉红色的桃花，在绿叶的映衬下特别好看，红花绿叶蓝天，极美。桃花开起来的时候我每天都会站在树下看花，一直看到大部分的花都凋谢了为止，桃花谢了我再去找厂里别的花看。看花的这个爱好就是这样形成的。

厂里有一个池塘，四面环绕着灌木丛和桂花树，里面养了很多鱼，有时我会拿了爸爸的钓竿来这里钓鱼，但什么都没有钓到过。我经常去不同的车间晃晃，看看不同的机器是怎么运作的，看看工人们是怎么操作这些机器的，但是我一直都没有弄明白工人们生产出来的这些零件是派什么用场的，也搞不清楚这家工厂到底生产的是什么东西。

下午四点半是下班时间，厂里有规定不能提早下班，所以四点一刻左右大家就开始关灯关机器准备下班，二十几分的时候所有人都已经挤在工厂大门口等待下班铃声响起。四点半一到，下班铃声一响，骑自行车的人最先冲出来，穿过人民广场向各个方向驶去，走路下班的人也紧跟其后，匆匆去菜场买菜赶回家烧夜饭。五点钟之后厂里几乎没有什么人了，晚饭过后六点半左右，传达室的牌局就开始摆起来了。

每天吃完晚饭后我就跑到广场上去玩，有时候时辰还早，广场上没什么人，我就先到厂里去晃悠晃悠。这个时候的工厂很安静，虽然没有人但还是有一些可玩的东西，比如大门就很有玩头，我经常趴在大门上荡来荡去。传达室前面的空地上常停放着一辆三轮车，车子虽然上了锁但也还能前进一段距离，所以蹬三轮车也是一件蛮好玩的事情。在传达室附近晃悠一点儿都不觉得可怕，可是越往工厂的里面走，我就越心慌。一个人在空荡荡的厂里走着，有一种阴森森的感觉，尤其是树木比较少的地方，我是一分钟都不敢多待。厂里的厕所是最可怕的地方，不要说是进去上厕所，远远地看一眼我就全身抖几抖，因为我听过太多关于厕所的鬼故事了，我相信厕所里面是肯定藏着女鬼或者妖怪的。因为胆子小，所以我只敢天还很亮的时候在离传达室不远的地方玩一玩，但只要察觉到一丝夜幕开始降临，就飞快地向厂外的广场跑去。

有一天傍晚我在厂里转悠的时候，忽然瞥见花坛那边有一个背对着我的男孩，我走过去一看，发现这个人正在吃“一串红”。我以前从来没有见过人吃花，觉得非常新奇，他告诉我这种“一串红”的花蜜甜甜的，是可以吃的。我摘了一朵花放到嘴里尝了尝，果然甜津津的。就这样，我认识了这个吃花的男孩，他告诉我他叫阿来。

阿来的家就在厂里，他的爸爸在工作的时候被机器截断了四根手指，厂里给了他们一个房间。那个房间在那条我平时都不敢进去的漆黑的通道里，要沿着蜿蜒盘旋的铁楼梯往上爬很久才能到。房间很小，非常简陋，只有一张桌子，一个柜子和一张床，也没有窗户。阿来告诉我，他的妈妈在他很小的时候就生病死了，后来我听工厂里的人说他的妈妈嫌家里穷，再加上阿来身上有毛病才离开这个家的。说是阿来患有羊癫疯，发病的时候会躺在地上抽搐口吐白沫。我从来没有见过阿来发羊癫疯，但我能感觉到他比普通人要稍微迟钝一些，虽然说不上傻，但脑筋的确是有些异于常人的。

阿来比我小一岁，还没上学，整天窝在家里，只有在工人们都下班了的时候才出来转转。他只在厂里玩，从不到外面的广场上去玩，他说以前出去过几次，被人家欺负了，他们嘲笑他作弄他，搞得他再也不愿意踏出厂门一步。我心里很同情阿来，之后每天吃完饭我就到厂里找他玩，只要在那条漆黑的通道口子上叫几声“阿来”，他就会应声从黑暗中跑出来。阿来知道很多我不知道的东西，比如有一些车间的门是不上锁的，可以自由进出；食堂的二楼是一个托儿所，里面有玩具和电视；厂里除了前后大门，其实还有好几扇小门可以通往不同的地方……我们俩就像探险者一样，把工厂的角角落落都探索了一遍。

有阿来的陪伴，我心里就坦荡多了，即使天色已晚，我也没有了以前那种天一黑就要逃回家的恐惧感。我觉得阿来很可怜，他整天窝在那个昏暗的小屋里非常孤独，因为害怕别人的欺负他从来不到工厂以外的地方去玩，因此可以说我是他唯一的朋友。我把家里的书和玩具带到厂里来给他，跟他讲我在弄堂里听来的故事，阿来对我也很友好，他带我去看他的秘密基地。他的秘密基地其实就是一扇铁门后面的砖头底下的一个窟窿，他把平时在厂里捡来的废铁片收集在这里，说是可以卖钱。我把阿来的事情告诉了我家里的人，说我结识了一个住在工厂里的新朋友，没想到家里人都知道阿来这个人，爸爸说阿来的爸爸是个好人，妈妈说你要当心阿来发病。

我和阿来在一起玩了一段时间，我们就在工厂里晃悠，我不愿意去他家里因为他家实在没有什么可玩的，他也不来我家因为他害怕厂外的世界。天黑了我就回家去，可是慢慢的，阿来开始拦着我不让我回家了，有时天已经黑透了他还不肯让我走，他张开双臂挡在我面前不肯让步。阿来是一个很瘦弱的男孩，就像一根火柴棍，从体形上判断我是能打得过他的，但我不想和他打，因为他对我并无恶意，只是想让我多和他玩一会儿，可是他总拦着我不让我回家，这让我很不高兴。有一天我要回去可他一直挡在我面前不让我走，天已经很黑了，我听见奶奶在广场上喊我回家，我心里又气又急，可他还是拦在我面前一动不动。我们一直僵持着，直到我听见奶奶在传达室那边喊我，我叫起来："奶奶，我在这儿，我来了！"阿来一下子跑走了。

就此之后，我再也不去厂里了，也再没有见过阿来。

1995年，工厂在我上小学四年级的时候倒闭，爸爸下岗了。工厂的前后门被人用水泥封起来，再也进不去了。后来我从我家天井翻墙过去，只见里面一切如旧，只是地上多了很多垃圾，树上多了很多鸟。我去阿来的秘密基地看过，那扇铁门后面砖头底下的窟窿里空空如也，什么都没有了。

马戏团男孩

有一年秋天，展销会结束后没几天，广场上来了一个马戏团。马戏团的人先是在广场中央搭起一个大帐篷，一行人骑着马敲锣打鼓地绕着镇子转了一圈，叫镇上的人都到广场上去看马戏。

我原本以为展销会结束后就没有什么好玩的了，结果竟然来了马戏团这样一个好东西，可把我高兴坏了。我看那几个人一点点把帐篷搭建起来，他们在游行的时候我就跟在一匹黑马的旁边，这匹黑马发出一股臭臭的味道，但我还是兴奋地跟着他们绕着镇子走了一圈。我以前从来没有看过马戏，家里人也和我一样很感兴趣，于是我们全家一起到广场上去看。

主角是一只黑熊和两只猴子，黑熊能站在一个滚筒上平衡着前进，它还会转呼啦圈，猴子跟两个小人似的，多次和观众互动，因为弄堂里经常会有耍猴人来，所以我对于猴子的本事并不感到稀奇。最后上来了一只看起来很老的狮子，没精打采地在台上走一圈就回去了。

表演虽说不上精彩，但对于难得看马戏的小镇居民来说还是很新鲜的，我看过了还想进去再看，当然父母是不肯的，因为票价不低。马戏团生意很好，场场爆满，经常有人在帐篷的周边转悠，尤其是小孩子们，绕着帐篷转啊转，就想找个漏洞钻进去。可是马戏团的人很精明，为防止有人偷偷钻进帐篷，派了好几个人在外看守，每隔几米就有一个人盯着，因此很难突破。把守的这几个人因为彼此之间离得有点远，所以不怎么聊天，他们没有凳子坐，只能干站着。可能是这个差事太无聊，所以很快就有人逃岗，有时候马戏团班主出来查岗，发现一个把守的人都没有，他一骂，那几个人就飞快地跑出来各就各位了。

邻居大明哥告诉我，只要有两个看门的人不在自己岗位上，我们就能成功溜进去。我跟着他溜进去过一回，可是没想到帐篷里面也有把守的，我俩一进去就被一个壮汉抓住赶了出来。这个壮汉很高大，喉咙震天响，吓得我再也不敢了。后来他们干脆在帐篷的外面围了一圈尼龙网，这下子逃票就更加困难。

马戏团里的几匹马平时就拴在广场东南角的几棵树上，它们的身上不时地发出臭味，让我不敢太靠近。不过虽然臭烘烘的，我还是很爱仔细地观察它们，于是那段时间我家的墙上便多了几张“骏马图”。其实围观这些马的不只小孩子，还有很多大人，我提出想坐到马背上去，但没有一个大人敢抱我上去，他们总是让我离这几匹马远一些，说万一被马蹄子踢上一脚那可就没命了。

我们的烤番薯基地也在广场东南角的这块荒地上，不过离几匹马还有着较远的一段距离。有一天我和乔乔、大明哥还有阿斌在基地烤着番薯的时候，看见一个男孩牵了一匹黑马向我们走来。他把马在树上拴好之后过来和我们说话。他说他叫阿飞，是马戏团的人。阿飞帮我们捡来一些柴火，番薯烤好了我们分给他一个，他两三口就吃得只剩下一张焦黑的皮，他说这个番薯太好吃了。我告诉他这里是我们的烤番薯基地，我们经常到这里来烤番薯，让他下次再来和我们一起玩，可他说他在马戏团里有很多活儿要干，是没有什么时间可以出来玩的，而且如果让老板看见他和我们在一起玩，回去之后是要挨揍的。阿飞回去之后我就没有再见过他，我们几个人商量要不要把番薯烤好了给他送过去，最终大家绕着帐篷走了好几圈没看到他人，只好作罢。

大约一个礼拜之后，马戏团的生意逐渐清淡下来，他们决定走了。这些人跟刚来的时候一样骑着马敲锣打鼓地绕着镇子又走了一圈，感谢大家的捧场。我跟在他们队伍后面也走了一圈，然后蹲在广场上看他们把帐篷拆掉，看他们把装着动物的笼子抬到车上，看他们把所有的行李收拾完毕，一行人慢悠悠地走了。

我在旁边目送他们离开，忽然发现这些人里面没有阿飞，我跑到队伍的最前面，仔仔细细把每张脸孔都看了一遍，还是没有。我没有问他们阿飞去哪儿了，我在广场上认识的很多人当中，有不少都是像阿飞一样，见过一面之后就再也见不到了的。

深秋时节，桂花飘香。桂花的香味是从我家天井隔壁的工厂里飘出来的，爸爸在这个工厂工作了二十年，现在它倒闭了，爸爸下岗了，工厂前后的两座大门都被水泥给封起来，变成一个与世隔绝的地方。可是花香是关不住的，厂里有很多的桂花树，以前我经常去采桂花来研制桂花香水，现在大门被封住，但我是有办法进去的。我家的天井和工厂一墙之隔，翻墙进去很容易。一开始我不敢一个人进去，每次都叫上几个弄堂里的小伙伴，后来熟络了就不害怕了，自己一个人翻进翻出就像家常便饭。厂里一切如旧，车间里的机器都还在，仿佛上班铃声一响就能开工，可是低头看看地上的落叶和垃圾，又切实地体会到人去楼空的感觉。

有一天我翻墙进厂去采桂花，这天秋高气爽，天气特别好，和往常一样，整个工厂空空荡荡，安静极了，耳边只有树上鸟儿的叫声。厂里的桂花树上全都挂满累累金桂，散发出阵阵幽香。我在这棵树下采一些，又跑到那棵树下摘一些，迷醉在眼前的美景和花香中，完全没有察觉到一条巨大的黑色的肥肥的毛毛虫已经爬到了我的手掌上。我翻过手来看到这条毛毛虫大叫一声，像触电了一样狂甩手臂，毛毛虫不知道飞去了哪里，我的手掌上很快凸起一个个小包，很痒，而且越抓越痒。这时我听见身后有窸窸窣窣的脚步声，回头一看，一个脏兮兮的男孩站在我的面前。我吓得倒退了几步。

"我是阿飞，马戏团的阿飞。"他说。

阿飞？哦，是阿飞，我一下子想起来了。

"阿飞，你怎么在这里呢？"我说。

阿飞把他怎么从马戏团里逃出来的经过告诉给我听。原来他逃出来的这些天一直睡在工厂的传达室。传达室里屋有张床，是以前给值夜班的人睡的，现在成了他的栖身之地，白天的时候他就在厂里到处找吃的填饱肚子。他说在厂里能找到不少可以吃的东西，他在好几个厂房车间办公室里都找到了一些潮掉的饼干和零食，有一次外面飞进来一只乌骨鸡，被他一把抓住就地生火烤着吃掉了。阿飞说他是安徽人，家里很穷，他从六岁起就离开家跟着这个马戏团到处流浪，每天要干很多杂活，日子过得很苦，马戏团的班主还经常打他，之前他也出走过几次，但后来自己又主动回去了，这次他偶然间发现这个倒闭了的工厂是个藏身的好地方，就打定主意躲起来不回去了。阿飞原以为马戏团的人会四处找他，但没有任何风吹草动，好像根本就没有人在意他的来去，但他还是不放心，一直藏在厂里不敢出去，就这样在这里躲了一个多礼拜。

我问他那接下来怎么办，他说他不想回老家去，他觉得我们这个镇子很不错，想在这里找一份工养活自己。阿飞说每天晚上都会有流浪汉从外面翻墙进来过夜，他让我以后不要再到厂里来，他说这个地方虽然看起来空荡荡的没有人，但在某些黑暗的角落里藏着不少流浪汉，万一被坏人盯上可就危险了。

我听阿飞这样说，心里突然感到很害怕，好像周围有好多双眼睛在暗处看着我。我逃也似的向家里跑去，翻过天井的墙回到家里，快速地找了几包饼干和方便面，扔给等在墙那头的阿飞。

手上的红包变成大水泡，妈妈带我去医院敷了药，我一直想着要怎样才能帮到阿飞。我想他会不会没有东西吃而饿死，会不会被里面的流浪汉欺负，我再也不敢翻墙到厂里去，只好站在靠墙的梯子上往厂里喊阿飞，可是他一直没有出现。我跑到街上去问了好几家我熟识的店铺，问他们要不要招小工，我说我认识一个人他想找工作，可是没有一家需要。我想阿飞有可能已经在镇上找到了工作和落脚的地方，说不定被一户好心的人家收留了，可是我一直没有再见到他，不知他是去了何方。

下岗之后

爸爸下岗后的第二年，妈妈工作的工厂也倒闭了。为了挣钱，爸爸买了一辆三轮车做起三轮车夫，妈妈去接了糊棒冰盒的活计，糊十个盒子三分钱。除了骑三轮车，爸爸还想了一些别的法子来挣钱。秋天的时候他去乡下的果园里弄了一些水果来卖，我看爸爸总是默默地坐在板凳上干等着别人来买，就跑到他旁边放开喉咙大喊："叔叔阿姨快来买梨，今天的梨子甜得不得了，水分特别多——"我这么一喊就会有一些人凑过来挑挑拣拣。

弄堂里的小孩们觉得卖水果是很好玩的事情，所以他们也跑来和我一起叫卖。五六个小孩这么一喊，整条大街上就全是我们的声音，来买水果的人也果然多起来。但有的时候不管我们怎么卖力叫喊都没有人来看一眼，实在卖不掉就只能送给弄堂里的邻居们吃了。

冬天的时候，爸爸不知道从哪里弄来一台黑乎乎的爆冻米的机器，他和妈妈竟然在广场上卖起了冻米糕。爸爸负责爆冻米，妈妈在一旁烧糖汁。随着"砰"的一声巨响，冻米爆好了，香喷喷的冻米和糖汁搅拌在一起，然后倒进一个长方形的大铝盒中摊平切块。刚出炉的冻米糕热乎乎的又香又甜非常好吃，到广场上来买冻米糕的人排起了长队，其中有好些人是我们家的老朋友，还有很多小孩子围在旁边就等那一声"砰"的巨响。大家在黑夜的广场上有说有笑，我们弄堂里的人也全都跑到广场上来看爸爸爆冻米，有人想试试拉风箱和烧炉子，有人想试试把冻米糕摊平压实，这爆冻米的设备好像变成了玩具，大家都想来摸一摸。教我的几个老师也来到广场上买冻米糕，妈妈不肯收老师的钱，几个人把钱推来又推去，就像吵架一样。

虽然爸爸妈妈很努力地想办法赚钱，可是家里还是没有钱，我们开始吃一种很便宜的米，这种米里有很多小石子和其他不能吃的东西，需要很仔细地把米粒和杂质分开才能淘米煮饭。我很喜欢做这个事情，一点儿都不觉得枯燥，每天我都记得从米缸里舀两罐头米出来，一点点一点点地倒在桌子上，把米粒分在一边，把小石头稻壳之类的东西分到另一边，这个过程让我觉得是把一个不好的东西变成了好东西，最后大家吃到的是没有一点杂质的白米饭，这让我很有成就感。

我们家还是和以前一样好好吃饭，开心聊天。每天吃晚饭的时候爸爸总要和我们分享他在这一天里的见闻，告诉我们他今天载到了什么样的乘客，发生了什么有趣的事情。有时候爸爸载到认识的人，他会觉得有些不好意思，妈妈就宽慰他说凭自己劳动挣钱没啥难为情的。爸妈的下岗对我没有产生任何影响，我知道我们家变穷了，但是以前家里也是没有什么钱的，爸爸依然会像以前那样偶尔给我几毛零花钱，这些钱足够我去公园玩或者买萝卜丝饼吃了。我有好几个朋友的爸爸妈妈也下岗了，我们镇上的工厂不知道什么原因一家连着一家地倒闭了，大家都差不多，都没钱，但是没有谁家的日子是过不下去的，大家都在想办法挣钱。我们弄堂里的高伯伯下岗以后养起了海狸鼠，后来这些海狸鼠全都死了，可是他依旧乐呵呵地唱越剧放风筝，日子还是和以前一样的过。

夏天很快就到了，夏天一到河里就热闹了。我们这个小镇到处都是河流，几乎每条河里都有人游泳。镇子西面是一条宽阔的大河，河上有一座石桥，这座石桥据说已有两百多年，我最喜欢在这座桥底下游泳，有时直接从桥上往河里跳下去。大河里有很多鱼，有时候在岸边撒网下去就能收上来好几条鱼，运气好的时候沿着大桥附近的河岸走一遍就能网到满满一提桶的鱼。有一天我游得有些累了，就坐在岸上休息，突然看见水里有亮闪闪的东西，走过去捞起来一看，竟然是一串珍珠。这串珍珠的一头断了线，好几颗珠子从线上滑落下来，掉进了水里。我俯下身去，在泥里摸索了一会儿，摸到了散落的六颗珍珠。在我的印象里，珍珠并非什么稀罕的宝贝，妈妈奶奶还有外婆她们每个人都有珍珠项链，而且我经常看见卖珍珠的小贩到弄堂里来挨家挨户地问要不要买。

我把这串珍珠项链带回了家。家里恰好有几个客人在，我把东西往桌上一放，说这是我今天从河里捡来的。客人当中有一个伯伯在药店工作，他仔细地看了我捡来的珍珠，说这些珠子颗颗硕大饱满几乎没有瑕疵，是能卖个好价钱的。我妈当即就给了他五颗珠子让他去药店卖钱，这五颗珍珠每一颗卖了两块钱，总共换来十块钱，可把全家人乐坏了，当时一个工人的月工资也就几十块钱，这十块钱可是一笔不小的外快了。妈妈陆陆续续把所有的珍珠全都卖给了药店，用卖珍珠的钱买了一份有奖贴花储蓄，等开奖那天妈妈意外发现自己中了贴花储蓄的一等奖，奖金是两百块钱！整个小镇上到处都贴满了妈妈中一等奖的喜报，大家都来祝贺，弄堂里的每一个人都像自己中奖了一样开心。妈妈哼着小曲给我做了一件连衣裙，她说全是因为我才交到好运，中了大奖。

李大爷

李大爷是我的同学李小平的爷爷，自从李小平的奶奶过世以后，他爷爷就一个人住在离我们弄堂不远的一间平房里。原来一家五口都是住在这间屋子里的，后来李小平和他的爸爸妈妈搬进了新房子，李大爷说住不惯不接地气的新房，就还是一个人住在老屋里。他每天早上坐在家门口的藤椅上吃一碗葱油拌面外加一块肉糕，吃完早饭就泡一壶绿茶听收音机，看上去十分悠闲。李小平和他爸妈虽然搬进了新家，但午饭和晚饭还是来爷爷家里吃的，所以李大爷每天喝完茶之后就提一个菜篮子去菜场买菜。我跟着李小平去他爷爷家里吃过两次豌豆饭，做得比我家的好吃。

李大爷的家里非常整洁，屋后一个小小的天井，空荡荡的啥都没有，既不养动物也不种花草。他每天上午忙活的就是中午那一顿饭，饭后李小平的爸妈会收拾碗筷，李大爷吃完就进里屋去睡午觉了。午觉睡到三四点的样子，又慢悠悠地开始为一家人准备晚饭，晚饭过后在广场上溜达一圈天就黑下来了，他有时候会走到广场旁边的工厂传达室里看看人家打牌，有时候就坐在家里看电视，跟我们弄堂里的大多数老人一样。

李大爷家门口的马路上有一个倒垃圾的地方，广场附近的人家都把垃圾扔在这个地方，味道很重。李大爷的家离这里有一段距离，生活不受影响，可是有很多流浪猫和流浪狗总是到垃圾堆里翻东西吃，所以李大爷家门口时常有猫狗出现。其中一只黑狗从小就徘徊在这条路上，因为长得乖巧惹人怜爱，所以常常会有人扔一些骨头和剩饭给它，慢慢地它别的地方都不去了，住在这条路上的人给它取了个名字叫阿花。

阿花虽然比别的流浪狗待遇要好一些，可它终究是一只无家可归的流浪狗。有一年秋天阿花的肚子大了，它费力地拖着大肚子到处找吃的，我经常把吃完的骨头攒起来拿去给它吃。阿花的牙齿很厉害，我们弄堂里的“小白”咬不动的大骨头它全都能咬碎吞下肚。阿花的肚子越来越大，它开始表现出非常烦躁的样子，到处钻来钻去找生产的地方。大家都在谈论说阿花马上要生了，可似乎没有人关心它要生在哪里，我问爸爸阿花要在哪里生宝宝，爸爸说阿花自己会搞定的。天气越来越冷，我心里总是放不下阿花，担心它在这么冷的天气里找不到温暖的地方生小狗，害怕小狗生出来会被冻死。我听见李大爷和他家隔壁玉琴嫂聊天的时候说起过，让她把那个空置的杂物间暂时借给阿花生孩子，可玉琴嫂断然拒绝了。最后还是李大爷用几块木板给阿花在马路边搭了一个狗窝，这个狗窝搭得可真不错，顶上的木板写着“狗窝”两个字，旁边开了一个小门，里面铺一些布头，李大爷用鸡骨头把阿花引到狗窝里，它在里面生下了五只小狗。

阿花生了小狗，引得大家都来看。我们从狗窝的小门里望进去，只见五只小狗依偎在妈妈身下眼睛都没睁开。阿花生孩子的时候没人管，可一生完小狗又再次得到了大家的关注，很多人来给它喂吃的，好像大家的善心又复苏了。不久之后小狗们钻出狗窝，有一只是全白的，两只黑色的，两只棕色的，其中有一只黑色的小狗相比之下显得瘦小一些，其他四只都壮乎乎的，非常活泼可爱。阿花带着它的五个孩子在路边晒太阳，我常常蹲在它们旁边和小狗玩耍。小狗们一天天长大，最壮实的那只被我家大姨抱走了，棕色的“壮老二”被爸爸厂里的一个大伯领养了，那只全白的小狗消失了，不知道是被哪个过路人看上带走的，最瘦弱的小黑有一天在过马路的时候被一辆三轮车轧死了，阿花的五个子女转眼间只剩下一只棕色的还陪在它身边。爸爸说其实我们人也和阿花的这些宝宝一样，同样是一个家庭出来的孩子，长大以后会有完全不同的人生，有的人就像大姨抱走的那只黑狗一样被照顾得无微不至，可有的人却像那只最后仅存下来的“小棕”一样只能做流浪狗，甚至还会像那只被车轧死的小狗一样还没看清楚这个世界就离开了。

李大爷为阿花搭狗窝这件事情，让大家都夸赞他是一个心地善良的人，我在心里很感谢李大爷，是它给了阿花一个温暖的家，让它和它的孩子不至于在冰雪天里被冻死。可是之后李大爷做的一件善事却惹来了极大的非议——他竟然收留了女疯子阿邦！

阿邦是我们镇上人尽皆知的疯子，她蓬头散发臭气熏天，每天晚上要在两盏路灯之间走上几百个来回。有一次我去广场旁边的厕所倒痰盂，见到她躺在里面，吓得我一路尖叫逃回了家。就是这样一个人见人躲的女疯子，竟然肚子也大了起来，她天天挺着个大肚子在街上走，大家见了都议论纷纷，说不知道是谁把她的肚子搞大的。阿邦没有家，每天跟阿花一样在垃圾堆里找吃的，她肚子里的孩子要怎么生下来也没有人关心。我问妈妈阿邦会不会到医院里去生孩子，妈妈说阿邦没有钱去医院，她的孩子生出来也不一定能活下来，即使活下来了也有可能和阿邦一样脑子有问题。

李大爷收留阿邦这件事情，简直让整个小镇都爆炸了，大家都说李大爷晚节不保，有可能就是他让阿邦怀的孕。李大爷的儿子媳妇天天来叫骂，说要断绝父子关系，李小平也不敢来爷爷家了。隔壁邻居们都劝李大爷不要这样做，说阿邦和阿花可不一样，给狗搭个窝没什么，家里弄进来一个疯子，还是个大肚子，这可怎么得了呢。李大爷默默从河里挑了几趟水，把阿邦清洗干净，他给她理了发，换上了干净衣裳。

就这样，阿邦在李大爷家住了下来。阿邦洗干净之后挺好看的，她坐在屋外藤椅上的时候，有不少好事者凑过去和她说话，问她晚上是不是和李大爷睡一张床，阿邦说不睡一张床。他们又问她肚子里的孩子是谁的，阿邦说不知道。阿邦说的话和我们稍微有些不太一样，但基本差不多，说明她的家乡离我们镇子不远。

阿邦变回了人，而李大爷却成了人们眼里的“疯子”。从前大家都说他是个好人，可现在所有人都对他退避三舍，暗地里说他是流氓。有人说他老来无伴，竟然打起疯子的主意，有人说他这么要干净的一个人竟然做得出这么肮脏的事情，还有人说他老来得子就不怕是个小疯子吗，反正各种污言秽语口口相传，连我爸妈都不让我靠近李大爷的那间小屋了。

阿邦在医院里生了一个男孩，出院以后还是住在李大爷的家里。广场附近的人们渐渐和阿邦熟络起来，发现她是一个温和的疯子，没什么攻击性。慢慢的，大家发现阿邦有一个惊人的才艺——她竟然会唱越剧，而且还唱得很好。外婆很喜欢听越剧，有时候会和其他几个老太太一起到李大爷家去串门，她们让阿邦唱《碧玉簪》唱《红楼梦》唱《梁山伯与祝英台》。据外婆所说，阿邦能够惟妙惟肖地模仿不同角色的唱法，是一个越剧天才。因为阿邦的这个才艺，李大爷家里渐渐人多了起来，喜欢听越剧的人天天来听她唱，她也喜欢唱，人家叫她唱什么她就唱什么，那些从来不听越剧的人也跑来看热闹。我也跑去看过一两回，我发现阿邦一旦唱起越剧来就变成了一个正常人，不，不只是一个正常人，应该说是艺术家，她的神情和手势完全就是一个艺术家。

阿邦的儿子长得眉清目秀，十分灵活，一点儿也看不出疯的迹象。我很喜欢这个“小疯子”，经常要去逗他玩，和他一起玩的次数多了，他就认识我了，经常要我抱。这个小娃娃的眼睛又黑又亮，当我把从家里偷偷拿出来的火腿肠放到他嘴里的时候，他乌溜溜的大眼睛里突然发出万丈光芒，小拳头上下挥动，好像要飞起来一样。大家都说阿邦以前有可能是学越剧的，不知道是受什么刺激才疯了，她的儿子应该是正常的，但保不准以后也跟她一样突然变疯。有几户想要收养儿子的人家来看过这个白白胖胖的小男孩，但都考虑精神方面的原因不敢领养。

阿邦的儿子一天天长大，变成了一个虎头虎脑特别机灵的小男孩。阿邦拥有了很多粉丝，每天都有一群人来听她唱戏，她看上去很开心，虽然每天晚上她还是要到路灯下面去走上几百个来回。让我没有想到的是，不知不觉间，李大爷在人们的眼里又变回了一个好人，大家都称赞他菩萨心肠，勇气可嘉，之前说他是流氓的，现在都改口说他是世间难得的好人。

一年后，阿邦由镇政府出面送到市里的精神病院，她的儿子最终被一户善良的人家收养。李大爷又回到了一个人的生活，儿子媳妇和孙子还是和以前一样每天到他这里吃饭。阿花已经生了第二窝小狗。

阿英

我们学校门口有一个卖棒冰的小摊，这个小摊除了一个白色的冰柜就没有别的东西了。卖棒冰的女人名叫阿英，她总是坐在冰柜后面的藤椅上打毛线，有人来买棒冰了，她就从藤椅上站起身来，把盖在冰柜上面的那层厚厚的棉被掀开，等人透过冰柜上面那层玻璃选定了自己要买的棒冰之后，再拉开玻璃门快速地把棒冰从冰柜里抽出来。阿英是很宝贝冰柜里的冷气的，如果有十个人同时来买棒冰，她就非要这十个人全都决定要买哪种之后，才会一次性打开玻璃门，用最快的速度把这十个人要买的棒冰全部拿出来，然后猛地把冰柜盖上，再把上面那一层厚厚的棉被铺好。如果买棒冰的人拿到棒冰又改主意想换一种别的，那阿英的脸上肯定会浮现出一丝不悦的表情。她不是嫌麻烦，而是心疼冰柜里的冷气。

夏天，冰摊生意是很好的，尤其是放学的时候，一大群热气腾腾的小孩子从校门口一冲出来就直奔阿英的棒冰摊，大家都挑最便宜的买。冰汽水最便宜，所以最好卖，咕咚咕咚喝下肚，空瓶子留给阿英。后来出了一种比冰汽水还要便宜的东西，就是一袋子冻成冰块的冰糖水，吃的时候把袋子的角上剪个洞慢慢吮，能吮上好一会儿。阿英的冰柜里塞满这种冷饮，还经常供不应求。

冬天的时候棒冰生意自然清淡很多，但阿英还是一如既往地坐在冰柜后面打毛线。她的藤椅旁边还有一条长板凳，经常有人坐在这条长板凳上跟她聊天，所以阿英并不是孤独的，她比一般人要知道更多的消息。从南栅买菜回来的人告诉她炒货店关门了，从北栅电影院回来的人告诉她刚看了一部怎样的电影，阿英从东南西北的嘴巴里得到了各种消息，这些消息再经由她的嘴巴落进其他一些人的耳朵里，这种类似情报中转站的功能让一些人在经过棒冰摊的时候总要坐下来和她聊上一会儿，所以阿英的棒冰摊是很有人气的。

阿英的嘴巴是守不住秘密的，如果你跟她讲，“这件事你可千万不能告诉别人”，那阿英肯定会把这件事告诉别人，虽然她也会补上一句，“这件事你可千万不能告诉别人”。太阳落山以后，算命先生阿星时常会到阿英的棒冰摊上坐坐，我想他肯定是在搜集四面八方的线索，能令他在给人算命时语出惊人。我也常常看见阿超的奶奶坐在阿英旁边的长板凳上，她得了老年痴呆症，连自己的孙子阿超都不认识了，但她看上去还是很精神，白白胖胖的，头发梳得整整齐齐。阿超奶奶坐在长板凳上是不同阿英讲话的，她只是静静地看着来来往往的人，或者默默地聆听阿英与别人的谈话。

自我记事起，阿英就在卖棒冰。她坐在那张藤椅里悠闲地过着每一天的日子，有人来买棒冰她就站起身来，没有生意她就打自己的毛线。我从来没有看见过阿英吃饭，也没有看见过她吃棒冰，我不知道她家住在哪里，也不知道她家里有什么人，我从来不去想有关阿英的任何问题，她不在我关心的范畴之内。有一天，我发现阿英的冰柜上面放着一个透明的塑料桶，桶里装满了一颗颗圆滚滚的巧克力豆，巧克力豆一毛钱一颗，很受小孩子欢迎。没过几天，阿英弄了一锅熟藕出来卖，她的熟藕是很好吃的，一锅熟藕不一会儿就能卖完。

镇上的人们都发觉阿英变了，她不再安于之前那种守着一个冰柜的安逸日子，而是想各种办法挣钱，夏天的时候她煮银耳汤和绿豆汤卖钱，冬天的时候她在冰柜旁边竖起一只油锅卖起萝卜丝饼来。原本阿英的棒冰摊在冷天里几乎是没有生意的，可油炸萝卜丝饼一出来，这些放学的学生们全都朝阿英奔去了。我很馋阿英炸的萝卜丝饼，但下岗后的爸妈是没有零花钱可以给我的，所以我只好从自己的储蓄罐里拿。我的储蓄罐里全是一分、两分和五分的硬币，我凑了一大把硬币跑到阿英那里要买萝卜丝饼，可是阿英说不收分币，我是在那一刻才知道自己辛辛苦苦存的一罐头瓶分币从此以后是派不上用场了。

阿英从一个只卖棒冰的闲人变成了十八般武艺样样齐全

的大忙人，一大清早她就开始卖自己做的粢米饭和熟藕，天黑的时候她还在路灯下炸萝卜丝饼。人们渐渐明白了她为什么这么拼命地挣钱——因为她的儿子是一个侏儒。

阿英的儿子名叫阿建，从小一直在乡下跟着阿英的父母生活。阿建很少出现在人们的视野中，直到成年后才回到镇上。他是一个很开朗的侏儒，每天坐在冰柜旁边的一个小板凳上，负责收钱和找零。阿建不聋不哑，但是会手语，经常和住在学校旁边的哑巴爷爷飞快地比画交流，引得很多人在一旁猜测他们手势的意思。

后来阿英的冰柜搬进了学校对面的小卖部里，她坐在洁净的玻璃柜台后面的藤椅上织绒线。玻璃柜台里装着各色零食，我有时到她那里去买一毛钱一个的果冻，每次从她手里接过果冻的时候，她都要叮嘱我一定要慢慢吃，千万不要吃到气管里去，说果冻吃到气管里是会把人闷死的。阿英的小卖部里还卖一种“囍”字巧克力，长方形的巧克力用银色的锡箔纸包着，锡箔纸的外面还套着一个印着“囍”字的红色纸壳，一块巧克力要五毛钱，对于我来说这算得上是昂贵的零食了，所以不是经常能吃到。

我听大人们说阿英在镇上买了两套房子，她的侏儒儿子成了家，生了健康的儿子，日子过得很不错。我很开心他们能过得好，在我们的小镇上，瞎子、聋子、哑巴、侏儒，全都勇敢地生活着，虽然他们各自有着很多艰辛与无奈，但每一个人都在尽自己所能地把日子过得好一些。

小梅阿姨

小梅阿姨是妈妈的同事，她和妈妈不是同一个车间里的，所以之前我对她并不熟悉。后来我们成了邻居，有时候家里做了清明粿或者南瓜糯米团之类的小吃，妈妈就让我给她送点过去，于是我跟小梅阿姨慢慢地熟悉了。我经常到她家里去看电视，因为她家的电视机比我家的大很多，我家的西湖牌电视机只有八个频道，而小梅阿姨家的电视机有二十多个频道，还有个遥控器能遥控换频道，让我觉得很高级。

小梅阿姨一个人住，她没有结婚，我听说以前有过好几位追求者，但都被她拒绝了。大家都说小梅阿姨眼光太高，镇上没有一个小伙子入得了她的眼，以至于现在拖成了老姑娘。我看小梅阿姨一点儿都不老，她还很年轻，我总期盼着她能找到一位如意郎君，这样就不会被人家说成是老姑娘了。

妈妈说小梅阿姨现在住的房子是她用自己工作多年的积蓄买下的，父母没有出一分钱帮忙，也没有向别人借钱，不像我们为买这个房子欠了一屁股债。妈妈说很佩服小梅阿姨，说她自力更生，但每次夸完之后总要叹息一声，说小梅阿姨如今年纪大了估计是很难嫁出去了。

小梅阿姨的父母经常趁她上班的时候来帮女儿晒晒被子烧几个菜，二老和邻居们聊天的内容总是绕不开小梅阿姨找对象的问题。小梅阿姨的老父亲说，他们家住在北栅桥牌头弄的一间老宅子里，房子比较宽裕，足够一家子人住了，可是女儿坚持要搬出来自己一个人住，这让他很不放心。小梅阿姨的妈妈说，她只要一想到女儿下班以后还要自己去菜场买菜回来烧晚饭，就觉得很心酸，她说之前也有人给介绍了几个小伙子，都没看中，现在到这个年纪也没人愿意再做介绍了。然后邻居们都纷纷发表自己的观点，但大家的意见是一致的，那就是女孩子最关键的就是找一个好归宿，不管你多么会读书还是多么会赚钱，只要嫁不到一个好男人都是白搭。

妈妈的工厂倒闭以后，小梅阿姨也下岗了。小梅阿姨下岗以后直接把她的家改成裁缝铺子，她用一台缝纫机做起了裁缝。

感觉我们镇上大部分女人都会使用缝纫机，基本上每户人家都有一台缝纫机。我家的飞人牌缝纫机是我妈的宝贝，她常常用这台缝纫机给我做夏天穿的短袖短裤，虽然样式不花哨，但穿起来也是很不错的。我们家里所有人的短裤都是妈妈用缝纫机做出来的，还有袖套围裙什么的，也都是在缝纫机的针头底下完成的。每次用完缝纫机，妈妈都会小心翼翼地把机子塞回到它下面的那个“肚子”里，然后在恢复原样的台子上面铺一块棉布，再盖上一块透明的四个角落印着花纹的玻璃台板把棉布压平。下次再用缝纫机的时候，就先把玻璃台板搬开，把棉布拿掉，再把缝纫机从“肚子”里拿出来开始穿线。

家里五斗橱的最后一个抽屉里有好几本关于剪裁的书，

书里有很多好看的连衣裙式样，但我看这几本书是没有派上用场的，因为妈妈只会做“基本款”。抽屉里还有一本教织毛衣的书，书里不仅有各种不同的针织花样，还有色彩鲜艳的卡通图形。这本书的封面就是一个穿着红毛衣的小姑娘，红毛衣的中间是一只可爱的米老鼠。我想这么复杂的米老鼠妈妈肯定是织不出来的，她给我打的所有毛衣都是没有任何花样的。

但小梅阿姨不一样，她会做各种款式的衣服，我不知道她的这项技能是怎么学会的，反正她就是能用一台缝纫机做出各式各样的衣服来。小梅阿姨的裁缝铺子生意很好，她把完工的衣服在高处挂成一排，总能引得路过的人不自觉地把脚迈进屋来挑块料子去或者做件衬衫什么的。小梅阿姨的缝纫机是放在里屋的，我在她家看电视的时候会被缝纫机发出的噪音干扰，但这不要紧，然而有时候来的人多了，一屋子的女人全都在叽叽喳喳地描述自己要做的衣服款式，这种情况下我就完全听不清电视机里的声音了。

门朝马路的外屋放着一张很大的桌子，靠墙的两边挂着各种材质和花样的布料，夏天的时候小梅阿姨会进很多好看的真丝面料，冬天的时候她会进一些做大衣的毛呢料子。妈妈有时候会去她那里买一块真丝料子作为礼物送人，我记得当时是很流行送人布料的，小梅阿姨经常会把做衣服余下来的真丝零布送给我妈，我妈就用家里的缝纫机把这些零头布做成一条小小的丝巾或者手帕，难得有大一点的布头，她就给我做一条夏天穿的小背心。

女人有事没事总要来小梅阿姨的裁缝铺子里坐一坐聊会儿天，屋里一条长凳，一个小竹椅，两个方凳，屋外两条长凳，一只小板凳，有时候都不够坐，一屋子女人就跟开茶话会似的。连那些从来不做衣服的老太太也要来这里坐上半天以消遣时光。不管是老太太还是年轻女子，只要碰到有人来取衣服，大家便会适时地夸赞几句衣服和人都好看。

不知道是从什么时候起，人们不再催促小梅阿姨找对象，也许大家都认为她年纪已经大到完全嫁不出去了。小梅阿姨每天都在自己的家里，也就是她的裁缝铺子里忙活着，一天天的，她看上去真的不年轻了，似乎真的变成了人们口中的“老姑娘”。虽然被鲜艳的各色衣料包围着，但她永远穿得十分朴素。镇上要结婚的人家都来找她做衣服，新娘的礼服和旗袍做出来是最好看的，我每次看到这么好看的衣服总在心里默默想着赶快长大，长大了就能结婚了，就能让小梅阿姨给我做如此漂亮的嫁衣。

虽然大家似乎都已经认定小梅阿姨这辈子是嫁不出去了，但我却总是对她充满了希望，我觉得肯定会有那么一天，小梅阿姨会穿上自己缝制的漂亮嫁衣嫁给她的如意郎君，我相信小梅阿姨一定会有一个家，有一个爱她的先生和可爱的小宝宝，然后她给自己的宝宝做很多漂亮的衣服，一家人幸福地生活在一起。

可是小梅阿姨到底还是没有结婚，后来她领养了米拉家里的那个“小乞丐”，给这个被妈妈遗弃的女孩做了很多好看的衣服，把她慢慢养大。人们说起小梅阿姨的时候就会说她很可怜，一辈子没有结婚，辛辛苦苦养大的孩子也不是自己亲生的，但也有人说小梅阿姨自食其力，靠一己之力让自己和养女生活得很好，是很了不起的一个女人。

周老师

学校里新建起了一座粉红色的“恩美楼”，是一位名叫沈炳麟的香港人捐建的。四年级开学的时候我们搬进这栋楼里上课，教我们的老师也随之换了一批，之前的班主任去教一年级，新来的班主任姓周，教我们语文。

周老师刚毕业，很年轻，她长得挺漂亮的，圆脸蛋大眼睛。周老师上课的时候，经常有别的老师坐在教室后面听课，我发现只要有人来听课，她的神情和语调都会比平时激昂很多，所以后来我根本用不着回头，只要一看周老师的状态就知道教室后面有没有人来听课。

有一次班里一下子来了十几个老师一起来听课，周老师的表情愈加夸张了，还一个劲儿地表扬我们。平时上课她根本就不是这样的，但我们已经习惯了，我们很清楚在这样的课上一定要坐得笔直，举手的时候要举挺，回答老师的问题声音要响亮。我坐在最后一排更是不能放松，感觉身后那一排老师的目光都集中在我身上似的。

最后一个环节是复述课文，我举手了，周老师让我到教室前面对着同学们复述。文章讲述的是罗盛教救人的故事，我就像平时在弄堂里演戏一样“非常有感情地”把这篇课文复述了一遍，语气和动作都十分夸张，激动地似乎要为罗盛教流下泪来，这样的表现是出彩的，同学们和老师都为我热烈鼓掌，我心里十分得意和自豪。可就在这时，我看见坐在我座位后面的一个听课老师俯身向前拿起了我的语文书，我的心就像突然被泼了一盆冷水，彻底凉了，因为在我的课本上，每一篇课文的插图都被我“加工”过。那个老师看了一眼立刻就笑了，我明白他肯定是看到了我的涂鸦，“哄”地一下我的身上好像着了火，那是羞愧的大火，将我烧得整个人红彤彤的。我回到位子上的时候，那个老师已经把书放回在我桌上了，我心里有一点对不起周老师的感觉，觉得她这么用力上的一节课因为我而失色扣分，从此再也不敢在课本上涂鸦了。

周老师一开学就开始家访，家访这种事情我从来没有遇到过，我在学校里的表现还算可以，所以告状肯定是谈不上的。周老师进到弄堂里来的时候，我们一家人正在吃晚饭，我原本正在饭桌上引吭高歌，看见老师来了，赶紧把脸埋在饭碗里一声也不敢吭。周老师比约定的时间早到了一个小时，全家人不管碗里的饭有没有吃完，赶紧站起身来收拾桌上的碗筷，爸妈忙着给她端茶倒水，周老师红着脸直说打扰了我们吃饭实在难为情。

晚饭时间正是弄堂里邻居们互相走动的时辰，几个老太太倚靠在我家后门口打量着来家访的周老师。她们原本只是闲来无事随便串个门而已，不知道是哪个老太太突然把自己儿子从家里拉扯过来，硬要让他看一眼这位正坐在我家中的女子，于是弄堂里那些生了儿子还没有媳妇的老母亲们呼啦啦地一下子全都跑到我家里来了。有几个老太太看了周老师觉得很满意，立刻又回转身去叫自家儿子来看。那天周老师穿了一件翠绿色的连衣裙，在夕阳余晖的映照下显得愈加动人。她在我家没坐多久就起身走了，在众人的殷切目光中离开，那几个热情的老太太一直送她到弄堂口。

秋天的时候，学校运动会在人民广场上开起来，我们每个人坐在自己家里搬来的小板凳上。周老师和我们一样，也带着一个凳子，但这个凳子没有派上用场，因为我妈老早就把家里的大藤椅搬出来摆在弄堂口准备让老师坐了。周老师坐在我家的藤椅上感觉很不好意思，因为其他的老师都是坐在自己带的板凳上的。弄堂里的那些老太太们殷勤地拿东西给周老师吃，还不忘时不时地夸几句自家儿子的好。运动会要在人民广场上开三天，每天散场的时候我家就成了“板凳寄存处”，大家都把凳子放在我家里，第二天一早再拿到广场上去。

有一天我和几个小伙伴在公园假山上玩游戏。假山顶上有一个亭子，亭子里面有一个“哨兵”在放哨，其余的人从山脚慢慢往上爬，一旦被哨兵发现就被淘汰掉，最后只要有一个人不被发现到达山顶，我们就算赢了。为了不被山顶的哨兵发现，我躲在一块大石头后面，哨兵一转过身去，我飞快地跃过两三个台阶跳到另一块大石头后面蹲下来。就在这时，我突然瞥见假山后面的小路上有两个熟悉的身影背对着假山坐在一条石凳上。我们平时在假山上玩的时候，经常能看见情侣出现在这条僻静的小路上，有时候还会躲在石头后面偷看他们亲吻。眼前的这两个背影看上去像是周老师和我们弄堂里的大海叔叔，两人并没有依偎在一起，而是很客气地隔着一段距离交谈着。我伸长了头颈，想看清楚这两个人的面孔，不知不觉竟站了起来。突然，我听见有人在叫我的名字，“我看见你了，你被淘汰了！”亭子里的哨兵朝我大喊。哎呀，暴露了！我赶紧蹲下来，可是已经晚了，坐在石凳上的两个人猛地转过身来，与我六目相对，原来真的是大海叔叔和周老师！

周老师的脸“唰”地一下红了，大海叔叔笑着朝我挥挥手，又到公园的小卖部里去买了一袋子的冰淇淋回来分给我们吃。我从来没有吃过这种冰淇淋，因为它是小卖部里最贵的，原来它的味道是酸酸甜甜的，上面还有一个樱桃。

周老师真的做了我们弄堂里的新娘子。结婚那天弄堂口贴了一个大囍字，弄堂里不知道放了多久的鞭炮，地面上全是亮晶晶的小彩片。整个弄堂的人都到大酒店去吃喜酒，大海叔叔的妈妈笑得嘴巴都没合拢过。一年之后周老师生下一个胖儿子，小名叫琪琪。琪琪身上的肉一节一节的，就像胖胖的莲藕一样，他的脸蛋鼓出来就像两个屁股蛋，可爱极了。琪琪跟弄堂里所有的小宝宝一样，和我特别好，我一逗他就咯咯笑。大海叔叔的奶奶是一个很老很老的老太太，听说她已经快一百岁了。她瘦瘦小小的，银白色的头发在脑后盘成一个小小的发髻，总是笑眯眯地坐在自家门口的竹椅上。她也很喜欢逗琪琪玩，她逗起小孩的花样比我还多，可是琪琪在她面前是从来不笑的，他总是紧锁着眉头盯着老人的脸，盯了一会儿就展开嘴巴“哇”的一声哭起来。他这么一哭大家都哈哈笑起来，好像是预料之中的一个恶作剧成功了，被宝宝嫌弃的老太太也咧着掉光了牙的瘪嘴笑个不停。

琪琪满月的那天，大海叔叔在弄堂里挨家挨户地送满月面。这一大碗面上，满满地盖着大虾、鳝丝、腰花、鸡蛋等各种浇头，丰盛得不得了。琪琪一天天长大，他每天一早都要摇摇摆摆地跨过我家高高的门槛来找我玩。我抱着他看天井里的水泡眼金鱼和毛茸茸的小鸡，抱着他到广场上去晒太阳，带他认识我们弄堂里和广场上的一切事物。

离别

镇上开始填河了，流经小镇的大小河流没有一条能够幸免于难。河填了，河上的桥也全被拆掉，老人们常说我们镇上有七十二座桥，现在唯独剩下北栅一座古桥。河边的廊棚也拆掉了，光秃秃的一条大马路没有一点绿荫。镇上的工厂纷纷倒闭，下岗的浪潮逼迫失业的人们到城市里去找工作，我们弄堂里有好几户人家都走了，弄堂显得空落落的。爸爸妈妈在下岗后的第二年，经邻居介绍在城里的一家工厂找到了工作。1997年，我在五年级结束的暑假跟着父母离开小镇来到了城里。

我们一家三口租住在城北郊区的一间农民房里，这栋房子一共两层，楼下房东一家人住，楼上有两个房间，东面的房间租给了一户做玉器买卖的夫妻，西面的房间是我们的。家里只有一张床，我和爸爸妈妈睡在一起，我睡中间，他们俩人睡两边。

暑假马上就要结束，可我的上学问题还没有解决。爸妈提着很多礼物去求那个小学的校长。校长坐在一张很大的办公桌后面板着脸说："每个教室都坐满了！没有位子了呀！难道让我到墙上去打个洞出来让你们女儿坐进去听课吗？"我看见站在我右前方的妈妈正在微微颤抖，她的衣服已被汗水浸透紧紧地贴在后背上，我又看了看站在我左前方的爸爸，他手里提着很重的礼物一直没有放下，我看他的手指已经被那装礼物的塑料袋勒得泛白了。我们三人就这样不合时宜地站在那里，校长一挥手让我们赶快走，说马上有市里的重要领导来访。爸爸把一直提在手上的礼物默默放在墙边，那个校长斜斜地瞥一眼这堆礼物，转过身去什么都没说。

后来我到底还是上了这所学校，虽然那些礼物完全没有派上用场。开学第一天我自己一个人走进学校的大门，找到了我被分到的班级。我站在教室门口不知所措，心里虽然害怕但硬是装出十分镇定的模样。一个老师走过来问我是不是新转来的学生，我说是的。她牵起我的手往教室里走，就这样我上了六年级。

牵我进班的老师姓高，她是这个班的班主任，是一名快要退休的语文老师。高老师总是表扬我的字写得漂亮，这样的表扬我以前没有听到过，从来没有一个老师说过我的字是写得漂亮的，我也从不认为自己的字漂亮，顶多只能算得上是端正而已。我的外婆曾经说过她的子孙个个能写一手漂亮的字，除了我以外。现在突然有个老师夸我字写得好，这实在是出乎我的意料。

为对得起这样的夸奖，我买了两本钢笔字帖练起字来，后来高老师让我去参加硬笔书法比赛，我只好逼上梁山加紧练习，每天回家以后二话不说练字到深夜。但即便下了苦功，可依旧达不到获奖的水准，我的字只有在高老师的眼里是好看的，其他人都没有看出美感来。每当有家长来学校，她就把我的作业本翻出来给那些家长看，每翻一页就夸一遍我的字写得多么多么好看，希望他们的孩子都能向我学习，可是我从来没有在这些家长的脸上看到过赞同的表情，虽然他们在频频点头。但我相信高老师的表扬不是违心的，她并非为了鼓励一个初来乍到的转校生，从她每天十几次不厌其烦的夸奖中，我可以肯定她对我的赞美是真诚的，这个老师让我对于这个学校的印象有所转变。

班里的同学对我不坏，但令我烦恼的是大家总是追问我家住在哪里，如果是以前我肯定会毫不犹豫地告诉对方我家住在人民广场旁边的弄堂里，热情地邀请他们到我家里来玩，可现在的我却羞于开口，我不想让同学知道我租住在别人家里。在学校的附近有好几个小区，同学见我支支吾吾说不清楚就指着某个方向问是不是住在那个小区，我只好点点头说是的，当被问到家住几幢几单元的时候我只好说我忘了。我从小在弄堂里长大，我们镇上没有“小区”这样的东西。每天一放学我就用最快的速度冲出教室跑回家去，因为这样就不用面对同路的同学突然提出要去我家玩的要求。除了家庭地址，他们还跟我要电话号码，虚荣心让我不愿承认家里没有装电话，只好支支吾吾地说电话号码也忘记了。

我原本以为每个礼拜由学校组织到电影院去看电影是一件理所当然的事情，以为梨花开的时节就必定要全班出动去梨园为梨花授粉，以为桑葚熟了就该去桑树地里吃个饱，以为老师带我们坐着两层的大轮船出去春游是每个学校都会有的活动，以为中午就该回家吃饭而不是在学校，还以为睡午觉是全天下所有人必须要做的事情，这些我原以为是理所当然的事情，转学之后全部消失不见了，我这才明白这些事情只存在于我们的小镇上。

在新的学校里，每个礼拜一升旗仪式要求全体学生穿校服，我没有校服只能躲在厕所里，因为如果被值日生查到了，我的班级就会被扣分。爸妈决定不给我买校服，一来是由于当时家里的确非常困难钱很吃紧，二来是因为读完六年级这一年就升初中了，一年时间很短，忍一忍就过去了。但躲在厕所里逃避检查的滋味是不好受的，而且每到周一就会有无数的人来问我为什么不穿校服。我将诸如此类的问题隐藏得很好，为的是让父母放心，因为他们在新的单位里也有很多问题要面对和处理。

周末爸妈都是要上班的，我在家里做完作业就无事可做，家里的自行车被爸妈骑到单位里了，没有自行车我就走两个半钟头的路到市中心的新华书店去看书，下午再走两个半小时的路回家。

那家新华书店不大，就两个营业员，店里没有椅子只能站着看，只看不买是会招人嫌弃的，其中一个烫着卷发的营业员总是拿着一把笤帚到我站着看书的地方扫地，我站在哪个书架前面她就扫到哪里，一开始我以为她真的是在扫地，后来次数多了才明白她是在赶我走。

难得爸妈周末不上班，我们一家三口就回到镇上去。走到弄堂里，躺在广场上，我就舒坦了，感觉总算是回到了真正的家里。当晨曦穿过天窗亮了暗沉的里屋，早起的邻居们就出来烧煤炉了，煤炉升起的白烟弥漫在弄堂上空，呛人的烟味对我来说却是那么亲切。我回到熟悉的弄堂里，感觉到无与伦比的安全感，可其实一切都正在剧烈地改变着——弄堂里的人越来越少，天井已悄然荒芜，镇上所有的河流全部变成马路，曾经一票难求的电影院倒闭了，弄堂口的人民广场被高高的铁栅栏围起来，变成了中学的操场，展销会不开了，马戏团也不再来了，只有几个中学生在骄阳底下一圈圈地练着长跑。

我的童年结束了。

白河攀岩

董 俊 宋明蔚 猫 季

你看，我们还在爬。

小李子盗过墓，进过局子，攀岩不行，但拆岩场是把好手。

“螺丝和挂片一卸，一锤子就打进去了。”他绘声绘色地描述自己当时拆岩场的步骤，言语间透着得意，“膨胀栓往里一打就推进去了，薅肯定是薅不出来。”有些实在不好拆的，他干脆“甩了”，反正景区的人看不出来。

在高达几十米的岩壁上拆掉攀岩线路上的挂片，不是一般农民能做到的。小李子向来胆大，自学如何使用绳索和下降器，就敢爬上一百多米高的陡峭岩壁采崖柏。陈化的崖柏料加工后，拿到文玩市场上很值钱，但是崖柏的颜色和岩壁的颜色相近，往往很难寻找。即便找到了崖柏，柏农悬在半空，脚尖踩着崖壁的凹处，也要冒着生命危险才能取下来。

身怀“绝技”的小李子，曾经主动要求去北京市密云区石城镇黑龙潭景区排险，把一块有坠落风险的大石头硬取下来。

2018年10月，黑龙潭景区的安经理看中了小李子这项特长，找到他，答应一天给七百块钱，要求拆掉景区附近蜜蜂峡谷岩场里的所有挂片和膨胀钉。

那一天小李子正在岩壁上拆线，一个外国攀岩爱好者正好路过，喊叫着，拦住他不让拆。景区经理很快出面摆平，外国人悻悻离开。小李子工作效率很高，他和另一个村民每天工作六个小时，七天时间，拆掉了二十年来攀岩爱好者开辟的百十条线路。

小李子每天拆下来的挂片和铁环有四五十斤重。他听说这些东西“老值钱了”，可他用不到，全都交给景区。景区的人也没卖，交给镇政府一部分，剩下的东一点西一点全分给了景区职工。

小李子说，他拆线的工资是黑龙潭景区经理给的，景区归石城镇政府管。镇政府怕出人命，禁止攀岩。

这是“白河攀岩”二十年来最被官方关注的时刻。

白河纪元

1997年的一个傍晚，两个背着大背包的年轻人走在张家坟村的马路上，他们晚上没地儿住，想找辆车回密云县城。

邓德来媳妇开着车路过，问他们，坐车吗?

坐。

德来媳妇带着这两个年轻人回德来农家院。两个年轻人在院里转了一圈觉得不错，说，以后住你这儿。

隔了半个月，他们就在德来家长住了。

邓德来是张家坟村土生土长的农民，王滨——其中一名年轻人——是第一个住在德来家的攀岩爱好者。此后，王滨和一群攀岩爱好者每周都会去“德来之家”客栈。

几年前，德来在北京密云区石城镇张家坟村开起了农家乐，自家的院子收拾出来给游客住。在九十年代初，北京市周边没有什么景点，密云的京都第一瀑是京郊附近游玩的一个选择。游客需要先坐火车到石塘路火车站，再坐小马车或者轿子才能到黑龙潭景区。

村里有户人家率先做起了农家院，德来也把自家院子收拾收拾，开始接待游客。有时游客多，四间正房三间厢房都能住满。住一晚每个人两块钱，一天有几十块钱的收入。几年后，德来花了三千多块钱装了村里第一部电话，又买了村里第一辆面包车，开始在密云县城和白河往返拉客。

对于王滨来说，每次从北京市区去白河并不麻烦。他只需要先坐980路公交车到密云县城，再找个公共电话亭打德来家的座机，德来就亲自来接人。第二天一早，德来再开车送他们到白河河边玩，下午按约定时间过来接。

起初，德来以为他们是来钓鱼。有一次他实在好奇这群人到底在干什么，就跑到河边。“好家伙，人贴在岩壁上。”德来觉得很新鲜又奇怪。这似乎和村里人“爬刺子”用的设备不一样。“爬刺子”是攀岩在当地的通俗说法，村里人爬上岩壁，有的拴普通麻绳，有的连绳子都不拴。

白天，王滨会和五六个岩友去山里攀岩。晚上，他们搬几个小马扎围坐在院子里的圆桌边，享受着夏天山里的晚风，喝着两三块一瓶的当地特产云湖啤酒——那时候云湖啤酒还没被青岛啤酒收购。

王茁、康华、徐晓东、徐晓明、赵凯、赵雷，这些都是最常出现在德来之家的老朋友。有时德来还没把菜端上来呢，这帮人就直接拿啤酒当水喝，边喝边吹牛，讲自己遇到的各种稀奇古怪的事情。

德来之家一度成为早期白河攀岩爱好者的大本营，德来也慢慢熟悉了他们常去的主要岩场。那时候，白河的攀岩线路只有寥寥数条。

2000年5月，全国首届攀岩节在北京密云举办。当时整个白河地区只有老岩场开发了十来条攀岩线路。为这次活动，岩友们又集中开发出十几条攀岩线路，白河老岩场也因此成为北京第一个初具规模的攀岩目的地。

全国首届攀岩节是丁祥华负责张罗的。他曾经是1993年全国首届攀岩锦标赛冠军，夺冠那年，他还在成都读大学三年级。攀岩是个小众运动，举办全国攀岩节，就要将玩这项运动的小众群体全都召集起来。在那个信息并不便捷的年代，口耳相传是唯一的方式，最终有八十多名攀岩爱好者从全国各地赶来白河。这是国内第一个攀岩节，人们开始意识到，北京周边的白河，已经有了可供攀岩爱好者自由攀爬，并且初具规模的岩场。

在白河建设有规模的岩场，这个想法源自一年前的阳朔之行。那一年春节，丁祥华和康华、徐晓东、徐晓明、张忻等人去了趟广西的阳朔。当时阳朔的岩场已经开发了八年多，是国内攀岩氛围最浓厚的地方，美国攀岩者托德·斯金纳（Todd Skinner）开的线颇有国际范儿。

丁祥华早就有心理准备，可在阳朔爬完几条线后，还是觉得太刺激了，比白河的线路爽太多。阳朔此行也让康华深受震撼：“在那里，能看到世界级的线路。”

当时阳朔只有月亮山和大榕树这些岩场，但这些岩场的线路都是国外顶级攀岩者开发的世界级线路。康华他们这帮攀岩者，只是在北京最早的商业攀岩馆“七大古都”，以及白河地区爬过一些“国产”线路。

回京之后，阳朔一行中的部分岩友也成为后来白河攀岩基金雏形的主力。2000年8月，由北京地区的攀岩者丁祥华、李文茂、徐晓东、徐晓明、康华、张忻等人发起，正式成立了白河攀岩基金，丁祥华成了基金的第一任管理者。

通俗点说，没有注册申请的白河攀岩基金就是AA制，由这群年轻人自己掏钱买攀岩物资，一点一点凑钱，一件一件凑装备。

开辟攀岩线路的电钻等设备并不便宜，一套挂片一两百块钱，一条绳子一千多，开一条线路的成本至少要一两千块钱——相当于当时北京市一名普通白领的月薪。白河攀岩基金很穷，所有资金一律只能用在岩壁上，而且只提供开发线路的必要材料。但这些器材必须是经过认证的，不能用烂东西。

早期白河攀岩基金的最大问题是宣传力度不够，没有专人维护。不混攀岩圈子的人，根本不知道还有个白河攀岩基金，基金里面的钱永远是赤字。攀岩者大都不拘小节，懒得宣传，需要用钱时，往往自己垫付，维持现状。白河攀岩基金更像是慈善捐助箱，没有成熟的运营体系，维持它的仅仅是这群年轻人的一腔热血。

攀岩成为他们生活中的唯一。此时，他们对未来一无所知：他们将要开辟的不仅仅是白河峡谷里的一条条攀岩线路，而是中国攀岩的新纪元。

血泪代价

没有人准确知道攀岩运动在白河的起源。自二十世纪八十年代开始，中国登山队在云蒙山一带，使用保护器材训练简单的攀岩和下降技术，以戴运为代表的北京早期攀岩者开始在白河地区进行一些简单的攀岩和攀冰活动。九十年代初期，北京大学山鹰社等民间攀登团体也曾在这里攀岩攀冰。

王滨接触攀岩纯属误打误撞，并且也不是在白河。有一次，他和几个朋友一起去北京郊区爬山，钻进了凤凰岭鹫峰的山沟，发现一处小岩壁上刻有藏文。一名中国登山协会的摄影师后来跟王滨解释，在五十年代，中国登山队在这儿进行过珠峰的攀岩训练，藏文可能是当时西藏登山队员留下的信息。

年轻气盛的王滨，跃跃欲试地想徒手往上爬，结果爬到两三米就上不去了。但他反而有种无知者无畏的兴奋，身体中的攀爬欲望被唤醒了。

当时没有攀岩教练，也没有攀岩教程，对攀岩器材怎么选他完全没有概念，就连攀岩鞋是什么都不知道，王滨只能从国外录像带和外版书里零星学习怎么攀岩。他这才了解到，原来早在三十年前的美国优胜美地，攀岩就已经从高海拔攀登分离开，成了一项更为安全可控的单项运动。

二十世纪九十年代，想在中国找到攀岩场地很难，直到1997年，全国第一家商业攀岩馆“七大古都”在北京建成，北京的攀岩爱好者才得以系统地训练攀岩。当时七大古都攀岩馆请来曾在中国登山协会任职的王振华、朱发荣教练，带着一群攀岩爱好者在人工岩壁训练。

康华最早尝试在野外岩壁攀岩，就是在密云的四合堂村国家登山队训练基地。1998年10月，康华和几个岩友发现了一条漂亮的裂缝，一个岩友问他，爬不爬？

爬！但还缺个岩锥。

岩友问康华要了个岩锥样品，在村里找个铁匠，用土钢材料打出几个岩锥，刷上漆带了回去。康华就用这种土法自制的岩锥和国产的保护绳攀爬，用的锁具没有经过任何认证。

刚爬到八米高，康华觉得不对劲，对下面保护的岩友大喊："要冲坠！小心保护啊！"只见他突然从岩壁上掉下来，保护绳带着一串岩锥，从裂缝里全部拔了出来。

康华直接坠地，昏了过去。

这次很严重的冲坠事故，导致他胸椎第十二关节压缩性骨折。

这是中国民间攀岩首次严重的意外坠落事故，攀岩者更直观地认识到登山攀岩所使用器材的认证和标准化的重要性。康华为最早期的民间"探索"付出了代价，他回忆说，那时他犯的错误太低级了，完全是可以避免的。

同样犯低级错误的，还有王滨。有人问他，你是去攀岩，怎么身上全是烫伤？

这些可笑的印记，虽然是攀岩老炮儿的标志，可王滨并不觉得光彩。2001年夏天，康华正在房山区十渡景区的岩壁上，王滨赤膊上阵打保护。康华爬着爬着，突然一块大石头被蹬下来，他大喊"石头"，大石块砸向下面的王滨。时间紧迫，王滨没工夫观察石头的来向，本能地缩起身体使劲凑向岩壁。

石头砸在旁边，王滨的肌肤紧贴在安全带上的保护器（"8"字环）上。绳索飞快穿过保护器，这个"8"字形金属因迅速摩擦过热，在王滨的身上烙下了一个数字"8"。直到现在，这个烙印在他的小臂和胸前依稀可见。

就是王滨、康华这样的民间攀岩爱好者，经历了白河攀岩最初的萌芽发展阶段。他们缺乏装备，攀岩场地也不固定，只能依靠自主学习，自己摸索攀岩技术。

德来目睹了一切。德来之家不仅可以车接车送，提供房间和饭菜，还多次协助救援意外受伤的岩友。

攀岩者们命名的攀岩线路五花八门，和当地人的叫法不同。攀岩者受伤时，他们第一时间想到的就是德来。只有德来能立即通知救护车，并在第一时间告诉救援人员受伤者的准确位置。

越来越多的攀岩者找到德来之家。德来之家并不大，但是这个院子里汇聚的攀岩者，成为国内第一批顶尖的民间登山家。

走出白河

王滨把攀岩者分为三类。

第一类是竞技型选手，他们往往需要参加比赛取得名次；第二类是民间精英玩家，他们会去探索新的线路，去更高的海拔和更远的远方，他们是真正的开拓者和探险家；还有一类是每周从城市赶往山区的周末攀岩者，他们不会去开发更多的线路，是成熟攀岩线路的受益者，他们攀岩，更像是为了短暂逃离城市和琐碎的家庭生活。

康华显然是第二种人。脊椎损伤的康华伤愈后，成为德来之家的周末常驻军。他对白河地区绝大部分岩场的线路了如指掌，开发了老岩场、纪念碑等经典的岩场和线路，成为岩友们的免费向导。德来的院子，也成了攀岩者们交流信息的中心地带。

慕名来白河攀岩的人越来越多，在德来这里住宿一晚只收十块钱，来玩的几乎都是回头客。石城镇张家坟村的农家院寥寥几家，攀岩爱好者往往需要提前预订德来之家才有房间，普通游客临时住店基本满房。德来索性又投钱扩建了两间房。人气最旺的时候能住四十多人。

德来之家的墙上挂满了康华拍的老照片。康华却不见了。

2002年，康华辞掉安稳的银行软件开发工作，离开北京，以志愿者的身份去了西藏登山学校工作。

西藏登山学校在登山圈里很有名气，被国内攀登者誉为“西藏登山大学”。康华刚去的时候，学校已经初具规模，但是条件依然简陋，他的工作就是教授西藏登山学校第二批队员的攀岩课程和汉语读写。

在拉萨的那段时间里，康华在色拉寺周边开辟了多条自然岩壁攀岩线路。作为学校的领队和教练，他又攀登了念青唐古拉峰、章子峰、宁金抗沙峰、启孜峰、唐拉昂曲峰。藏族队员的负重能力和行进能力是康华的数倍，课堂上拘谨羞涩的他们，在山野里却如同脱缰的野马，凭着本能在山野中驰骋。这批队员后来成为国内早期高海拔攀登的职业登山向导。

2004年冬，康华和搭档成为第一支登顶四川四姑娘山幺妹峰的中国队伍，也是该山峰历史上第五支登顶的队伍。这座海拔6250米的山峰，地形复杂破碎，对攀登技术要求极高，是国内殿堂级技术性山峰。幺妹峰从1981年人类首登迄今，登顶人数极少。“要比登顶珠峰的兴奋感来得更强烈。”康华把队友的兴奋用相机记录了下来。这次足以载入中国登山史的攀登，被他视作人生中最重要的经历。

创造另一项纪录的攀登者是不爱说话的陈晖，他也是德来之家的常客，却被人看成另类。1994年寒冬，王滨正在白河的天仙瀑冬训，看见一个人侧挎着运动提包，从峡谷深处走出来，只身一人，带着瓶水和一件羽绒服。王滨好奇地问：“你来干什么的？”对方说，想沿着白河转转，一路从白河上游徒步下来，路过的每个峡谷都钻进去看看。他已经在冰封的冬季徒步了好几天。

这个对冰壁情有独钟的人正是陈晖。在2002年之前，陈晖热衷于开发攀冰线路，爬过密云所有景区的冰壁，陷入了极度疯狂的状态。

陈晖是北京一家物业公司的电工，1992年参加单位组织的攀岩体验活动，同事告诉他：“攀岩就是在一块有好多点的墙上，向上攀爬的运动。”他虽然不理解，但还是和同事一起去了北京怀柔的中国登山基地。

第一次攀岩的陈晖，爬得磕磕绊绊。自那开始他频繁出入攀岩馆，刻苦训练，之后加入了北京青年攀岩队，1995年接触野外攀岩，一年后接触攀冰运动。

陈晖人生中真正的转折点是从知道“Free Solo”开始。这种新的攀登方式——Free Solo，也就是无保护徒手攀登——不使用任何绳索、安全带或其他保护装备。如果攀登者不幸从百米高空失足，只有坠落死亡，没有第二次机会。

陈晖了解最多的是丹·奥斯曼（Dan Osman）的Free Solo报道。1998年11月23日，丹·奥斯曼不幸遇难。陈晖也被人无数次告诫，无保护徒手攀岩是不理智的，但他依旧选择尝试Free Solo，并将这种方式应用到攀冰运动。

岩与冰

如果要为白河攀岩修一部正史，那么白河地区的攀冰故事则是其中一部外传。陈晖认为，攀登冰壁比岩壁更容易掌控，“镐打好了就很坚固，风险主要是看你自己的判断能力，你判断它很安全，实际上很安全，那就很安全。不像攀岩，有可能会出现滑脱的情况”。

2000年，陈晖二十九岁，他给自己定下了Free Solo的三个目标：先后搞定白河地区的京都第一瀑、天仙瀑、百米瀑。准备无保护攀登计划期间，他自己制作了岩塞、铝块塞、一次性铜丝塞、角钢Hanger这些攀登器材。见过他制作这些器材的人，都对其设计和做工赞不绝口，但除了陈晖没有人敢用。

2001年1月，陈晖无保护攀登了六十二米高的密云京都第一瀑，难度WI3。

陈晖无疑做了绝大部分人不敢想象的事情，也极少有人认同他的做法。这种“否认”更多的是对Free Solo充满误解，很多人只看到了Free Solo的形式，觉得这是在找死，但他们没有理解Free Solo的内在逻辑：强大的自信——在反复训练后达到炉火纯青的技术，以及超出常人的精神力量。

陈晖的Free Solo并不是一蹴而就，最开始他会在一条线路上反复顶绳攀爬，训练技术，琢磨其中的难点。他再用“大冲坠保护”的方法，多次熟悉那种极度的暴露感，锻炼Free Solo过程强大的内心。

2002年，陈晖听说纪念碑线路——张家坟村附近一处光滑的白色花岗岩壁——将要被封。白河河水正从纪念碑线路附近流经，政府出于环保原因，要禁止攀岩爱好者攀爬这条经典线路。5月4日，为纪念这条即将被封的纪念碑线路，陈晖用Free Solo的方式完成了这条四十九米高的线路。他回忆道，当时爬起来什么都没想，“感觉比有保护舒服，爬得挺爽”。

很快，他又开始准备挑战更难的天仙瀑。同样是Free Solo，看起来攀爬形式类似，但攀冰的逻辑和攀岩截然不同。

Free Solo不容有任何失误，这名无保护攀登者要进行大量的针对性练习。那段时间他每周末都去白河攀岩，第一天住在德来之家，第二天早上六七点钟，天还没亮就坐德来的车出发，下午三四点钟从山里出来。步行到返程的搭车地点时，天往往已经黑了。

德来为此常常担心不已，他会拿着手电筒，走进岩场去找人。有一次陈晖出山特别晚，德来以为出事了，回村拉了两块木门板守在约定地点。曾有人告诉他，如果攀岩者腰背摔伤，用软担架会残废。等德来看到岩友伍鹏和陈晖一起走出来时，才知道，他们那次迟迟不出来是去找丢了的攀冰装备。

爬天仙瀑的难点是顶端四五米的直壁，陈晖索性直接挂在顶上反复爬那一段。在有保护的情况下，他熟悉了全部线路的难点。爬了几次以后，他终于觉得可以Free Solo了。

2002年12月，陈晖无保护攀登了密云四合堂九十米高的天仙瀑，难度WI4。

陈晖Free Solo的最后一站，是云蒙峡的百米瀑。他没有马上行动，因为有一段二十米的直壁很容易失误，他犹豫了很久。他每周都去攀冰，反复爬这段直壁，却始终觉得无法搞定。

2003年2月，快到春节，天气转暖，陈晖的精神状态很好，他想，如果今年不Free Solo，可能就再也不会Free Solo了。那一天还是来了。

这天天气很好，陈晖一早就起床，天刚亮就进了云蒙峡。王滨和伍鹏几个朋友都去观战。王滨在冰壁五十米高的台阶位置，选择直观的角度拍摄。伍鹏和另外两个朋友在地面拍摄远景。

百米瀑的攀冰线路很难，陈晖爬得很慢，每个难点他都会休息五到十分钟。经过最难的二十米直壁时，这名无保护攀登者无法停下来休息。冰镐打进去，他能感觉到里头是空的。Free Solo完这段高度八十米、难度WI4+的冰壁，陈晖用了大约一个小时。

王滨用摄像机拍下了整个过程，并发到视频网站上。王滨说，他亲身感受到一个人“隐藏在冷静和严谨下的狂热和浪漫，也看到一个人在逐渐向自己的极限推进的势能”。

就在外界以为陈晖会追求更极致、更极端的线路之时，他却突然放弃了惊心动魄的挑战。从那之后，除了配合电视台的拍摄，以及一些一二十米高甚至更短的线路，陈晖再也没有挑战过高难度的Free Solo。

2005年，陈晖辞掉物业公司的电工工作，做了攀岩教练，收入更加稳定。他有了更多时间训练。他从不缺乏想象力，开始练习走扁带，把攀岩当成一种乐趣。他甚至会在城市街道两侧的建筑物上攀岩和抱石。

康华则在2006年回京，成了第一批中国阿式登山精英摇篮CMDI（China Mountaineering Development Institute，中国登山高级人才培训班）的培训教练。CMDI团队后来在白河的蜜蜂峡谷岩区开发了三十多条线路，在怀柔黄土梁开发了六十多条线路。

这群从白河走出的年轻人，有时还会回到德来的院子里吹牛喝酒。德来之家的生意也越来越红火，定期来入住的岩友越来越多。德来会按照岩友们的需要准备早餐。他跟岩友学做的干烧鱼，成了德来之家的主打菜之一。满桌的菜，这当中，怎么也少不了酒。

自由与酒

白天攀岩，晚上喝酒，这简直是岩友们的理想生活。

王滨很随性，问德来要几瓶啤酒，喝完酒就趿拉着拖鞋去攀岩。这在白河并不罕见，攀岩者们酒后的醉态听起来很荒唐，他们却很开心，有点上世纪七十年代美国优胜美地嬉皮士攀岩的风格。

当我们谈论起攀岩时，总也绕不开优胜美地国家公园，酋长岩、半穹顶……赫赫威名的花岗岩上，写满了传奇。这些岩壁高大、陡峭、光滑，仿佛从土里长出，只为了攀岩者而存在。

于攀岩者而言，优胜美地是世界攀岩圣地，所有的攀岩文化都在这里诞生，这里是一切的起源：器械攀登（Aid climbing，攀爬过程中使用的器械不仅用作保护，而且借助向上）、自由攀登（Free climbing，不借助外力只利用手脚在岩壁的天然岩点上攀爬，绳索等技术器材仅用来确保安全，而不辅助攀爬）、Free Solo（无保护独攀，即一个人独自攀登，不使用任何确保设施）、优胜美地攀岩难度标准（Yosemite Decimal System，如5.10）、户外品牌……这些影响到现代攀岩方方面面的形式与标准，都由此而来。

在二十世纪五十年代，一些美国年轻人被凯鲁亚克的著作《在路上》所影响，开始走向群山和荒野，积极探索新的生活方式。这些“垮掉的一代”崇尚精神自由，身体解放，并反对文学作品的审查，攀岩、喝酒、泡妞是他们的日常。

在这些年轻的叛逆者眼中，攀岩是一种全新的冒险运动。他们没有工作，居无定所，常年混迹于优胜美地山谷中的Camp 4营地，信奉在攀岩中寻找自己——攀岩是他们生活中的唯一，也成为优胜美地唯一的话语体系，谁搞定了最难的线路，谁就会获得更高的威望。

攀岩运动来到中国这片土壤，已经剥离掉美式离经叛道的标签，追求更加纯粹的攀爬快乐和自由。早期国内白河攀岩爱好者都是IT从业者，康华在2002年辞职之前一直是程序员，攀岩爱好者伍鹏则从事游戏软件开发的工作。

那时还是拨号上网，这些攀岩程序员有更多信息渠道，他们能通过网络获取国外攀岩技能的信息和顶级大神们的资讯动态。当时在美国生活过的中国攀岩爱好者，会把“打不打膨胀螺栓”这样硬核的技术讨论带到国内。在那个年代，只有国内少数互联网从业者和知识分子才会接触到攀岩文化，白河地区的攀岩文化也因此变得精英化。

曾和康华一起穿越过可可西里的朋友黄鹤，觉得他是一个很有原则的人，但是“酒后的康华才是最本质的康华”——认死理，轴，不变通，不让步。

当时康华做了个非商业攀岩论坛，叫“岩与酒”。论坛有点朋克的气质，攀岩爱好者可以在论坛上发表硬核的技术帖，也可以自嘲和吹水，甚至发表对当下社会热点问题的看法。有一年，网上热议的郭美美事件爆发，为讽刺事件背后的社会问题，攀岩者阿草给新开的攀岩线路命名为“党员郭美美”。

康华去西藏以后，“岩与酒”论坛无人维护，也就渐渐没落了。伍鹏也是个程序员，他征求康华的意见，问能不能重新把论坛做起来，就有了后来的“盗版岩与酒”论坛。

伍鹏的网名是“自由的风”，岩友都叫他“风”。

从白河最早的老岩场开始，伍鹏参与了大量线路的开发，并且自掏腰包垫付开线的费用。伍鹏亲自开发的老怪岩场的镇场之线老怪，是许多攀岩爱好者来到白河必磕的经典线路。他和王茁一起开发的Beginner线路，至今仍有攀岩新手在这里练习结组。

在很多老一辈的攀岩者眼里，伍鹏是北京白河岩区的主要建设者和线路开发者，也是中国攀岩基金的铺路石。他创办的“盗版岩与酒”是中国技术攀登的权威资料库，早期“岩与酒”论坛的精华帖也被保存下来。在攀岩信息匮乏的年代，攀岩者们能在这里了解到各地攀岩信息和攀岩圈内发生的名人轶事，还可以找搭档、找攻略。

伍鹏和搭档王茁是白河攀岩基金的第二代管理者，他曾经开发并首攀了白河最早的多段传统线路黄蜂之鸣，最难处有五米高的屋檐线路。

每个人都希望自己变得更强大，茁壮成长的白河攀岩者们，一旦技术提高，都要在更加壮阔的山谷中继续试炼，但结果并不总是皆大欢喜。

王茁也是王滨所说的第二类攀岩者，“去更高的海拔和更远的远方”。2004年，王茁在四川四姑娘山长坪沟骆驼峰遇难。为纪念遇难的好友，一同首攀黄蜂之鸣的岩友黄茂海，将这条线路重新命名为“纪念王茁”。

伍鹏说：“Climber的故事应该被记录下来。”他在“盗版岩与酒”论坛专门开设了一个版块，用来纪念国内逝去的攀岩高手，第一位就是王茁。没有想到，十年后，伍鹏自己成了纪念版块的第五位攀岩者。

2004年10月，伍鹏第一次登四姑娘山婆缪峰——四姑娘山长坪沟内一座高难度的岩石型山峰，婆缪峰锥形耸立的山尖，远眺者都会心生畏惧。他和搭档攀登至四千七百米，并未登顶。

2014年，伍鹏再次尝试攀登婆缪峰。营地和十年前一样，他和王滨的两顶帐篷依旧搭在同样的地方，王滨拿出进山前在冰石酒吧买的伏特加，抬手向天，敬了敬离他们而去的朋友王茁。

第二天，他们来到十年前王茁和伍鹏放器材的地方。王演说，这是我们的青春和我们的故事。几个人坐在地上，哭了笑，笑了哭。这次登山却让“自由的风”永远地停留在四姑娘山的山谷里。2014年8月，伍鹏在登顶婆缪峰下撤时遇难。

王滨有时觉得，这应该是伍鹏开的一个玩笑。当年“盗版岩与酒”论坛的三个版主，王茁和伍鹏相继离开。

现在只剩下他自己。

生而攀岩

何川成了德来之家的第二批常客，德来喊他“小河”。如果没有在白河攀登，何博士的平行人生也许是努力发表论文，评更高的职称，周末带着孩子上补习班。

“你要把一件事情做到最好，怎么有精力去做另外一件事情？选择了这个，另外一个就没有了。”何川是个佛系的大学讲师，也是个天生的攀岩者。没有人传授给他独攀的技术和经验，全靠自己摸索。他觉得有成就感。

2015年，何川独自一人花八天八夜在华山南峰，完成了中国第一次大岩壁独攀。在中国的热门景区完成一件了不起的成就，何川也顺理成章地走进主流媒体的视野。

他曾经表示，希望到七十岁的时候自己还能攀岩。

2002年，何川开始在白河攀岩，启蒙老师是王茁。从那时起，他一有时间就去白河练习攀岩，爱上了在自然岩壁上攀爬的感觉。2004年，白河攀岩基金第三任管理权转交给了以何川、恰米大姐、阿草、阿甘等人为主的核心攀岩者。

王茁的突然离去，让何川没了精神支柱，沉寂了一年。

“攀岩就让我快乐。”何川没想过做什么大事业，只想把握上天给他的让他活的机会，过得快乐。

何川不光和中国人一起攀岩，还会和一些外国攀岩者一起爬。波兰女孩木兰认为他是一个真正的攀岩者。木兰曾经在自己的搭档德国攀岩者Torsten身上找到了同样的真实。Torsten周五会从长春坐一夜火车过来，周六周日爬一天半，周日晚上再坐一夜火车回去。

在德来的印象里，木兰总是很严肃，不爱笑，像是攀岩者里的苦行僧。起初她总是带着帐篷，直接裹着睡袋住在老怪岩场的大石头下。每周在白河攀岩，她的预算只有三十块钱：花十块钱坐德来的面包车到白河，每晚再花十块钱住在德来之家，十块钱用来买水和吃的。这跟美国攀岩群体中的“Dirtbag”文化十分相似，没有正式工作，放弃对物质生活的一切追求，过着极其节俭的流浪生活。攀岩是他们生活中的一切。

刚开始，木兰不叫木兰，她的中文名字叫伊能静。朋友们知道她每周都会去白河野攀，说木兰这个名字更适合她。她不明白具体是什么意思，只是觉得名字很酷，背后也许还代表了某种性格。

在白河攀岩历史中，会有浓墨重彩的一笔属于国外的优秀攀岩者。

早在上世纪八十年代，白河就曾吸引了一批外国攀岩爱好者。兴客来客栈老板回忆道，他曾在那时见到外国人在白河开线，“人在几十米高的岩壁跳来跳去，简直像疯子，天天没事干爬刺子”。

从1999年开始，国外攀登者在白河攀岩，带来了全新的攀登技术和理念，也留下了一些经典线路。这恰恰是白河攀岩多元文化不断融合的过程。比如美籍韩国人Young Chu，他擅长开线，也很热情，是个优秀的传统攀登者，会用独特的视角开出一些比较有意思的线。

荷兰的小郭，自称是最了解白河情况的外国攀岩者。2003年，小郭在厦门大学读中文。2004年，他坐着慢慢悠悠的980路公交车，和几个朋友一起来到白河的张家坟村，住在德来之家。

当时岩场并不多，攀岩爱好者也只有零星几个。后来攀岩的人多了，在德来之家聚在一起吃早餐的时候，小郭会到处询问，今天你去哪里爬？我可不可以跟你们一起去？每天傍晚回到德来之家的时候，他也会到处找人聊天，今天你搞定了哪些线？

最让小郭感动的是德来。每次小郭打电话问，德来，你方便接我一下吗？无论是凌晨一点还是早晨七点，德来都会去县城接他。有时德来也不要他钱，小郭会坚持付钱。

遇到中文不好的外国住客，小郭经常充当翻译。德来开玩笑，说小郭长得像俄罗斯总统普京。这个外国男孩也经常开玩笑说，德来这儿是他的第二个家。他和德来的关系不仅仅是住客和老板，还是朋友。

小郭了解德来小时候的生活，知道他小时候在水泉峪的村子里长大，甚至带自己的母亲去过那里。小郭的母亲不喜欢攀岩，但是一到白河就说，这里很好，有水，有鸟，很安静。

白河，就像一个游离于都市之外的异想世界。

攀岩乌托邦

何川去过世界各地攀岩，他发现国外的攀岩胜地在国内都能找到相对应的地方：美国西部的优胜美地属于特别大的花岗岩山体，国内类似的有华山；美国的科罗拉多州很多有裂缝的砂岩，国内有老君山……白河是唯一的白河。

从地理角度考量，国外没有任何地方和白河对应——春天和夏天的白河适合攀岩，秋天的白河最美，到冬天，冰天雪地的白河就成了攀冰胜地。在白河，你可以同时玩运动攀、传统攀、抱石、攀冰、冰岩混合攀和干攀等多种形式的攀登——除高海拔攀登没有，其他所有的攀登都有了。

从河北省张家口市沽源县发源的白河，流淌过燕山山脉中段的云蒙山，把两岸切割成花岗岩为主的白河峡谷，河水继续穿过北京延庆区和怀柔区，最后汇入密云水库，抵达这处土生土长的、中国人自己开发建设的岩区。

2008年，何川在白河租下一个小院，租期五十年。院子四周山峦起伏，他重新装修了这个建于1980年的农家院。

在白河的院子里，何川可以随时练习攀岩。院子一侧有面他亲手设计的攀岩墙，他也经常拿着冰镐，在院里悬在半空中的木桩上模拟训练。连他卧室的墙都是石块垒成，他甚至可以随时爬上去练一手。

何川说，白河让我有归属感，有家的感觉。他的父母从重庆老家搬过来之后，家的味道变得格外浓。

有了自己的小院，何川便不再去德来之家住，但是德来依旧经常开车去何川家里，接人或者送人。有时德来晚上没事，开着车就去何川家待着，和他父母聊聊天。

如果说光学博士何川是一位理性的攀登者，那设计师王滨就是纯粹的艺术家。

王滨是最早在白河安家的攀岩者。他是德来之家的常客，走到张家坟村里，周围的村民都跟他打招呼。最开始王滨每周去白河两天，后来一待就是三四天。2002年，为了省下住农家院的钱，他干脆托德来介绍，签了十年的小院租期合同。

王滨想把自己的白河小院布置得更加精致洋气。他请了当地村民来装修，做一个落地玻璃。村民不知道房子还可以这样设计，死活不给做。王滨想做个吧台，村民面面相觑，不理解什么是吧台。王滨想了想说："那你给我用砖砌一面墙，但是只砌一半，不要砌到顶。"等到施工的时候，村民们跑到院子里评头论足，王滨只能苦笑。

浪漫主义者的创意让整个小院焕然一新。王滨的白河一号院舒适宜人，每次来他的小院里串门，岩友们都羡慕不已。

白河二号院是徐晓东、徐晓明、孙平共同承租。同样作为白河地区的开创者，他们没有选择更极限的挑战，而是做了中国第一个技术攀登全线装备的户外品牌“旗云”。

旗云的店在旁人看来特立独行：“早十点开晚五点关，周六周日大门紧闭，店员们看上去个个牛皮轰轰，老板们则经常自个儿出门爬雪山。”白河二号院更像是一个单身男性俱乐部，这里有雄性荷尔蒙，有酒，有台球，有音乐，还有四处游荡的猫，唯独不允许玩牌。

康华和国家攀岩队教练赵雷、登协注册教练老高也开始筹划找合适的新院子。德来几乎成了他们的“本地物业管家”，很快就帮他们找到一个有土炕的小院。

原来的攀岩搭档和酒友，现在成了邻居和室友。2008年以后，在白河租小院的攀岩者越来越多，村民们也很乐意把闲置的空院子租出去。

每一个院子，都是小小的攀岩社群，他们的组合，逐渐形成白河独特的攀岩社群文化。

虚度禅院是个两层建筑，没有门牌，青砖白墙，院子花圃里种着薄荷、紫苏、格桑花。院子的主人是老岩棍魏高翔，人们更习惯叫他魏老师。魏老师是位白须垂胸的老者，身形健硕，看起来仙风道骨，实则是一个文艺“青年”，曾经写过三本书，是北京作家协会的会员。

院落的铁门时常紧闭，只有周六日才会敞开。住在这里的多是年轻的攀岩爱好者，斯坦利是这个院子的租客，他以前也是住在德来之家的熟客。有了院子以后，斯坦利下了班就可以两手空空地直接从北京出发去密云白河。他什么都不用带，鞋、安全带、快挂、绳子，甚至换洗衣服和被子都有。

斯坦利觉得，住在白河的院子里就像是在度假。从岩场回来，一进院子，往往能看见魏老师开一瓶啤酒坐下。院子里有玩台球的，有躺着休息的，有玩手机的，大家一起吹牛，一下就放松了。每天晚上八九点吃完饭，岩友们坐在院子里继续喝茶聊天。人多的时候，还会起起哄比吊环。吃完晚饭，魏老师开始去附近的院子到处串门溜达，喝点小酒醉醺醺的。

2018年暑假之前每个周五的傍晚，魏老师会开车到北京来广营地铁站附近，拉上几个人，一起去白河。从北京市区驱车两个多小时，就可以逃离两千万人口的逼仄感，一头扎进山清水秀的白河世界。有人说，这是一种逃避，但我们更认为这是一种选择。白河攀岩者选择用这样一种方式，来化解都市生活中的压力和困惑。

四十年前，美国那帮“垮掉的一代”找到了优胜美地，驻守在花岗岩岩壁构建的乌托邦，用攀岩来表达自己。白河也是如此。优胜美地是美国攀岩者的乌托邦，白河就是中国攀岩者的乌托邦。

石城禁地

如今在白河攀岩，学会辨认颜色很重要——绿衣服是水保大队，黄衣服是护林大队。如果你没有及时从青黄相间的树丛中辨认出他们，那么这条线多半是爬不成了。

2014年以后，白河一到周末就开始堵车，来白河攀岩的人越来越多。扎根在当地的攀岩爱好者不断宣传，更多人知道了这里，城市岩馆的发展也带动了白河攀岩的发展。斯坦利见过白河老怪岩场最火的时候："半个奥莱岩馆都搬去了，奥莱七仙姑都在那儿。"他刚去白河攀岩时，能力有限，只能爬简单一点的"小怪"。老怪岩场的线路难爬，他就在一旁看别人爬。

2015年，由白河攀岩基金支持的《北京攀岩指南》也开始出版发售。这一年，也是德来之家生意最好的时候。他的生意越来越旺，直到2018年的白河攀岩季。

2018年4月，正是白河的攀岩季，攀岩者却被连番驱逐。

4月21日，中国农业大学的学生张嘉澄和两个校友，在白河四合堂岩场的白虎线结组攀岩。这条线路临近白河河水，线路到顶共有八段。早上十点左右，他们爬到第一段时，河边停了两辆车，车里下来的几个游客铺了地席。等到他们连续攀登了第二和第三段时，那群游客穿着短裤下水了。

下午四点，张嘉澄几个人准备下撤时，河边来了一辆消防车，他们才意识到出事了。当时他和结组的队友们说，担心护林员会来没收他们放在攀爬起点的装备。

他们在下降的时候，消防员正从河心拉起绳子。绿衣服的执法人员对他们厉声大喝："下来！"

他们到了地面，才发现河里拉出的正是溺亡的游客尸体。

张嘉澄和同伴收拾东西时，两名石城镇水保大队的执法人员赶走攀岩者，收走了价值数万元的攀岩装备，留下一句话："有意见就带上身份证去找石城镇政府！"他们警告接送攀岩者的司机德来："再别拉攀岩的人来了！"

没收装备事件发生不久，攀岩者阿草在四合堂地区开发攀岩线路时，也被没收了装备。他还算幸运，拿着记者证向水保大队领导说明，攀岩运动不会对水环境保护产生不好的影响，取回了自己的装备。

半个月后，张嘉澄和同伴前往石城镇水保大队，也取回了攀岩装备，条件是签下不再前往白河攀岩的保证书。

攀岩者为戏水的游客背锅，已经不是第一次了。不了解这项运动的人，会偏激地把攀岩等同于危险的极限运动。攀岩真的是在玩命吗？不可否认的是，《北京攀岩指南》开篇第一句话就是："攀岩是一项有危险的运动，可能导致严重伤害，甚至死亡！"但是在正规操作的前提下，攀岩完全可以做到安全可控。回顾白河攀岩二十余年的历史，仅出现过一次攀岩者意外身亡的例子。

倒是有不少游客因戏水发生意外。早在2017年4月，白河的河边就有游客溺亡，从此官方开始在白河临水线路处禁止攀岩，曾一度在河边立了“严禁赌博，严禁贩毒，严禁卖淫嫖娼和攀岩”的标牌，白河攀岩者们因此纷纷自嘲是“偷鸡摸狗之徒”。

2018年10月的一天，石城镇政府找到小李子，开始陆续拆掉白河二十年来的百十条线路。小李子拆下来的金属挂片，叮叮当当，留在手里没什么用，不如一堆废铜烂铁，还可以卖钱。

当年白河攀岩基金在开辟线路时，考虑到日常维护的需求，并没有把膨胀螺栓打得特别深。小李子反而利用这一特点，一条线路接一条线路，拆得十分高效。“这真的很黑色幽默。”康华苦笑道。

2019年3月开春，又是一年白河攀岩季。攀岩爱好者蓝鱼作坊通过北京12345热线反映了白河地区攀岩受到限制的现状。官方的回复是，为遵守水源保护方面的系列文件规定，以及森林防火方面的相关规定，石城镇安排专人看守，水库、河道沿线保水员进行巡查，并竖立警示牌，禁止漂流、盗采、宿营、游泳、两岸攀岩、烧烤等违法行为。

这个回复并没有得到白河攀岩者的认可。何川说：“保护水源和防火规定攀岩者是认可并赞同的，同时攀岩活动和上述规定并不矛盾，是每个攀岩者的切身认知。”

在《北京攀岩指南》手册中，赫然写明了尊重“当地原住民”和保护“环境”的白河攀岩准则。在防火季，白河地区是关闭状态，攀岩者并不会在此时进行攀岩运动。在水源保护方面，这个攀岩的群体，恰恰也是最有环保意识的群体。白河攀岩文化源起于北京的精英阶层和知识分子，不乱扔垃圾只是基本的素质，他们还发起过多次白河岩场的清洁行动。

如今白河地区临河部分的岩场，依旧属于明令禁止的范畴。

“猫捉老鼠”的场景在优胜美地也曾上演过。在1975年，优胜美地国家公园，也出现过官方打击攀岩文化的历史。当时在优胜美地的嬉皮士们行事高调，留着长头发，吸食大麻，免费占用着公园里有限的资源。最终他们和景区管理员的矛盾逐渐激化，很多行事乖张的攀岩者被捕，但是优胜美地也从未出台过“禁止攀岩”这种一刀切的明文政策。

田野攀登过优胜美地酋长岩上著名的“鼻子线路”，他十分了解优胜美地的攀岩文化。

“在优胜美地，大自然的资源是属于所有人的。”田野说，他在优胜美地攀岩时，能感受到热爱优胜美地的人，无论游客、管理员还是攀登者，都在逐渐接受共享资源的理念，“所有人都能享受到那一份来自大自然的馈赠。”

政策总是会变，不变的是岩壁，和攀岩者挑战不可能的勇气。无论是在优胜美地还是白河，一百年后，没有人会记得那些景区管理员，人们只会记住这些线路开辟者的名字。

白河之春

又是一年开春，冰冻的河水开始解冻，德来的院子里又迎来了年轻的新生代攀岩爱好者，他们带着朝圣的心态，从市区的攀岩馆走进白河峡谷，成为如今白河攀岩的活跃分子。

在很多没有接触过攀岩的年轻人看来，攀岩是一项只敢远观、不敢走近尝试的运动，但这群攀岩者沉迷其中的样子，却又让人跃跃欲试。

虚度禅院的魏老师写了一首《岩棍之歌》。歌词不吹不捧，很写实：别傻×了，没朋友的远方，什么都没有／别傻×了，没岩壁的远方，什么都没有……什么什么？你说哪儿／找个日子，一起去攀岩／一起吃，一起睡，一起爬。

吃饭、睡觉、攀岩，就是白河攀岩者们的日常生活。如果你经常在白河攀岩，不可能没见过周鹏。他一头短发，皮肤黝黑，肌肉饱满，时常带着几个年轻的学员，在白河周边的岩壁上教授攀岩技术。

早在2006年，周鹏还在中国农业大学上学时，就跟着学校的登山社团来过白河攀岩。当时他们没有老师教，由队长挂线，带着学习入门动作，一年也来不了一两次。2008年，他和搭档严冬冬在尝试攀登四姑娘山幺妹峰之前，就时常来白河训练。

2009年11月，周鹏和严冬冬第三次尝试攀登四姑娘山幺妹峰，开辟了南壁中央直上新线路“自由之魂”，一战成名。和康华当年攀登幺妹峰的方式不同，这两个二十多岁的小伙子以纯粹的阿式攀登完成这条线路，被誉为新生代攀登先锋。但下山之后，他们俩依然是穷小子。

再来白河攀岩，已经是2011年，周鹏和搭档严冬冬挤在密云县城一间毛坯房里，每天顶着烈日去白河攀岩。空有名气和技术，却养活不了自己，这是中国自由攀登者的普遍困境，他们只有关于自由的梦想和一屋子的登山装备。

之后，他们在中国西部开辟多条阿式攀登新线路，成为中国登山圈中最引人瞩目的登山者。直到2012年6月，在尝试攀登西天山却勒博斯峰时，周鹏的搭档严冬冬遇难。

有人认为周鹏从此消沉了。他却说，自己从没有离开，他就住在山里，“随时都做好了出发的准备，无论是攀登喜马拉雅，还是阿尔卑斯，或是大岩壁”。

2016年夏天，周鹏租了自己的小院，在白河开课教学。他成为白河的第三代核心攀岩者。每天早上，他会在白河的公路上跑跑步，白天要么是教培训班学员，要么就会避开游客密集处和临水地区，开发新的岩场和线路。那一年，周鹏在去爬“纪念王茁”的路上，发现了一片近二百米宽、十到三十米高的岩壁。

2019年春天，周鹏和五名志愿者，以及十二名自己的学员，开始开发这片岩壁。攀岩新生代们不断地试线和检查新线路，他们用四天时间，开辟了三十多条线路。

这片白河新岩场有一个颇有意味的名字——春天里。

2012 年，德国攀岩者 Torsten Treufeld 在 NB 岩场攀爬。Garret Bradley 摄

2013 年，Jeff Trinh 领攀歪瓜裂枣线路，Matt Durnin 给他打保护。Garret Bradley 摄

日出时分，攀岩者谢艳梅在秘密花园岩场攀爬。Garret Bradley 摄

2016 年白河抱石节，李兰在爬“花生牛奶”。Garret Bradley 摄

马安平在白河岩壁上攀爬。Griff 摄

Steve 在白河琉璃庙攀爬。Griff 摄

何川在攀登 Beginner 冰瀑第二段。Griff 摄

Griff 在 NB 峡谷岩壁上攀爬。张睿 摄

斯坦利（左）和魏高翔（右）在岩壁下凝望。斯坦利 供图

岩友们在魏老师的“虚度禅院”。斯坦利 供图

2000 年，几名攀岩者在德来之家谈笑风生。康华 摄

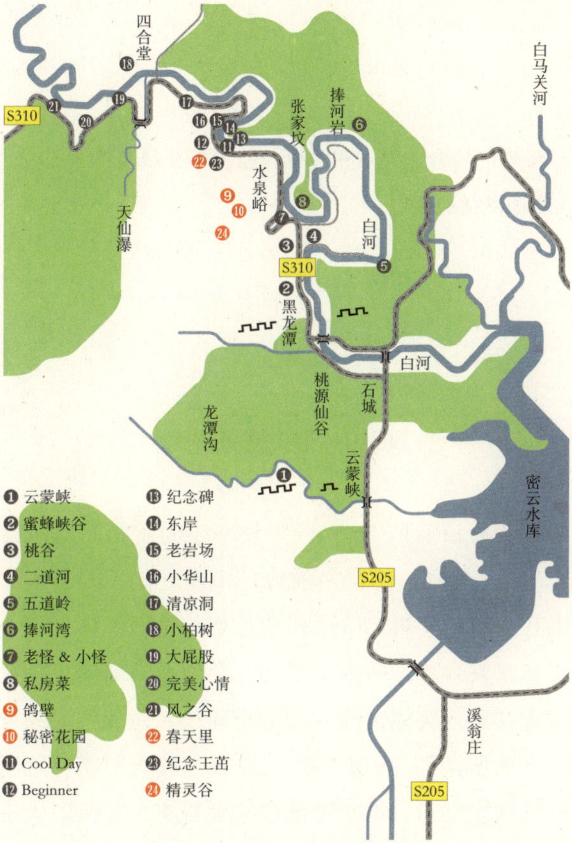

截至 2019 年，白河地区官方已经明令禁止攀爬的岩场（灰色标记）。

Griff 制图

鏖战中途岛

徐　辰

一系列的巧合、失误和时机，使太平洋战争的天平在这奇迹般的六分钟里彻底翻转。

只许获胜的战前研究

1942年4月18日，杜立特中校率领的美国陆航机群首度空袭东京[①]。此时，已在之前数月内连战连胜的日本海军，内部仍在为所谓“第二阶段作战计划”争吵不休，军令部坚持要与陆军联合攻击并占领斐济、萨摩亚及新喀里多尼亚，切断澳大利亚与美国之间的海上交通线，迫使澳大利亚退出战争，即为所谓的“FS作战”[②]。联合舰队则以补给困难为由，予以强烈反对，希望继续攻击夏威夷，并摧毁太平洋上的美国航空母舰力量，联合舰队司令山本五十六为此将目光投向了中途岛。

① 见《读库 1901》“东京上空三十秒”一文。
② “FS”为斐济、萨摩亚两地的缩写组合而成。

中途岛是北太平洋上一个很不起眼的小小环礁，位于夏威夷群岛西北方，距瓦胡岛约一千一百海里。山本计划攻下该岛，以这里为基地诱出美国航母予以歼灭，进而攻打瓦胡岛。这项“中途岛作战”计划代号为“MI作战”，曾整理珍珠港袭击计划的黑岛龟人大佐受命主导立案。

在联合舰队内部，山本责成渡边安次参谋对“MI作战”进行研究，“FS作战”则交由佐佐木彰参谋负责。早在1942年3月31日，对“MI作战”的幕僚讨论会就告结束，次日由三和义勇参谋向山本做了说明汇报[①]。两天后，受联合舰队委派，渡边前往东京的军令部，向作战部长福留繁说明“MI作战”方案详情。不过，军令部仍对这个方案予以强烈反对，并且指出：“该作战方案危险性极大，不仅如此，能否成功诱出美国航空母舰，也仍是未知数。而且就算能够占领中途岛，也难以维持补给，这样一来，该如何保住这个岛屿？”

然而在当时的日本海军有一种奇妙的现象，那就是人情与公务的混糊不清：一个作战方案能否通过，不仅在于方案本身是否合理，更会受到许多无序力量的左右。这一次，山本再次祭出法宝，通过渡边向军令部传达“如果这个方案不能通过，山本长官就辞职”。在军令部次长伊藤整一斡旋下，总长永野修身不得不于4月5日同意联合舰队的“MI作战”方案。

---

① 详见防卫研修所战史室编纂的《战史丛书·中途岛海战》，角田求士执笔，朝云新闻社 1971 年版。下同。

4月25日，军令部将“FS作战”及“MI作战”方案上奏天皇裕仁，一并提交计划与“MI作战”同时进攻北太平洋阿留申群岛的辅助方案，即“AL作战”。结果三个方案均得以通过，只是“FS作战”稍做延后，计划在“MI作战”得手后再全力实施。

三天前，已连续作战五个月、航程超过五万海里的南云机动部队各舰只陆续入泊柱岛泊地，只有旗舰赤城号赴吴市休整。所谓“南云机动部队”，其实就是组建于1942年4月的第一航空舰队，此时编有第一航空战队（赤城号、加贺号航空母舰）、第二航空战队（飞龙号、苍龙号航空母舰）及第五航空战队（翔鹤号、瑞鹤号航空母舰）[①]，是当年偷袭珍珠港的主力部队，因其指挥官是一航舰兼一航战司令南云忠一中将，故诨名“南云机动部队”，在战争初期有时也干脆以“机动部队”指代。这支部队，拥有当时日本海军乃至世界上技战术能力最强、经验最丰富的航空母舰舰员、地勤人员及机务人员，也是“MI作战”的尖刀力量。

4月28日，细雨濛濛，南云机动部队要员们一大早便登上联合舰队旗舰大和号，参加“联合舰队第一阶段作战战训研究会”。

翌日正是所谓“天长节”[②]，早上八点刚过，联合舰队

① 此时第五航空战队正航向特鲁克，计划支援第六航空战队进攻图拉吉岛和莫尔兹比港的行动，详见后述。

② 即天皇的生日，当时为日本四大节日之一，源头为日本朝廷模仿中国唐朝皇帝生日节庆。1948 年废止，改为“天皇诞生日”，相应的，皇后的生日当时被作为“地久节”。语出《道德经》之“天长地久”。

首脑们在大和舰集合举行“遥拜式”，随后又对“御真影”（即天皇裕仁的照片）进行“奉拜”。折腾半个钟头后，以南云忠一为首的机动部队要员再次登舰，继续综合研讨会。连4月30日的分科研究会在内，这场研究会共开了三天。

第二航空战队司令山口多闻在会上提出，从此前的战况来看，以航空母舰为核心的机动部队将是未来海战的决定性力量，目前日本海军“以第一舰队的战列舰集群作为主力，以第二舰队的巡洋舰集群作为先锋”的“舰队决战”体系已经落伍，因此必须尽快解散现有编制，组成三个新的“机动舰队”，各以一定数量的航空母舰为核心，由战列舰、巡洋舰及其他辅助舰艇负责护卫与警戒。

当时日本已有十二艘航空母舰在役[①]，年内还计划入役四艘[②]，这个方案看似可行。而且以战列舰、巡洋舰等无线电设备较完备的舰只担任护卫或指挥舰，也能有效弥补日本航母电信能力贫弱的缺点——这是一直困扰南云机动部队的老问题。但在以山本为首的联合舰队高层看来，机动部队及其航空兵力量只适用于突袭与牵制，要歼灭美机动部队，还得靠第一舰队的大舰巨炮。加上大规模舰队重组还涉及人事调动、作训等复杂长期问题，山口的提议自然没有被采纳。

① 包括海军的正规航母凤翔、龙骧、苍龙、飞龙、翔鹤、瑞鹤，改装航母赤城、加贺、瑞凤、祥凤，特设航母春日丸（后改称大鹰），以及陆军的丙型特种船安艺津丸（一种载机登陆舰，飞行甲板只能起飞飞机，不能回收飞机）。

② 包括海军的改装航母龙凤，特设航母隼鹰、飞鹰、冲鹰。

结果这次研究会不过是为之前已经确定的“MI作战”板上钉钉。

根据这一构想，日本海军将出动约三百五十艘舰艇组成的庞大部队，其中，以潜艇为核心的第六舰队担任先锋，负责扫海警戒；以高速战列舰和重巡洋舰为核心的第二舰队担任攻略部队，负责护送后勤舰只和搭载陆军登岛部队的运兵船；以航空母舰为核心的第一航空舰队担任机动部队，负责压制中途岛守军，摧毁其军用设施及航空兵力；以战列舰为核心的山本主力部队及第一舰队，负责歼灭美特遣舰队。考虑到七月多雾，难以顺利登陆，日军将第二舰队及陆海军联合部队登陆中途岛的“N日”定为1942年6月7日，并计划在三天前由机动部队出动六艘航空母舰的航空兵力量实施奇袭，摧毁岛上的岸防设施并夺取制空权。一旦中途岛到手，机动部队应迅速在岛上展开基地航空部队，以该岛为哨戒中心搜寻美特遣舰队，一经发现，便与第二舰队合作予以牵制，主力部队和第一舰队再从战线后方压上，一举歼灭之。在此期间，第五舰队要以包括两艘航空母舰在内的兵力护送陆军及陆战队进攻阿留申群岛的阿图岛和基斯卡岛，以为侧卫。此为“MI作战”第一阶段计划，之后将部分舰只派向特鲁克攻击澳大利亚，主力部队从中途岛向东南进击，争取在10月攻占夏威夷。

明眼人一眼就能看出，这个作战方案和偷袭珍珠港的行动计划一样，分明是硬写出来的，且不说第重兵守卫的夏威夷如何打得下来，就连进攻中途岛的计划都是以美国人根本不察觉日军行动为前提而制订的，天底下哪有这等好事。

而机动部队在方案中更像是诱饵兼牵制部队，又走回业已过时的“舰队决战”老路。至于整个作战计划的主要目的究竟是占领中途岛，还是击溃美特遣舰队，也十分暧昧。

联合舰队自5月1日起在大和舰上实施为期四天的兵棋推演，由参谋长宇垣缠出任推演总监兼裁判长，同时负责指挥蓝军（日军方面）。果不其然，在推演过程中，进攻中途岛的南云机动部队遭美航母舰载机突袭，四艘航空母舰被击沉，登陆行动难以为继。宇垣缠竟以“对方命中率太高”为由，强行将已被判定为沉没的加贺舰中弹数由九枚改为三枚，让其以轻度损伤状态复活参战，同时禁止担任红军（美军方面）司令的松田千秋从夏威夷派出援军。推演继续进行，蓝军虽打下中途岛，却又遇到补给跟不上的问题。而在进攻阿留申群岛的“AL”作战兵棋推演中，航空母舰龙骧号及隼鹰号更是在浓雾中撞上美军水面舰艇，遭炮击与雷击沉没。

5月4日，在兵棋推演结束后召开的研究会上，漏洞百出的“MI作战”方案遭到多方非难，都被联合舰队首脑们厚着脸皮以荒唐理由搪塞过去。例如，第二舰队司令近藤信竹认为无法同时压制已做好充分准备的中途岛守备部队和美特遣舰队，山本五十六却说“只要奇袭成功就能打赢”；近藤进一步指出：就算打下中途岛，也无法保证补给线，宇垣缠回答说不用考虑什么补给，要是守不住就把岛上设施全炸掉再撤退；第五舰队指出，机动部队和山本舰队距离过远，难以有效协同，黑岛龟人答复“反正没问题”；机动部队航空甲参谋源田实指出兵力过于分散，且配给机动部队各航母的辅助舰艇防空能力不足，需要航母自身维持上空直卫战斗机以应付美军机群，因此希望能将预定派往阿留申的龙骧舰和隼鹰舰也划归机动部队，以增加战斗机数量，黑岛的回答是“作战方案已由联合舰队司令长官拍板，不方便更改”。源田实、山口多闻和当时负责统筹指挥南云机动部队所有飞行队的渊田美津雄认为机动部队应得到更多休整时间，以便休养及提升补充兵员的练度[①]，亦未获批准。

当时在联合舰队司令部当勤务兵的近江兵治郎战后回忆，山本五十六对“MI作战”的态度很执拗，甚至说出“对本作战有异议的舰长，请立即辞职”这样的重话[②]。

就这样，“MI作战”被联合舰队强行推进。1942年5月5日，大本营海军部就该作战颁布《大海令第十八号》（“大海令”为“大本营海军部命令”之略称）：

大海令第十八号

昭和十七年五月五日 奉敕军令部总长 永野修身

兹命令山本联合舰队司令长官

① 在当时的日本海军中，“练度”指战斗员的技战术素养、协同能力、应变能力、沟通能力等要素。

② 摘自《联合舰队司令长官山本五十六和他的参谋们》，近江兵治郎著，TIS社2000年版。

一、联合舰队司令长官应协助陆军，攻取AF及AO西部要地。

二、细节听从军令部总长指示。

这里的“AF”和“AO”分别指中途岛和阿留申群岛。

备战时胜负已分

日海军高层为“第二阶段作战”的细节争吵不休之时，以航空母舰列克星敦号和约克城号为核心的美第十一、第十七特遣舰队，正不断袭扰南太平洋的日军。

早在1942年3月上旬，这两艘航母的舰载机群便多次打击刚占领莱城和萨拉毛亚的日军舰只，击沉日舰艇四艘。因此南云机动部队在4月实施印度洋空袭之后回航本土途中，便在菲律宾附近洋面与第五航空战队分离，后者转向东南，于4月28日入泊特鲁克港并被归入第四舰队麾下，成为“MO机动部队”的一部分。日军企图以这支新机动部队支援第六战队进攻图拉吉岛和莫尔兹比港的行动，并与可能露面袭扰的美特遣舰队决战。

5月3日，日军侵占图拉吉岛。坐镇约克城舰的美第十七特遣舰队司令弗兰克·弗莱彻少将迅速回应，于次日出动舰载机，四次攻击图拉吉附近洋面的日军舰艇，击沉驱逐舰一艘、扫海艇四艘，随后与第十一特遣舰队会合迎敌。6日，包括航空母舰祥凤号在内的日第六战队以及拥有五航战翔鹤号、瑞鹤号航空母舰的MO机动部队先后出动应战，拉开珊瑚海海战的序幕。

这场海战的规模不大，却是有史以来第一场以航空母舰为核心的机动部队之间的较量，交战双方舰艇都未进入敌舰视界，他们仰赖的并不是舰炮或鱼雷发射装置，而是舰载机。

在为期三天的珊瑚海海战中，双方互有攻守。日方祥凤舰遭列克星敦舰及约克城舰舰载机群集中攻击，连中七条鱼雷和十三枚炸弹，在半小时内即告沉没；五航战的翔鹤舰吃了三枚二百二十七千克航空炸弹，飞行甲板和升降机严重损毁，丧失起降舰载机的能力；瑞鹤舰没有被直接击中，但其飞行队的飞机和机务人员损失惨重。美国方面，列克星敦舰身中两条鱼雷及两枚炸弹，加上若干近失弹造成的损害，全舰陷入火海，不得不在撤走乘员后由友军驱逐舰雷击处分；约克城舰飞行甲板吃了一枚航空炸弹，被炸穿五层，还遭两枚近失弹震裂油库，一路漏油勉强开到汤加塔布岛。

是役日军损失轻型航母一艘，另有一艘舰队航空母舰被重创；美军损失舰队航母一艘，另有一艘舰队航母被重创。从战术角度来看，日本人占据上风，但这毕竟是日军攻势在开战以来第一次被遏止，他们攻击莫尔兹比港的计划不得不延期，最后也未能得手。更重要的是，这场海战的结果打乱联合舰队的“MI作战”序列，直接影响了中途岛海战的进程。

根据《第五航空战队战时日志》记载，第四舰队司令井上成美研究珊瑚海海战的结果后，决定推迟莫尔兹比港攻略计划。瑞鹤舰从输油船东邦丸获得燃料补给后曾对约克城舰实施追击，但并无成效。5月10日，联合舰队正式命令推迟莫尔兹比港作战，MO机动部队亦于三天后解散。5月13日，瑞鹤舰将舰载战斗机队运至腊包尔基地后，在第七驱逐队护航下驶向特鲁克泊地，随后回航内地，并于5月21日入泊吴港。因舰载机和机务人员损失较大，联合舰队决定这艘航空母舰需在港内等候补充器材与人员，将不参加“MI作战”的初期战斗，却没人提出加急办理。

遭到重创的翔鹤舰在驱逐舰夕暮号及涟号护卫下，于5月10日启程经特鲁克返航内地[①]。她的母港是横须贺，但那里当时被正在接受改装的潜水母舰大鲸号（即后来的航空母舰龙凤号）临时占用，因而改道，于5月17日入泊吴港。翔鹤舰的飞行甲板严重损毁，也是入泊吴港的第一艘遭重创的大型军舰，招惹不少眼球，连山本五十六都赶来探视。他还将翔鹤舰甲板长福地周夫召至大和舰，了解航空母舰中弹后的损管经验。福地的回答是：中弹时机库内没有舰载机，这是及时灭火的首要原因，否则将引起殉爆，后果不堪设想。

奇妙的是，联合舰队对翔鹤舰的态度和瑞鹤舰一样优哉游哉。验伤结果说明该舰需要修理九十天才能恢复战斗力，但这只是以通常进度而言，吴港有当时日本最好的海军工厂

① 途中与第十五驱逐队的三艘驱逐舰（黑潮、亲潮、早潮）会合，一同返航。

和维修人员，如果愿意加急突击修理，她是很有可能赶上"MI作战"的，可照样没人提这茬，结果，翔鹤舰就一直躺在吴港慢慢腾腾地修复，也没有参加中途岛海战。更有甚者，在机动部队出发前，福地周夫还让工人从翔鹤舰损伤的木制飞行甲板上切出一块，拿去给南云忠一题词，后者大笔一挥，题字曰"勇跃翔破珊瑚海，翔鹤舰上凯歌高。——忠一志"[①]，一副丧事当喜事办的嘴脸。

如此一来，少了第五航空战队的南云机动部队，能投入"MI作战"的航空母舰数量就由原计划的六艘减为四艘，攻击与自卫能力大打折扣，而联合舰队又不肯从攻击阿留申群岛的作战序列中调拨龙骧、隼鹰这两艘航空母舰给南云，日本海军的自我膨胀与轻敌可见一斑。

当时日方认为在珊瑚海被击沉的美军航母是萨拉托加号，而列克星敦舰应在南太平洋，因此美军能调往中途岛海域的航母应该只有进取和大黄蜂这两艘，就算从地中海急调胡蜂舰到太平洋，日美航母数量在决战海域仍是四比三，即便加上中途岛守军的飞机，双方航空兵力也不相上下。至于约克城舰，根本没在日军考虑之内，该舰在珊瑚海海战中遭受的损伤不亚于翔鹤舰，日本人认为她至少也得过三个月才能修好，肯定赶不上中途岛海战。

他们大错特错。

---

① 摘自《空母翔鹤海战记》，福地周夫著，出版协同社 1962 年版。

约克城舰一路蹒跚而行，于5月10日抵达汤加塔布岛实施应急修理。同月24日，第十七特遣舰队司令弗莱彻将军接太平洋舰队回港急令，催动约克城舰起锚返航。由于燃料吃紧，该舰不得不烧柴油推进，有时还必须接受曳航，开了三天才回到珍珠港入坞。日本人对约克城舰伤势的估计还算中肯，美国人评估后，也认为她必须接受九十天修理才能完全恢复。但这样一来，太平洋上的美海军航空兵作战能力便要大打折扣，加上此时美军已初步判断出日军将要进攻中途岛，因此太平洋舰队司令切斯特·尼米兹上将研究过约克城舰的损伤报告后，命令在三天内让这艘航空母舰恢复战斗力。

务实的美国人立即行动起来，以军方临时雇佣熟练民间工人实施修理、由军方人员监督的形式，开始了全天不停的紧急修理工作。

修理方法很土但很有效：直接用钢板覆盖船体上的破洞，再进行焊接。船坞通风情况糟糕，约克城舰内的作业区域温度直逼五十摄氏度，宛如地狱一般。美海军对修理作业予以全面支持，甚至暂时停止瓦胡岛部分区域供电，优先保证海军工厂方面的电力供应。不懈努力之下，约克城舰的堵漏作业终于在5月29日深夜完成，虽然被炸坏的三个锅炉室仍未完全修复，但已可离开船坞。

截至此时，约克城舰已在远洋奋战一百零一天而未得到正规补给，因此军方也趁此机会为她补齐各类作战必需物资。在珊瑚海海战中损失惨重的第五雷击中队（VT-5）和第五侦察中队（VS-5）离舰，从正在接受大修兼改装的萨拉托加舰上调来第三战斗机中队（VF-3）、第三轰炸中队（VB-3）和第三雷击中队（VT-3），并改组原本的战斗机队和轰炸中队[①]。由此，约克城舰的舰载机数量恢复到七十四架：包括二十五架格鲁曼F4F-4“野猫”式舰基战斗机、三十七架道格拉斯SBD“无畏”式舰基轰炸机及十二架道格拉斯TBD“蹂躏者”式舰基雷击机。

回港三天后，约克城舰便奇迹般恢复战斗力，能够赶上中途岛海战了。

约克城舰驻留汤加期间，日本海军正式决定中途岛及阿留申群岛方面作战计划，要约如下：

一、中途岛作战

（一）作战目的：攻占中途岛，将我军基地向东推进，遏止敌军在这一区域的机动作战。敌舰队在本次作战中也应会出动，我军应同时予以歼灭。

（二）参战兵力：联合舰队的大部分决战兵力。

（三）作战要点：机动部队（南云部队）在攻略部队登岛前，对中途岛实施空袭，摧毁岛上的守军与防御设施。随后，攻略部队实施登陆，一举拿下中途岛；同时围捕歼灭出击应战的敌舰队。若敌军从夏威夷基地派遣大舰队实施反

① 第四十二战斗机中队编入第三战斗机中队，第五轰炸中队改编为第五侦察中队。

击，则机动部队（南云部队）应在潜艇配合下，和主力部队（山本亲自率领的战列舰编队）于中途岛以北或东北洋面迎敌；攻略部队（近藤中将的重巡洋舰编队）应于中途岛以南或西南洋面迎敌。

（四）各部队作战要点：

(1) 负责占领中途岛的部队，为海军第二联合特别陆战队（两个大队，共二千八百人）和陆军一木支队（由步兵第二十八联队长一木清直大佐率领，一个大队，共三千人[①]）。以上部队，应于5月28日傍晚从塞班岛出击，在第七战队（重巡洋舰四艘）和第二水雷战队的护卫下，于N日（预定的登陆日）黎明实施登陆，占领沙岛和东岛。

(2) 机动部队（南云部队）应于5月27日清晨，从濑户内海西部出击，于N-2日（意思是N日的两天之前）抵达中途岛北西二百五十海里处，对中途岛发起空袭，摧毁驻岛航空兵、舰艇及基地设施，支援攻略部队（近藤部队）。随后，机动部队司令长官应在同区域见机行事，择机围捕歼灭敌舰队。占领后，若中途岛机场整修完毕，则应将航空母舰运载的基地航空部队战斗机运至机场。

(3) 攻略部队主队，也就是第四战队、第三战队、第四水雷战队和航空母舰瑞凤，应于5月29日从濑户内海西部出击，途中与从塞班出击的部队合流，掩护后者于N-1日黎明抵

① 实际出动约两千五百人。

达中途岛以西四百海里处，随后与主力部队和机动部队保持协同，于N日进抵中途岛以南或西南洋面，直接掩护占领部队的登陆行动。

（4）水上飞机部队应于N-1日攻占库雷环礁，在此设立水上基地，以直接支援N日的登陆行动。

（5）主力部队（山本部队）应于5月29日从濑户内海西部出击，根据特别命令，高须四郎中将指挥的警戒部队（战列舰编队）将与主队分离，于N日抵达基斯卡岛以南五百海里处，支援北方部队（细萱部队）。主队（山本部队）应于N日抵达中途岛西北四百海里处见机行事，支援攻略部队。若敌舰队出击，则主力部队应予以围捕歼灭。

（6）基地航空部队应部署在东部正面，配合舰队行动，实施大范围搜索及哨戒任务，同时派遣两架大型水上飞机，于5月31日至6月3日期间对珍珠港实施攻击与侦察。（略）

（7）潜水部队，应于N-5日前保证至少一支潜水队抵达北美沿岸及阿留申要地，另一支潜水队配合第五潜水战队潜伏于夏威夷与中途岛之间海域，协助中途岛攻略部队及北方部队的作战行动。

（五）攻占中途岛后，应着手如下防御措施。（略）

二、阿留申作战

阿留申作战与中途岛作战由联合舰队司令长官统一指挥，但前者由第五舰队司令长官细萱戊子郎中将直接负责。

（一）作战目的

（1）攻占阿留申群岛西部要地，摧毁其军事设施，暂时消除美军从北方出击的可能性。

（2）牵制美军，协助中途岛作战。（略）

此役联合舰队将出动包括超级战舰大和号在内的约三百五十艘舰艇，飞机近千架，参战兵力达十万人。由于兵力占据绝对优势，加上开战以来连战连胜，日本海军日渐骄傲，连基本的保密措施都出现漏洞，飞龙舰就是绝佳范例。在出击前，该舰军官就已将作战行动的详情泄露给港口附近的居民，结果这里的老百姓比舰上士兵还早知道机动部队要去中途岛[①]。据飞龙舰会计长回忆，当时转调来的军官也常把“下回中途岛上见”挂在嘴上，视保密工作若无物[②]。更有甚者，攻略部队的海军第二特别陆战队副官竟用低保密度的密电发报给后勤部门称“六月十日后，寄往本部的邮件均请送往中途岛”。就连总司令山本自己也管不住嘴。舰队启航前，他的情人之一河合千代子从东京赶到吴市，山本换上西服、戴上眼镜前往迎接，二人住进一家名为“华山”的日式旅馆……惜别之后，山本给千代子修书一封，称“5月29日就要出击，得在海上指挥全军三个星期，估计无聊得紧。等这场仗打完了，我就抛开一切，与你厮守”。

---

① 原载《飞龙在天》，碇义朗著，光人社 1994 年版。

② 原载《日本海军骄兵综合征》，千早正隆著，President 出版社 1990 年版。

而与此同时，美军正努力破译日军密电，希望把握其下一步作战计划。当时日本海军使用的“海军密码D”被美方称为“JN-25”，这种密码比较复杂，美军在1942年春季也只破译了三成左右。不过，日军在4月的密电中已暴露出将于西太平洋实施大规模作战行动的信息，至5月初，美海军密码专家约瑟夫·洛谢夫上校率领的解码团队解析出日军将对“AF”发动总攻，并将同时攻击“AO”的情报，随后还破解出“AO”就是阿留申群岛。至于“AF”究竟指何处，美军内部众说纷纭，有人说是夏威夷群岛，也有人认为是美国西海岸或阿拉斯加。

关于破译“AF”，有一个广为流传的故事。洛谢夫团队通过铺设在瓦胡岛与中途岛之间的海底电缆，向中途岛基地指挥官发送指示，要求后者用明码向夏威夷发送急电称“本部滤水装置发生故障，淡水供应不足”——这个内容当然是虚假的，目的是看看日本人的反应。日军果然咬钩，美军很快截获威克岛日军[①]发往内地的密电，内容为“AF缺乏淡水，请攻略部队早做准备”，由此，洛谢夫上校判断出“AF”就是中途岛。尽管战时信息虚虚实实，美军中也不乏担忧“日本鬼子是在将计就计”的声音，尼米兹上将还是力排众议，接受了洛谢夫的看法。

不过，也有人认为这个故事是为掩盖美军真正的解密

① 一说为驻扎在瓜加林环礁的日第六舰队敌信班。

进度与谍报工作而捏造出来的。无论真相如何，事实是：5月26日，美太平洋舰队已大致掌握日军各部兵力、指挥官、计划航线与进攻日期。为此，中途岛的基地航空兵得到迅速补充，海航、陆航及海军陆战队飞机数量达一百二十一架，加上两支特遣舰队的舰基机，总计近三百五十架飞机，数量已压倒日军机动部队和攻略部队的飞机数量（三百二十架左右）；此外，驻守中途岛的美海军陆战队兵力超过三千人，足以与日军登陆部队抗衡。

而日军仍做着“奇袭”的美梦，不仅以为美军飞机最多只有两百架，还认为守岛美军只有七百五十人左右，因此，在翔鹤、瑞鹤两舰不参战的情况下，山本仍不愿从北方部队调拨龙骧、隼鹰两舰增强南云机动部队。而且，尽管联合舰队的参战舰艇数量远超两支美特遣舰队，但在中途岛以西决战海域，却只有南云机动部队的四艘航空母舰、两艘战列舰、两艘重巡洋舰、一艘轻巡洋舰和十二艘驱逐舰，舰艇防空能力、侦察能力均不足以同时应付中途岛基地和美国舰队，山本的主力部队远在西侧三百海里外；美军在此海域则集中投入包括三艘航空母舰、七艘重巡洋舰在内的五十七艘作战舰艇，加上基地航空兵支援，牢牢把握了战术优势与机动余地。

再说，就算1941年底的机动部队还有骄傲的资本，也已时过境迁。从印度洋返回内地后，一航舰疲惫不堪，加上回国后的大规模人事调动，其舰艇乘员作战能力和飞行队机务人员练度都已大不如前。由于大部分舰艇需要整备补给，新补充的飞行员只能集中在加贺舰上进行着舰训练，无法掌握夜间降落技能，和老兵的协同训练也很不充分，因此，其制空队的编队作战能力大幅下滑，雷击队命中率相较开战之初更是一落千丈，水平轰炸队和俯冲轰炸队情况好些，但也缺乏训练[①]。

即便如此，机动部队上层对“MI作战”计划的态度仍不认真，一来，这个作战计划原本就是联合舰队硬塞过来的，并未考虑机动部队的诸多要求；二来，袭击珍珠港时被击毙的五十四个飞行员的“特晋二级”还没批下来，以一航舰参谋长草鹿龙之介为首的多位幕僚忙于向上级抗议，根本没心思研究作战计划。草鹿战后回忆道：

袭击珍珠港的部队启航时，联合舰队首脑和大本营要员们为保证作战成功，曾拍着胸脯许诺为战死人员特晋二级。然而，虽然参与珍珠港袭击的特种潜艇阵亡乘员立即享受到这一待遇，阵亡飞行员却迟迟得不到特晋。据说上面有人压下这件事，是为了视之后的战斗情况见机行事，还要考虑到与陆军抚恤事宜的平衡，说海军不能给得太多，以免陆军不舒服。我气炸了，怎么有人拿这个讨价还价？这缺德事是谁

① 详见《机动部队：第一航空舰队战斗详报》（防卫省防卫研究所藏）：“各舰因人员补充及人事变动，造成单舰作战能力低下。不仅如此，由于各舰直到出击前都还在各自母港进行整备，战斗力显著下降……机务人员只进行过基础训练，编队空战训练仅为三机编队程度，且只有部分老兵接受过此类训练。”

干的，是海军大臣，还是人事局局长？

我去找联合舰队参谋长理论，那家伙的态度可真是“好”，事情越谈越僵。去问人事局局长，也是个满嘴歪理的官僚。最后总算找到山本长官，也只能说是谈下九成。那么余下的“一成”是怎么回事呢？事情是这样的：山本长官虽然同意给予阵亡飞行员特晋二级待遇，却仅限于“战死在珍珠港上空的那些”，因迷航无法返回母舰而阵亡的人，就不能给。简直是胡扯。[①]

最后，集中使用航空母舰的机动部队还有一个致命弱点：日本航母防御性差。

和普遍采用开放式机库的美国航母不同，当时日军大部分航母的机库为封闭式，虽然这种设计密封性及航洋性较好，在天气恶劣时能有效保护飞机与器材，但被击中时容易引起延烧、殉爆，损管人员也难以迅速扑灭现场火源，为损害管理工作埋下隐患。前面提到过的翔鹤舰甲板长福地周夫对此有清醒认识，在珊瑚海海战之前便要求妥善收纳机库内一切可燃物，非机载的炸弹和鱼雷必须收入弹药库，并在机库和甲板随时准备可用的消防水龙带，才得以在硬吃三枚航空炸弹之后顺利灭火。联合舰队很重视福地的经验，特地于5月26日安排他为机动部队准尉以上官兵进行了一场题为“关于珊瑚海海战中航母‘翔鹤’中弹起火后的应急处理及教

① 原载《联合舰队参谋长回忆录》，草鹿龙之介著，光和堂1979年版。

训”的演讲会。福地在演讲中明确指出，日本的航空母舰非常脆弱，如果在防空战斗中不清空机库，一枚炸弹就可能让整艘母舰付之一炬。然而，当天机动部队的大多数中高层指挥人员都因参加最终兵棋推演而缺席演讲会，福地的意见并没有得到有效传达。

大战在即

1905年5月27日，日本海军联合舰队在日本海大海战中一举歼灭俄第二太平洋舰队，这场教科书式的舰队决战是日俄战争中的决定性战役之一，日本人也将这一天定为海军纪念日。

1942年5月27日（东京时间）是日本第三十七个海军纪念日。在这一天的清晨，南云机动部队拔锚离开广岛湾的柱岛泊地，保持无线电静默，驶向伊予滩。当天云层很厚，海面风平浪静，渊田美津雄坐在赤城舰舰桥下方起降指挥所中的折叠椅上，迎着微风，注视着正向丰后水道前进的机动部队。打头阵的轻巡洋舰长良号是第十战队司令木村进少将的旗舰，其后跟随十二艘大型驱逐舰[①]。紧接着是阿部弘毅少将麾下第八战队的重巡洋舰利根号与筑摩号，后方是第三战

① 分别为野分号、岚号、萩风号、舞风号、风云号、夕云号、卷云号、秋云号、浦风号、矶风号、谷风号及浜风号。

队第二小队的高速战列舰榛名号与雾岛号。在两艘战列舰后方则是南云忠一亲自指挥的第一航空战队赤城、加贺二舰，以及山口多闻麾下的第二航空战队飞龙、苍龙二舰，由补给部队的八艘输油船[①]殿后。由于水道狭窄，机动部队总共三十三艘舰艇排成单纵阵，蔚为壮观。

0900[②]时过后，赤城舰驶过爱媛县的由利岛，雾气渐浓，四国沿岸亦变得模糊不清。为防止盟军潜艇潜入水道，日海军航空队还出动三架水上飞机在机动部队上空实施警戒巡航。渊田饶有兴致地观赏着不断出现在眼前、随后便逐渐远去的濑户内海名胜：屋代岛、大水无濑岛、小水无濑岛……二十年前他还是海军学校学生的时候，常在这片海域驾驶帆船。

和以往一样，渊田将在接下来的战斗中担任机动部队飞行总队长，率队攻击中途岛基地并搜寻打击美特遣舰队。不过此时他还得面对突如其来的健康问题，长期的饮酒生活令他那早就患过溃疡的胃袋不堪重负，在出击前连日胃痛。到鹿儿岛的陆军医院拍了X光片，诊断下来是幽门梗阻，酒是不能再喝了。他那个同在赤城舰的老同学源田实罹患流感，已出现头昏脑热的初期症状。就连远在大和舰上的总司令山本五十六，也因蛔虫作祟而屡屡腹痛。这似乎都不是什么好兆头。

5月27日晚（东京时间），机动部队驶离丰后水道。胃痛缓

---

① 分别为极东丸、神国丸、东邦丸、日本丸、国洋丸、日朗丸、第二共荣丸及丰光丸。
② 以下如无特别注明，则为中途岛当地时间。

解的渊田正躺在自己舱室的床上打发时间，突然被一阵剧烈的腹痛弄得整个人都蜷了起来，赶紧按铃叫勤务兵去找军医长：

玉井军医长总算来了，一番诊断后认为是阑尾炎。他从我耳朵采了血样跑回医务室，没过多久就和舰队军医长一起回来，说要立即动手术切除盲肠。

我大惊失色，舰队司令部听说后也垂头丧气。这也难怪，空中攻击队的总指挥官动完手术就得躺床上没法上飞机，这仗还怎么打？可两个白大褂都说不动手术我就要送命，手术刀都已经亮出来了，我也没法子。不过，我们的军医长是个很优秀的外科大夫，所以赤城舰在战时原本就是一航舰的手术舰。当天晚上，我就在全速航行中的赤城舰上动了手术，缝合后，被运进舰内水线下的战时病房。

翌日，十八艘运载着日本陆海军联合登陆部队的运兵船从塞班岛开拔，在田中赖三少将的第二水雷战队护航下驶向中途岛。

此时日军连占领中途岛后的更名计划都想好了，那里将被改称为“水无月岛”，除登陆部队外，船队此行还载有若干民政人员。

又过了一天，联合舰队的主力部队和攻略部队主队也从柱岛泊地拔锚启航。山本五十六亲自坐镇大和舰指挥主力部队，也是这艘超级战舰自1942年2月12日成为联合舰队旗舰以来的首度出击。

中途岛海战日本海军联合舰队作战序列

<table>
<tr><th colspan="10">第一航空舰队（南云机动部队）</th></tr>
<tr><td colspan="10">司令官：南云忠一中将</td></tr>
<tr><td>第一航空战队</td><td>第二航空战队</td><td>第八战队</td><td>第三战队第二小队</td><td colspan="6">第十战队</td></tr>
<tr><td>指挥官：南云忠一中将</td><td>指挥官：山口多闻少将</td><td colspan="2">指挥官：阿部弘毅少将</td><td colspan="6">指挥官：木村进少将</td></tr>
<tr><td colspan="2" rowspan="2">航空母舰</td><td rowspan="2">重巡洋舰</td><td rowspan="2">战列舰</td><td>本队</td><td>第四驱逐队</td><td>第十驱逐队</td><td>第十七驱逐队</td><td>补给部队</td></tr>
<tr><td>轻巡洋舰</td><td colspan="3">驱逐舰</td><td>输油船</td></tr>
<tr><td>赤城</td><td>飞龙</td><td>利根</td><td>榛名</td><td>长良</td><td>岚</td><td>风云</td><td>矶风</td><td>东邦丸</td></tr>
<tr><td>加贺</td><td>苍龙</td><td>筑摩</td><td>雾岛</td><td>–</td><td>野分</td><td>夕云</td><td>浦风</td><td>极东丸</td></tr>
<tr><td>–</td><td>–</td><td>–</td><td>–</td><td>–</td><td>萩风</td><td>卷云</td><td>浜风</td><td>日本丸</td></tr>
<tr><td>–</td><td>–</td><td>–</td><td>–</td><td>–</td><td>舞风</td><td>秋云</td><td>谷风</td><td>国洋丸</td></tr>
<tr><td>–</td><td>–</td><td>–</td><td>–</td><td>–</td><td>–</td><td>–</td><td>–</td><td>神国丸</td></tr>
<tr><td>–</td><td>–</td><td>–</td><td>–</td><td>–</td><td>–</td><td>–</td><td>–</td><td>日朗丸</td></tr>
<tr><td>–</td><td>–</td><td>–</td><td>–</td><td>–</td><td>–</td><td>–</td><td>–</td><td>丰光丸</td></tr>
<tr><td>–</td><td>–</td><td>–</td><td>–</td><td>–</td><td>–</td><td>–</td><td>–</td><td>第二共荣丸</td></tr>
</table>

<table>
<tr><th colspan="8">主力部队</th></tr>
<tr><td colspan="8">司令官：山本五十六大将</td></tr>
<tr><td>第一战队</td><td colspan="3">第三水雷战队</td><td colspan="2">航母队</td><td>特勤队</td><td rowspan="2">补给部队</td></tr>
<tr><td>指挥官：
山本五十六大将</td><td colspan="3">指挥官：
桥本信太郎少将</td><td colspan="2">指挥官：
梅谷薰大佐</td><td>指挥官：
原田觉大佐</td></tr>
<tr><td rowspan="2">战列舰</td><td rowspan="2">轻巡洋舰</td><td>第十一
驱逐队</td><td>第十九
驱逐队</td><td rowspan="2">航空母舰</td><td rowspan="2">驱逐舰</td><td rowspan="2">水上飞机
母舰</td><td rowspan="2">输油船</td></tr>
<tr><td colspan="2">驱逐舰</td></tr>
<tr><td>大和</td><td>川内</td><td>吹雪</td><td>矶波</td><td>凤翔</td><td>夕风</td><td>千代田</td><td>鸣户丸</td></tr>
<tr><td>长门</td><td>–</td><td>白雪</td><td>浦波</td><td>–</td><td>–</td><td>日进</td><td>东荣丸</td></tr>
<tr><td>陆奥</td><td>–</td><td>初雪</td><td>敷波</td><td>–</td><td>–</td><td>–</td><td>–</td></tr>
<tr><td>–</td><td>–</td><td>丛云</td><td>绫波</td><td>–</td><td>–</td><td>–</td><td>–</td></tr>
</table>

<table>
<tr><th colspan="6">第一舰队</th></tr>
<tr><td colspan="6">司令官：高须四郎中将</td></tr>
<tr><td>第二战队</td><td>第九战队</td><td>第二十四
驱逐队</td><td>第二十七
驱逐队</td><td>第二十驱逐队</td><td rowspan="2">补给部队</td></tr>
<tr><td>指挥官：
高须四郎中将</td><td>指挥官：
岸福治少将</td><td>指挥官：
平井泰次大佐</td><td>指挥官：
吉村真武大佐</td><td>指挥官：
山田雄二大佐</td></tr>
<tr><td>战列舰</td><td>轻巡洋舰</td><td colspan="3">驱逐舰</td><td>输油船</td></tr>
<tr><td>伊势</td><td>北上</td><td>海风</td><td>夕暮</td><td>天雾</td><td>萨克拉门托丸</td></tr>
<tr><td>日向</td><td>大井</td><td>江风</td><td>白露</td><td>朝雾</td><td>东亚丸</td></tr>
<tr><td>扶桑</td><td>–</td><td>–</td><td>时雨</td><td>夕雾</td><td>–</td></tr>
<tr><td>山城</td><td>–</td><td>–</td><td>–</td><td>白云</td><td>–</td></tr>
</table>

<table>
<tr><th colspan="3">潜艇部队</th></tr>
<tr><td colspan="3">司令官：罗伯特·英格里什少将</td></tr>
<tr><td>中途岛哨戒队</td><td>游击哨戒队</td><td>瓦胡岛北部海域哨戒队</td></tr>
<tr><td colspan="3">潜艇</td></tr>
<tr><td>抹香鲸</td><td>独角鲸</td><td>大海鲢</td></tr>
<tr><td>飞鱼</td><td>深潜者</td><td>长须鲸</td></tr>
<tr><td>河豚</td><td>鳞鲀</td><td>狗鱼</td></tr>
<tr><td>鳟鱼</td><td>–</td><td>黑鲈</td></tr>
<tr><td>茴鱼</td><td>–</td><td>–</td></tr>
<tr><td>鹦鹉螺</td><td>–</td><td>–</td></tr>
<tr><td>石斑鱼</td><td>–</td><td>–</td></tr>
<tr><td>猫鲨</td><td>–</td><td>–</td></tr>
<tr><td>乌贼</td><td>–</td><td>–</td></tr>
<tr><td>白杨鱼</td><td>–</td><td>–</td></tr>
<tr><td>鼠尾鳕</td><td>–</td><td>–</td></tr>
</table>

<table>
<tr><th colspan="6">中途岛驻防部队</th></tr>
<tr><td colspan="6">司令官：西里尔·希马德上校</td></tr>
<tr><td colspan="3">航空兵</td><td colspan="3">地面部队</td></tr>
<tr><td>海军</td><td>海军陆战队</td><td>陆军</td><td colspan="3">海军陆战队</td></tr>
<tr><td>中途岛
海航部队</td><td>第二十二
小队</td><td>第七航空队</td><td>第二突击营
C 连</td><td>第六驻防营</td><td>第一鱼雷
艇分遣队</td></tr>
<tr><td>–</td><td>–</td><td>–</td><td>第二突击营
D 连</td><td>–</td><td>–</td></tr>
</table>

5月28日，美太平洋舰队司令尼米兹上将命令，以航空母舰进取号、大黄蜂号为核心的第十六特遣舰队从珍珠港出击。

该部指挥官小威廉·哈尔西中将罹患严重皮肤病，不得不住院治疗，他便推荐雷蒙德·斯普鲁恩斯少将代为指挥。这位沉默寡言的将领此前一直负责指挥巡洋舰部队，在海军航空兵方面并无多少经验，因而反对声浪也很高，但尼米兹力排众议。

两天后，弗莱彻将军坐镇突击修复的约克城舰，率第十七特遣舰队离开珍珠港，驶向中途岛。

海空战的重中之重便是先发制人，侦察工作的重要性不言而喻。奇妙的是，日本海军的侦察准备工作可谓一片混乱。按原计划，联合舰队应于6月2日前，在中途岛附近的决战海域投入至少两个潜水战队的潜艇兵力，构筑哨戒网。可受命担此重任的第六舰队在5月19日才收到相关指令，此时这支舰队麾下的第一潜水战队被投入北方作战序列，第二潜水战队刚在印度洋打完破交战，正在休整，第八潜水战队则正在澳洲与非洲东海岸之间海域，都赶不上中途岛的任务。剩下的两支潜水战队也各有问题：第五潜水战队正从日本驶向瓜加林环礁，无法及时赶到中途岛；而第三潜水战队要抽调三艘潜艇给参与第二次“K作战”的水上侦察机进行海上补给，剩余潜艇兵力不足以拉起舰队所需的哨戒网。结果第六舰队只得仓促安排，从三潜战和五潜战拼凑九艘潜艇，到6月4日才赶到预定海域。殊不知，美第十六特遣舰队早在两天前就通过了这一海域。

日军还打算动用第二十四航空战队的二式大艇对中途岛一带实施航空侦察，搜寻美国特遣舰队的动向，最终因航程不够而不得不缩小搜索圈，无功而返。而使用同战队二式大艇，经潜艇海上补给远赴瓦胡岛侦察的所谓第二次“K作战”计划，也因美军增强海防力度，日潜艇无法上浮而胎死腹中。

美国人的态度则大不一样。自5月30日后，美国海军安排三十二架PBY“卡塔琳娜”式大型水上飞机，在中途岛附近洋面持续不断进行警戒巡视，以期尽早把握日军舰艇的位置。

6月2日，两支美国特遣舰队在中途岛北东洋面会合，由弗莱彻将军统一指挥。日本人这边的霉运却似乎没个完，就在同一天0730时，已航行到中途岛西北西约八百海里处的机动部队在浓雾中陷入混乱，南云在旗舰赤城号上只能看到加贺舰，飞龙舰险些撞上雾岛舰，有时前后相邻的两艘军舰互相都看不到对方。源田实战后回忆起这段航行，仍不免心有余悸。

6月3日，已在赤城舰战时病房里躺了一星期的渊田美津雄拆了线，术后恢复得不错，玉井军医长却严禁他出院，想再观察一阵子。他只得郁闷地继续躺在病房里，却不知中途岛海战的前哨战已经打响：0900时，美海军第四十四巡逻中队（VP-44）杰克·里德少尉驾驶的“卡塔琳娜”，在中途岛西南西约五百海里处发现了正在为运兵船队护航的日第二水雷战队，他立即报知基地，却将二水战误报为山本的主力部队。基地立即做出反应：约1230时，隶属于美陆军第七航空队分遣队的九架波音B-17“空中堡垒”式陆基重轰炸机，在沃尔特·斯维尼中校率领下从中途岛腾空而起，径直向西飞行五百七十海里，终于在起飞三小时后抵达二水战上空。

“空中堡垒”们顶着日军猛烈的防空炮火投掷炸弹，全身而退。尽管斯维尼报称击中四艘日舰，实际上炸弹全都落进海里，包括两枚贴近日本运兵船阿根廷丸及雾岛丸的近失弹，并未造成实际损伤。

同日夜里2130时，美海军查尔斯·谢泼德中尉率领四架雷装PBY水上飞机从瓦胡岛起飞增援中途岛。翌日凌晨0115时，这支雷击队的雷达发现日本运兵船队，半小时后即出其不意地发动雷击，并用炮塔上的机枪扫射日本船只。这一仗打了日本人一个措手不及，而且当时日军船队已经偏航，负责护卫的第七战队四艘重巡洋舰都不在身旁。船队中的运兵船清澄丸挨了不少枪子儿，曙丸吃了一条鱼雷[①]，不过都还能正常航行。

根据陆航与海航飞机传回的报告，美太平洋舰队上层发现，此时自己攻击的舰队并不是日军主力部队或机动部队，因而要求两支特遣舰队不要贸然出击，而是要继续搜索。

在过去的两天里，无线设备较完备的日军主力部队敌

---

① 这是美军在整场中途岛海战中唯一一条命中目标后成功起爆的航空鱼雷。

信班截听到美军发报通信量剧增，虽然不能予以精确解读，却可预想到美特遣舰队已经出击至中途岛附近洋面。如前所述，无线设备比较差的南云机动部队则没有截听到这些信息。尽管双方都处于无线电静默状态，不知美舰队动向的机动部队仍极度需要这些重要信息，但主力部队并没有告知他们，这在一定程度上影响了南云的判断。战后谈及此事时，多方也是各执一词：草鹿龙之介在回忆录中坚称自己在启航前多次向宇垣缠要求主力部队及时转达截获的敌方信息；佐佐木彰称山本五十六原已下令通知机动部队，被黑岛龟人以“会打破无线电静默”为由压下；黑岛则认为机动部队的敌信班也应监听到这些动向，不必冒险传送友军“应该已经知道的信息”[①]。

1942年6月4日，南云机动部队周边洋面多云，总云量八[②]，云高五百米至一千米。双方都还不知道，这一天的战斗将决定太平洋战争的胜负。

弗莱彻和斯普鲁恩斯时刻领先南云，虽然不知道日机动部队现在何处，他们仍很清楚舰载机不能一直窝在母舰里。4日凌晨0130时，前一天已经睡足的三艘美国航母舰载机乘员们早早用过餐食，集中接受各航母舰长和航空队指挥官的训示与战情说明，开始待命。0415时，也就是离日出还有

---

① 根据龟井宏战后采访整理的笔记。

② 云量是云遮蔽天空的成数。无云时，总云量记为零；天空全部被云遮蔽时，总云量记为十。

四十五分钟时，十一架PBY水上飞机从中途岛基地起飞，继续搜索日军航母。为增大搜索覆盖洋面，第十七特遣舰队的约克城舰也在0430时陆续起飞十架SBD“无畏”式舰基轰炸机实施跟进侦察。

此时，机动部队正航行在第十七特遣舰队西边二百海里的洋面上。

奇迹般的六分钟

中途岛仍被笼罩在夜幕下，在这组小小环礁北西二百四十海里的洋面，机动部队的四艘航空母舰飞行甲板后部已堆满各式飞机。渊田美津雄在赤城舰的战时病房醒来，时钟正指向东京时间6月5日午夜，也就是中途岛当地时间6月4日0300时。虽然病房在水线下，还是能听到头顶飞机引擎的轰鸣，他实在不想继续闷在底下，就穿着病号服偷偷溜出病房。此时赤城舰已进入作战状态，防水隔舱全部关闭，只能从狭小的“马葫芦”一层层往上爬，对刚做完手术不久的渊田来说，这可是力气活儿，加上每爬一层都得把沉重的井盖关好，更加费力。就这样爬过十几个“马葫芦”，还得攀上二十米高的舷梯，才能上到飞行甲板。

好不容易爬上飞行甲板，狼狈不堪的渊田终于精疲力竭，瘫倒在地。正在备战的飞行员们一拥而上把他拉起来，抬到起降指挥所下头躺好，脑袋底下垫上一个降落伞包。

0430时，离日出还有三十分钟，机动部队的四艘航母迎风行驶，第一攻击波的一百零八架飞机呼啸而起。

苍龙、飞龙二舰各起飞十八架携带八百千克穿甲炸弹的九七式舰攻，组成水平轰炸队；赤城、加贺二舰各起飞十八架携带二百五十千克常规炸弹的九九式舰基轰炸机，组成俯冲轰炸队；此外，四艘母舰各起飞九架零式舰基战斗机，组成制空队。飞龙舰的一架舰攻起飞后因故障返航，一百零七架飞机直扑中途岛而去。由于近藤的攻略部队计划于东京时间6月7日登陆中途岛，机动部队此次轰炸行动的优先目标是岛上基地的航空兵力，如有余力，也会攻击跑道、基地设施及高射炮/高射机枪阵地。

因渊田无法出战，这次行动的总指挥官改由飞龙舰的飞行队长友永丈市大尉担任。据渊田在战后回忆，友永是“MI作战”发动前刚调来的新军官，海战经验匮乏，虽然冲劲十足，却有勇无谋。

航母起飞攻击队的同时，负责护航的战列舰和巡洋舰也开始弹射侦察机。其中，榛名舰弹射一架九五式水上侦察机，利根舰及筑摩舰各弹射两架零式水上侦察机，赤城、加贺二舰也各起飞一架用于侦察的九七式舰攻。七架侦察机各负责一条搜索线，意在侦察机动部队东南扇形最远三百海里的海域，以期找到美特遣舰队。与美军相比，日军投入的侦察机数量少得多，而且也没有实施跟进侦察。因各类机械故障，利根舰负责第四条搜索线的四号侦察机迟了三十分钟才成功弹射。

随后，四艘航母各起飞一个小队，也就是三架零式舰基战斗机，作为直卫战斗机。由于加贺舰的一架零战出故障没能起飞，此时机动部队的直卫战斗机实际数量为十一架。

和美军不同的是，机动部队除攻击中途岛基地外，还必须随时准备对美特遣舰队的航空母舰实施打击，为此，第二攻击波的舰基机群在第一攻击波起飞后立即在机库进入待命状态。为确保一举摧毁美国航母，第二攻击波的指挥官和机务人员都是精锐中的精锐，其中包括赤城舰十七架九七式舰攻与加贺舰二十六架九七式舰攻组成的雷击队，携带航空鱼雷，由村田重治少佐率领；苍龙、飞龙二舰各十八架九九式舰基轰炸机组成的俯冲轰炸队，携带二百五十千克常规炸弹，由江草隆繁少佐率领；四艘航母各六架零式舰基战斗机组成的制空队，由板谷茂少佐率领。这也造成一个窘境，即负责保护航母的直卫战斗机太少。不过南云还留了一手底牌：除各母舰自身飞行队的飞机外，机动部队的每艘航母还额外各运载海军第六航空队的若干架零式舰基战斗机——日军对攻占阿留申群岛和中途岛有绝对信心，因而分拨该部队共三十六架零战，准备作为占领岛屿后驻扎的基地航空队，其中十五架由角田机动部队的龙骧、隼鹰二舰运载，二十一架由南云机动部队运载，机务人员也都随舰出击。若直卫战斗机不够，这些飞机就可作为预备队顶上。

0515时，一架美海军PBY“卡塔琳娜”式水上飞机在空中发现利根舰四号侦察机，认为日军航母就在附近。经一番耐心搜索，该机终于在0534时发现机动部队的两艘航空母舰。负责护航的长良、雾岛二舰也目视发现美军侦察机，先后升起烟幕。数架零战立即迎战，好在美军飞行员技术高超，利用云层一边躲避一边继续观察日舰动向，并用明码通报中途岛基地。

0540时，另一架美军PBY水上飞机发现正飞往中途岛的日军机群，立即通报岛上驻军。基地方面认为空袭在即，飞机不可留在跑道和机库挨炸，遂命令各军种机务人员尽快出战。其中，陆战队起飞二十架F2A舰基战斗机、六架F4F“野猫”式舰基战斗机、十一架SB2U-3“拥护者”式舰基轰炸机及十六架SBD“无畏”式舰基轰炸机；海航起飞六架TBF“复仇者”式舰基攻击机；陆航起飞四架雷装B-26“劫掠者”式陆基轰炸机及十七架B-17“空中堡垒”陆基重轰炸机；未及起飞的陆战队五架SB2U及三架SBD均被推进掩体。

升空的美机中，因二十六架战斗机需要全部留在基地上空迎战日军机群，攻击机和轰炸机在没有护航的情况下飞向机动部队所在洋面，准备用鱼雷和炸弹招呼这帮老对头。在基地飞机升空途中，弗莱彻也从中途岛得知日军航母动向，决定尽快起飞三艘航母的舰载机。

0616时，日军第一攻击波抵达中途岛上空，友永坐镇舰攻组成的水平轰炸队打头阵，俯冲轰炸队居中，制空队的战斗机断后。美军战斗机群率先发起攻击，由于机型老旧、配合不佳，被日军零战击落十三架F2A和两架F4F，返回基地的飞机中有七架报废，只剩两架F2A和两架F4F能够再次出勤作战。掌握制空权的日军机群于0630时开始投弹，轰炸持续约四十分钟，中途岛基地的油库、水上飞机机库、发电厂、防空炮台和指挥设施陷入火海，幸好伤亡人数不到三十人。守军猛烈反击，击落日军舰攻五架、轰炸机一架及零战两架，击伤三十余架。友永本人乘坐的九七式舰攻也被多次击中，无线电设备损坏，不得不用在座舱里预备的粉笔和小型黑板书写命令，再举起来拿给僚机看，让后者代为发报传达命令。

0655时，利根舰一号侦察机报称“敌机十五架飞向我舰队”，其实它发现的是约克城舰起飞的十架SBD轰炸机，后者正执行跟进侦察任务。南云接报后，命令第二攻击波制空队立即起飞六架零战担任直卫机，换下空中部分直卫战斗机，让它们返回舰上补充燃料。这些回收作业，使得第二攻击波的舰攻和轰炸机迟迟无法升上飞行甲板。

0700时，仍在中途岛上空的友永通过僚机发报“川川川”，意思是“需要再次攻击”。由于传输需要时间，机动部队在十分钟后才收到电讯，此时从中途岛起飞的美海军六架TBF舰基攻击机及陆航四架雷装B-26陆基轰炸机已掠过日军护航舰只，对赤城、利根二舰发起雷击。

这是TBF轰炸机的首次实战，机务人员均来自隶属大黄蜂舰的第八雷击中队（VT-8），可惜的是由于技战术能力差距，被日军直卫战斗机和高射炮火击落五架，只有两架来得及投放鱼雷，仅阿尔伯特·欧内斯特少尉的座机得以返航；B-26也被击落两架。尽管没有战斗机护航，美军机群还是勇猛冲杀，一架B-26被击中后拖着火舌径直撞向赤城舰桥，要不是它中途坠海，南云及一众幕僚恐怕难逃灭顶之灾。

正在感冒发烧的源田实当时就在赤城舰桥，尽管耳朵里已塞上棉球，还是被舰桥下方二十五毫米高射炮组的射击声震得脑壳生疼。据他回忆，身为水雷专家的南云这次直接指挥赤城航海长操舰规避鱼雷，而这通常是舰长的职责。美军雷击队至少成功向赤城舰投放两条鱼雷：第一条从军舰左舷十五米处通过，第二条从右40°角射来，南云下令右满舵，于是鱼雷又从军舰右舷平行通过。美军鱼雷无一命中，仅陆航吉姆·穆里中尉指挥的B-26机鼻射手拉斯·约翰逊少尉用12.7毫米机枪扫射打坏赤城舰的一门高射炮，并击毁其两舷发报天线。两架返回基地的B-26后因受损过于严重而只得报废，不能再次出勤作战。

B-26是一种陆基中型轰炸机，它们的进攻说明中途岛基地的航空兵作战能力并未丧失殆尽。友永发回的电报使南云更加确定这一点，他认为应优先集中第二攻击波的舰基机群再次空袭中途岛。然而，正在赤城、加贺二舰候命的四十三架九七式舰攻均为雷装，而鱼雷并不适合攻击地面目标。0715时，南云一边指挥规避行动，一边发令“第二攻击波本日出动，候命舰攻全部换装常规炸弹”。躺在飞行甲板上的渊田听到广播，觉得这是昏招，却根本没力气爬上舰桥，只得看着直卫战斗机不断降落在飞行甲板，补充弹药燃料后再度升空。地勤人员则在机库里开始卸下舰攻挂载的航空鱼雷，以便换装常规炸弹。二航战的九九式轰炸机也开始换装穿甲炸弹。

启航前，机动部队曾在飞龙舰进行过雷弹换装实操演习，完成作业至少需要两小时到两个半小时，极为费时，而且美国航母究竟在哪儿呢？其实差不多就在南云下令卸雷换弹那时，筑摩舰弹射的一号侦察机正从美第十六特遣舰队上空掠过，这架负责第五搜索线的零式水侦是由筑摩飞行长黑田信大尉亲自飞的，但因云层太厚，没注意到美舰。又过了十多分钟，利根舰四号侦察机飞临同一海域，侦察员甘利看到美国舰队，未经详细确认，便匆匆命令报务员内山拍发电报称：“发现十艘船只，似乎是敌舰，相对中途岛方位10°，二百四十海里，航向150°，速度二十节，0428。”

“0428”指东京作战时间6月5日0428时，也就是中途岛当地时间6月4日0728时，由于该机罗盘未经调试，所以报告的方位比美国舰队实际位置偏南约八十三海里。十分钟后，机动部队接到电讯，赤城舰桥一片欢腾，南云及幕僚认为全歼美特遣舰队的机会终于来了。不过机动部队面前还有两个问题：第一，“似乎是敌舰”究竟是什么意思？侦察机看到的舰队中有没有自己一直在寻找的美国航空母舰？第二，对地攻击用的常规炸弹对水面舰艇的杀伤力明显不如鱼雷，舰攻要不要再把鱼雷换回来?

为此，南云在0745时下令赤城、加贺二舰停止换装常规炸弹，随后电令利根四号机“继续接触，确认舰种”。

0753时，机动部队指挥官们正在紧张等待侦察机的回复，负责护航的雾岛舰突然升起烟幕——从中途岛起飞的美陆战队第二四一侦察轰炸中队（VMSB-241），飞行一个多小时后抵达机动部队上空，在中队长罗夫顿·亨德森少校率领下，十六架SBD“无畏”式轰炸机对准四艘日军航母进入俯冲。日军直卫战斗机蜂拥而上，在两分钟内将没有护航的美国机群打得落花流水。美国人损失八架SBD，亨德森少校捐躯，他是在中途岛海战中阵亡的第一位美陆战队飞行员，同年8月，美军用他的姓氏命名了瓜达尔卡纳尔岛上的新机场，以志纪念。

就在日机屠杀美陆战队俯冲轰炸机时，美国陆航的十七架B-17“空中堡垒”也在沃尔特·斯维尼中校带领下抵达战场，于0810时开始对赤城、苍龙、飞龙三舰实施高空水平轰炸。由于这种战术命中率本来就很低，加上三舰航海长操舰娴熟，他们投掷的炸弹和陆战队的一样，全都掉进海里。

0820时，美陆战队诺里斯少校指挥的十一架SB2U-3“拥护者”式轰炸机也加入战斗。“拥护者”是一种已经过时的老旧飞机，加上没有战斗机护航，诺里斯希望避开日军航母上空的零式战斗机，所以率部冲向榛名号战列舰。此役美军被日机击落一架SB2U-3，另外两架在返航时因燃料耗尽而迫降海面，炸弹无一命中。

美国机群轮番发起攻击之时，从中途岛返航的日军第一攻击波舰基机也于0800时陆续返回机动部队上空，现场一片混乱，几架返航日机险些吃到己方护航驱逐舰的炮弹。直卫战斗机还发现了正在尾随雾岛舰的美军潜艇鹦鹉螺号，第四驱逐队旗舰岚号离开护卫对象赤城舰，前往追击。

0820时，南云终于收到侦察机发回的进一步报告：“敌兵力，巡洋舰五艘，驱逐舰五艘，0509。”

十分钟后，利根舰四号机又发回密电：“敌军后方伴随一艘疑似航母的军舰，从中途岛方位8°，二百五十海里，0520。”

据草鹿龙之介回忆，自己虽预料到美军航母已经出击，听闻这个消息却还是“愕然”。这时第一攻击波机群已全部返回机动部队上空，它们的燃料都快耗尽，南云也不能眼睁睁看着这九十多架飞机掉进海里，只得下令先回收第一攻击波的舰基机，同时让一航战的舰攻再卸下常规炸弹，换回航空鱼雷。据宇垣缠回忆，主力部队接到这一信息后仍是无比自信，大和舰桥上的联合舰队幕僚认为美军航母这下肯定完蛋，甚至开始讨论该如何“清理残敌”。

鉴于利根四号机的报告极不专业而且前后矛盾，谨小慎微的南云迫切希望进一步掌握细节，随后再派遣第二攻击波起飞歼敌。为此，他命令二航战立即出动苍龙舰运载的一架十三试舰基轰炸机样机，前往利根四号机报告的方位进行确认。这种样机后来发展为“彗星”式舰基轰炸机，它飞得很快，甚至能够摆脱美军F4F战斗机的追击。

0840时，十三试样机从苍龙舰腾空而起。坐镇飞龙舰的山口多闻对南云的决定并不满意，他通过驱逐舰野分号向赤城舰发报称“我认为应立即出动攻击队”。从后来的战况分析，山口的决定是正确的，飞机闷在航母机库里更加危险，而且用于对地攻击的常规炸弹一样可以击毁美军航母的飞行甲板——1942年2月27日，日本海军高雄航空队的一式陆攻在巴厘岛附近海域重创美国兰利号航空母舰时，投掷的就是常规炸弹，兰利舰中弹后火势难以抑制，不得不由友舰炮击并雷击处分。

但就算山口的决定正确，也是徒劳，原因在于日军侦察机报告的美军航母位置根本不对，而且二航战的两艘航母当时也都在回收第一攻击波的飞机，直卫战斗机也得降落补充燃料与弹药，飞行甲板被占用很久，轰炸队没有机会起飞。

南云驳回了山口的建议。在他看来，回收第一攻击波和已经力战许久的直卫战斗机要优先办理，可以在此期间为一航战的舰攻换装鱼雷，况且也并非所有舰攻都已换上炸弹；再说同时出击的飞机越多，打击能力也越强，机动部队的这一习惯不可放弃；此外，之前珊瑚海海战和刚才美机空袭的实战战况都证明，若没有战斗机护航，贸然出击的第二攻击波肯定会被美特遣舰队的直卫战斗机屠杀。南云本人虽有不少性格缺点，却不是一个视部下生命为草芥的屠夫，用他自己的话说就是："绝不能让攻击队光着屁股出击。"

让我们把时钟稍稍向前拨动。

日军第一攻击波还未抵达中途岛上空时，坐镇约克城舰的弗莱彻将军就已把握南云机动部队的位置，决定伺机而动。0607时，弗莱彻电令第十六特遣舰队航向西南。据此，斯普鲁恩斯少将于0700时命令进取、大黄蜂二舰起飞共一百一十七架舰载机，其中包括：

<table>
<tr><td rowspan="2">编制</td><td colspan="4">航空母舰进取号</td><td colspan="4">航空母舰大黄蜂号</td></tr>
<tr><td>第六轰炸中队（VB-6）</td><td>第六侦察中队（VS-6）</td><td>第六雷击中队（VT-6）</td><td>第六战斗机中队（VF-6）</td><td>第八轰炸中队（VB-8）</td><td>第八侦察中队（VS-8）</td><td>第八雷击中队（VT-8）</td><td>第八战斗机中队（VF-8）</td></tr>
<tr><td rowspan="2">指挥官</td><td colspan="4">小克拉伦斯·麦克拉斯基少校（第六航空联队长）</td><td colspan="4">斯坦何普·林中校（第八航空联队长）</td></tr>
<tr><td>理查德·贝斯特上尉</td><td>威尔玛·加拉赫上尉</td><td>尤金·林赛少校</td><td>詹姆斯·格雷上尉</td><td>罗伯特·约翰逊少校</td><td>沃尔特·罗蒂少校</td><td>约翰·沃尔德伦少校</td><td>塞缪尔·米切尔少校</td></tr>
<tr><td rowspan="2">机种</td><td>SBD"无畏"式舰基轰炸机</td><td>SBD"无畏"式舰基轰炸机</td><td>TBD"蹂躏者"式舰基雷击机</td><td>F4F"野猫"式舰基战斗机</td><td>SBD"无畏"式舰基轰炸机</td><td>SBD"无畏"式舰基轰炸机</td><td>TBD"蹂躏者"式舰基雷击机</td><td>F4F"野猫"式舰基战斗机</td></tr>
<tr><td colspan="8">117</td></tr>
<tr><td rowspan="2">数量</td><td colspan="4">57</td><td colspan="4">60</td></tr>
<tr><td colspan="2">33</td><td>14</td><td>10</td><td colspan="2">35</td><td>15</td><td>10</td></tr>
</table>

这些飞机原本计划全部升空后集合出击，但利根舰四号侦察机的出现令斯普鲁恩斯意识到事不宜迟，遂命令已经升空的机群立即前去攻击日机动部队，后续飞机起飞后陆续跟上。弗莱彻的第十七特遣舰队也在回收负责跟进侦察的轰炸机群后，于0905时陆续起飞三十五架舰载机，其中包括：

编制	航空母舰约克城号		
	第三轰炸中队（VB-3）	第三雷击中队（VT-3）	第三战斗机中队（VF-3）
指挥官	麦克斯维尔·莱斯利少校	兰斯·梅西少校	约翰·萨奇少校
机种	SBD“无畏”式舰基轰炸机	TBD“蹂躏者”式舰基雷击机	F4F“野猫”式舰基战斗机
数量	35		
	17	12	6

这一时期，美军舰载机机务人员的技战术素养并不比日军好多少，例如大黄蜂舰的第八航空联队长斯坦何普·林中校就搞错了飞行方向，他没有按照上级给出的正确方向——也就是240°来飞，而是飞向265°方向，结果大黄蜂舰起飞的所有轰炸机和战斗机都被他带得越飞越偏航，没能找到机动部队，最后只能分头返航。其中，十架“野猫”和十三架“无畏”飞向中途岛基地，途中所有“野猫”和三架“无畏”因燃料耗尽而迫降海面，只有十架“无畏”安全抵达基地；另外二十二架“无畏”返回大黄蜂舰。

从大黄蜂舰起飞的飞机中，只有第八雷击中队指挥官约翰·沃尔德伦少校没跟着联队长走，而是保持正确航向。0920时，正在回收第一波攻击队的四艘日本航空母舰跃入沃尔德伦的眼帘，他决定立即进攻。

沃尔德伦深知这场战斗的危险性。6月3日晚，他油印了若干份传单发给部下，上面印着：

如果死亡不可避免，我希望我们中队每个人都能尽力奋勇杀敌。如果空中只剩下一架飞机，如果这是最后一次雷击的机会，我希望那位飞行员能恪尽职守、正中目标。

愿神与我们同在。

祝大家好运，一路平安，送他们下地狱！

0925时，第八雷击中队降至一百米高度，对机动部队发动雷击。此时日军上空直卫战斗机为十八架，为此赤城、加贺二舰又紧急起飞八架，共计二十六架零式战斗机一起迎战。在这场毫无悬念的战斗中，没有战斗机护航的十五架“蹂躏者”被全部击落，包括沃尔德伦少校在内的二十九名机务人员捐躯，只有小乔治·盖伊少尉一人生还。他们投放的MK13型航空鱼雷也像是中了邪，命中日军航母的都没能起爆，有些甚至一入水便断成好几截。

迎击美雷击机队的同时，机动部队的航空母舰亦加紧回收第一波攻击队。0930时，赤城、加贺、苍龙三舰完成回收，苍龙舰的飞行队返航最晚，回收工作直到0950时才告完成。差不多就在此时，从进取舰起飞的第六雷击中队十四架“蹂躏者”也在尤金·林赛少校率领下抵达机动部队上空。这支雷击队原本由同舰的第六战斗机中队护航，后者却因迷航而误跟大黄蜂舰的第八雷击中队飞走（最后还跟丢了）。林赛少校也在没有战斗机护航的情况下率部冲向加贺舰，发起第二轮雷击，结果没有一条鱼雷命中，十架“蹂躏者”被击落，包括林赛少校在内的二十名机务人员殉国，十人生还。不过，此时日军直卫战斗机的锐气已大不如前，还被美雷击机反击打下一架——日本飞行员毕竟是血肉之躯，美军持续不断的进攻行动已将他们拖得疲惫不堪。

南云和他的幕僚都惊呆了，因为每艘美国航空母舰只有一个雷击机中队，如果这些飞机来自中途岛基地，那么第一波攻击显然根本没有成效；若它们来自美特遣舰队，就说明对面至少有两艘航母。为此，南云考虑动用各航母运载的第六航空队零式战斗机掩护舰队，其负责人冈嶋大尉前往赤城舰桥报到并观战。

1000时，从约克城舰起飞的第三雷击中队十二架“蹂躏者”从东南方向飞临机动部队上空，他们的护航战斗机没有跟丢。中队长兰斯·梅西少校发现在四艘日军航空母舰中，飞龙舰最为前出，正在云下高速航行，于是率部下降，从三千米距离进入，对飞龙舰发起雷击。在中高度巡航的日军二十四架直卫战斗机立即向东南俯冲，实施拦截。负责保护雷击队的美第三战斗机中队六架“野猫”在约翰·萨奇少校指挥下应战，后者发明的“萨奇剪”战术卓有成效，一举击落五架零战，己方只损失一架“野猫”。然而日本人占有压倒性的数量优势，第三雷击中队全军覆没，十架“蹂躏者”被零战击落，另外两架返航时因燃料耗尽而迫降海面，包括梅西少校在内的二十名机务人员牺牲，仅四人幸存。五条射向飞龙舰的鱼雷均被规避。

源田实和机动部队众幕僚在赤城舰桥远观整场战斗。据他回忆，每当美军雷击机被击中落水，舰桥上就会爆发出热烈欢呼。

与此同时，一航战的舰攻仍在机库中换装鱼雷，二航战的轰炸机在换装穿甲炸弹，苍龙、飞龙二舰也开始为刚降落的第一攻击波舰攻补充燃料和鱼雷。第二波攻击队还需约一小时才能完成出击准备，各舰机务人员大都在休息室喝茶抽烟。在面对美雷击队连战连胜的欢快气氛中，只有苍龙舰意识到近在咫尺的危机，向赤城舰发报指出："我直卫战斗机群过于集中在敌雷击机作战区域。"

在跨度约四十五分钟的三轮雷击作战中，美军四十一架"蹂躏者"有三十五架被击落，只成功投放约二十条鱼雷，而且没能取得战果，但这场发生在海上的"轻骑兵冲锋"却带来了意想不到的效果：首先，美军不断坚持攻击，逼迫四艘日军航空母舰在四十五分钟内不得不一直进行规避机动，严重影响舰内地勤人员工作进度与士气；其次，雷击机需从低空进入雷击路线，也将全部日军直卫战斗机引至低空，并快速消耗其燃料与弹药；最后，他们的献身为己方俯冲轰炸机制造出一举歼敌的完美时机。

小克拉伦斯·麦克拉斯基少校率领的进取舰两个中队共三十三架SBD"无畏"式舰基轰炸机在起飞后和战斗机中队走散，没能按计划发现机动部队的踪影。眼见燃料已快不够返航所需，麦克拉斯基决定赌一把，命令向北继续搜索。0955时，他在云层缝隙中发现一艘孤零零的日本驱逐舰正风驰电掣向东北方向赶去，便率部跟着她前进。这艘驱逐舰正是日第四驱逐队旗舰岚号，之前离队一路追击鹦鹉螺艇，并连续投放六枚深水炸弹，当时正向机动部队返航，没想到成了美国轰炸机群的领路人[①]。

在此期间，有一架“无畏”迷航掉队，另一架因故障而迫降海面，其余飞机坚持飞行，终于在1020时从云间发现机动部队的赤城、加贺、苍龙三舰！

差不多就在此时，从约克城舰起飞后就与第三雷击中队分道扬镳的第三轰炸中队十七架“无畏”也在麦克斯维尔·莱斯利少校率领下从东北方向赶到战场。

由于日军直卫战斗机都被美雷击队引到低空，机动部队完全没有注意到近五十架轰炸机就在头顶。事不宜迟，美军指挥官们简短交换意见，决定立即实施俯冲轰炸，麦克拉斯基和威尔玛·加拉赫上尉的第六侦察中队去打加贺舰，理查德·贝斯特上尉的第六轰炸中队打赤城舰，苍龙舰交给莱斯利的部队。1022时，麦克拉斯基率先进入俯冲，由于事先沟通不充分，贝斯特的部队也和麦克拉斯基一起冲向加贺舰。

此时，日军第二波攻击队还需约四十分钟才能完成出击准备。为换下已经疲惫的战斗机飞行员，机动部队准备起飞一批新的直卫战斗机进行护航。1020时，四艘航空母舰转向迎风，飞行甲板前部喷出白色蒸汽，升上飞行甲板的战斗机引擎发动……就在这时，正在赤城舰桥观战的源田实突然看到右前方加贺舰上空，几个细小的黑点冲出断

---

① 关于这一点，岚舰幸存者在战后提出不同观点，称该舰在当地时间6月4日1000时正为赤城舰护航，不可能被美军轰炸机群发现并跟踪。

云，流星般扎向巨舰。

麦克拉斯基原本是开战斗机的，三天前刚过完自己的四十岁生日。他和自己的小队以50°角俯冲，完成了一次漂亮的教科书式轰炸，虽然炸弹没能命中，紧随其后的加拉赫上尉还是成功让四百五十千克炸弹直接命中加贺舰飞行甲板后部右舷附近。后续二十架“无畏”轮番投弹，又有三枚二百二十七千克炸弹分别命中前部升降机、舰桥左侧及飞行甲板中部近左舷处。

参加这场战斗的美海军克拉伦斯·狄克森上尉后来回忆道：“我们从左舷方位冲向那艘航空母舰，我认得她，那是加贺号。她真是大，是个完美目标。我看到一枚炸弹正中我瞄准区域的后方，飞行甲板被炸得卷曲开裂，露出下面的机库。我的五百磅炸弹正中舰岛左侧，另外两弹命中位置略为靠前，在甲板上堆放的飞机中炸开了花……”

加贺舰长冈田次作大佐在第一枚炸弹掠过舰体时才开始操舵规避，为时已晚，如此庞大的军舰不可能迅速做出反馈。狄克森投掷的炸弹引爆了舰桥旁停放的一辆燃料补给车，航空汽油发生大爆炸，席卷整个舰岛，冈田及其大部分幕僚当场毙命，加贺飞行长天谷孝久中佐接下指挥权。当时机库内还在为舰攻换装航空鱼雷，时间又紧，换下来的常规炸弹也被地勤人员堆在机库内，没有送进弹药库，库内还堆满燃料、输油管等易爆物品。美军炸弹引起的爆炸，接二连三诱爆舰内共计三万六千千克的鱼雷、炸弹和汽油，加贺舰立即陷入火海。据护航的榛名舰副舰长回忆，加贺舰中弹后连续发生七次剧烈爆炸，全舰被烈焰吞没，只有飞行甲板前后共约三十米长的区域没被点燃。

1024时，莱斯利少校率十七架“无畏”冲向苍龙舰，他本人和几架僚机在起飞后因误操作电控装置，早已将挂载的炸弹丢进海里，这次还是身先士卒，一边用机枪扫射一边将机头压向这艘有着“红褐色飞行甲板、小小舰桥和直立型烟囱的航空母舰”。苍龙炮术长命令高射炮立即开火射击，也已无力回天。紧随莱斯利进入俯冲的僚机霍姆贝克上尉投出四百五十千克炸弹，正中苍龙舰前部升降机，随后其中部、后部升降机又各吃一枚四百五十千克炸弹，后两枚炸弹钻进飞行甲板，分别在上层机库和下层机库爆炸。机库内满载燃料和弹药的飞机被接连诱爆，为刚返航的第一攻击波舰攻准备的十八条航空鱼雷刚从舰底的鱼雷调拨场运到机库，也成为绝好的引火材料。在十五分钟的连续爆炸后，熊熊燃烧的苍龙舰主机停车，烈焰从轮机舱各个舱口喷射而出，成了一堆在海上漂流的废铜烂铁。

眼见苍龙舰已注定玩完，第三轰炸中队的四架“无畏”转而扑向驱逐舰矶风号，几枚近失弹险些将其送入海底。

加贺、苍龙二舰相继中弹时，赤城舰正在起飞直卫战斗机。1025时，木村惟雄一等飞行兵曹驾驶零式战斗机[①]刚离开

① 这架飞机起飞后因副翼故障而紧急降落在苍龙舰，由于战况吃紧，无法维修，遂被推入海中。

赤城飞行甲板，贝斯特上尉率领的三架“无畏”就已杀到。起先贝斯特跟错了目标，很快便进行调整，带领克鲁格中尉及韦伯中尉的轰炸机脱离麦克拉斯基的机群，冲向赤城舰。克鲁格率先投弹，韦伯紧随其后，最后动手的是贝斯特。

躺在赤城飞行甲板上的渊田美津雄目睹了整个过程，他在战后回忆道：

瞭望员喊道：“敌机来袭！”我躺在飞行甲板，抬头观瞧，只见九架敌军俯冲轰炸机穿过断云径直俯冲而来。我们的高射炮打得震耳欲聋，却没命中。敌军一号机“咔”的一声拉起，一个黑黑的物事立即落了下来，是炸弹。我是个老飞行员，炸弹掉下来，我就能看出能不能命中。看这第一枚炸弹，我觉得它肯定没戏。果然，它擦着赤城的右舷掉进海里，腾起一股黑烟。不过敌二号机进行了修正，随后也“咔”的一声拉起并投出炸弹，我看这应该是枚近失弹，却还是不能直接击中——不出所料，它也擦着右舷落水。然而第三架敌机再次进行修正，炸弹径直向我飞来。这枚要中了！我抱着脑袋翻身趴下……咚！炸弹击中飞行甲板中部，离我很近。爆炸的冲击波将我掀起，重重摔在舰桥前部的飞行甲板上。我想爬起来，却怎么都不行。原来我的两只脚都摔断了，骨折部位在跟骨。右脚还好，只是单纯的骨折，可左脚跟骨断成三块，算是粉碎性骨折。加上踝骨也负伤，根本站不起来。

赤城舰中弹时，源田实正在舰桥，他的回忆与渊田的记述有所不同：

我正气鼓鼓地想看一眼赤城飞行甲板上将要起飞的飞机，瞭望员就报告："本舰上空有敌机！正在俯冲！"三浦航海长立即喊道："右满舵！快！"高射机炮也开始喷吐火舌。

我心里想："终于轮到赤城了吗？"就在那一瞬间，舰桥左侧一声闷响，黑色水柱腾空而起，我们在舰桥上的人左半身都淋了个透湿，左半边脸也都变得黑黢黢。那是一枚炸弹，落进舰桥左舷前方约十米处的水中①。

大家都松了一口气，纷纷伸手抹脸。虽然人们都预料到会有第二枚炸弹，可一直没什么动静。大约过了三四十秒，飞行甲板报告"中部中弹，起火"。很快，又报称"后部被炸弹击中起火"。

我有些丧气，不过想到还有二航战，心情稍稍平复。往苍龙、飞龙二舰一看，苍龙的甲板也已被烟雾笼罩，我不由得目瞪口呆。

"苍龙也中弹了？这下惨了。"

怎么办？我脑袋里一片空白，什么法子都没有。司令长官和各位幕僚一言不发，赤城舰桥一片死寂。损管队员们已进入飞行甲板和锚甲板，下面不停传来沉闷的爆炸声。那是第二攻击波的炸弹和鱼雷在不停殉爆。机库里的八百千克炸弹和鱼雷外壳被烧得通红，人们在席卷飞行甲板与机库的烈

① 赤城舰的舰岛在左舷，她和飞龙舰是历史上仅有的两艘采用此类配置的航空母舰。

焰中挣扎逃生。损管队拼命扑救，但火势越来越猛，十几分钟后，整艘军舰陷入火海。

从战后双方的调查及参战军人回忆来看，源田的回忆比渊田的描述获得更多信息源的支持：克鲁格投出的炸弹擦着赤城舰左舷落入海中，韦伯投下的第二枚炸弹击中中部升降机，穿过飞行甲板，在上层机库爆炸，成为诱爆日军飞机、弹药和燃料的关键一击，而贝斯特投出的第三弹则命中左舷后部，掀起部分飞行甲板。此外，正在滑跑的第二架零战被气流掀飞，直插在舰桥前方甲板上，随即爆炸燃烧。

当然也有其他说法，如赤城飞行长增田正吾中佐和随军摄影师牧岛贞一在战后都坚称：第三枚炸弹是紧擦舰艉落入水中的近失弹，真正直接命中赤城舰的炸弹只有韦伯投下的那一枚。

无论如何，有一点是肯定的：所有这一切都发生在短短六分钟内。

一系列的巧合、失误和时机，使太平洋战争的天平在这奇迹般的六分钟里彻底翻转。

大战余波

三艘中弹的日军航空母舰中，苍龙舰损伤最严重。由于主蒸汽管被炸断，所有锅炉室都丧失功能，断电导致消防泵无法工作，损管工作几乎停滞，大部分轮机人员被困在轮机舱内。中弹后仅过了二十分钟，苍龙舰长柳本柳作大佐便命令弃舰，第十七驱逐队第二小队的矶风舰和浜风舰靠上来救助苍龙舰员，筑摩舰也放出联络艇捞人。柳本拒绝离舰，命令苍龙飞行长楠本几登中佐负责撤离工作。

因旗舰赤城号陷入混乱，机动部队的二把手、第八战队司令官阿部弘毅少将暂时接过指挥权。他一边向远在西面三百海里处的主力部队报告三艘航母中弹起火的情况，一边报称“我部将以飞龙攻击敌航空母舰，机动部队将暂时向北退避，集结兵力”，随后命令二航战对美特遣舰队发起反击。据说，山本接报时正在和参谋渡边下将棋，他似乎并不在意机动部队的惨败，不紧不慢地走着棋，说道：“赤城也中弹了吗？那南云恐怕得撤回来了。”

加贺、苍龙、赤城三舰相继中弹时，飞龙舰因位置前出且在云层下航行，躲过了美军机群的轰炸。不等南云和阿部发令，早已不耐烦的山口就已着手准备起飞舰载机。1054时，山口向阿部发报称“现在本官开始指挥航空作战”，这种越权行为自然很不给阿部面子，但就当时的战况来看，他们也管不了那么多。1110时，飞龙分队长小林道雄大尉率领飞龙第一攻击波起飞，兵力为六架零式舰基战斗机和十八架九九式舰基轰炸机，其中有六架轰炸机携带的是未及换下的对地炸弹。机群起飞后，筑摩舰五号侦察机便发来美第十七特遣舰队的方位情报，并一路引导攻击队。半小时后，之前从苍龙舰起飞的十三试轰炸机也发现了约克城舰，但因无线电设备故障，未能发回电讯。

这时机动部队中只有飞龙舰的飞行甲板完好无损，赤城舰的七架零战、加贺舰的九架零战和苍龙舰的四架零战及一架九七式舰攻均降落在飞龙舰上。

1100时刚过，赤城舰桥底下的操舵室报称舰艉中弹导致的殉爆令舰舵卡在左舵20°，因而无法直线航行，只能向左转，航海长三浦顿觉大势已去。草鹿走到南云身边，建议他转移到长良舰继续指挥，南云手把罗盘，冷冷回答："我留下。"源田在回忆录中记述说，老头这是在赌气，意思是"你们想跑就跑，我要死在这里"。草鹿力劝，指出还能靠飞龙舰打翻身仗，一军主将不可这样中途放弃，舰长青木泰二郎大佐也表示自己会尽力救援。眼看所有幕僚一起进谏，南云总算同意与他们一起转移到长良舰。

赤城舰桥正被烈焰包裹，侧边舷梯无法使用，只有舰桥正面没有起火。舰员从舰桥窗口抛出一根绳索，垂到飞行甲板。南云向青木交代舰舵失灵时的操作要领后，带着各幕僚探身爬出窗口，攀着绳索鱼贯而下，仿佛回到海军学校的演练场一般。草鹿龙之介是个大胖子，先是卡在窗口，下到一半又不慎脱手，重重摔在飞行甲板上，两只脚都扭伤。

一片混乱中，竟没人理会正在飞行甲板上爬动避火的渊田美津雄。他运气确实很好，要不是之前为了看攻击队起飞而勉强上到这里，恐怕已和战时病房里的六十多人一起烧死了。不过飞行甲板也是一片火海，就在火焰逼近、几乎要将他吞没之时，两名路过的损管队员冲进来将他背出火圈，送到底下的锚甲板。救护人员大声吆喝，叫回还没开远的联络艇，又用席子裹着渊田，缒下艇去。在颠簸的小艇上，渊田和源田面面相觑，无话可说。二人不约而同转头观望，只见赤城舰越烧越旺，浓烟直抵天际。

1130时，南云及幕僚抵达长良舰，升起将旗继续指挥，命令：

（一）由航空母舰飞龙号实施航空作战，继续攻击敌航母。机动部队各舰应屏护飞龙舰，组成警戒网。

（二）飞龙舰实施航空作战的同时，机动部队水面舰艇便攻向敌机动部队，以利根、筑摩二舰为主力，进行昼间雷击决战。

（三）赤城、加贺、苍龙三艘航母各分拨两艘驱逐舰予以护卫，若能修复，则应尽快脱离战场。

在南云更换旗舰这段时间，山本亦从大和舰拍发第一三三号联合舰队作战电令，命运兵船队暂时向西北撤退，并要求正在攻击阿留申群岛的角田机动部队隼鹰、龙骧两艘航母紧急转向，与南云机动部队会合①。1200时，他又发出第

① 这两艘航空母舰于阿留申当地时间6月4日及5日两次空袭乌兰阿斯卡岛的荷兰港。6月6日，日陆军北海支队约一千二百人登陆并占领阿图岛，该岛当时没有盟军驻军，只有四十余名阿留申人原住民。同一天，日海军第三特别陆战队约一千三百人登陆并占领基斯卡岛，当时该岛只有一个美军气象站，十名留守人员中有二人牺牲，八人被俘。

一五六号电令：

（一）采用“C法”攻击敌舰队。

(1) 若敌舰队全力西进，则联合舰队按既定方针进行舰队决战。

(2) 第一、第二机动部队[①]由第一机动部队指挥官统一指挥。第一、第三、第五潜水战队由先遣部队指挥官负责。

(3) 增援北方作战的第一舰队兵力返回，然后与主力部队会合。

（二）攻略部队应派遣部分兵力[②]，于本日夜间炮击AF，摧毁其一应设施。

（三）进攻AF和AO的行动暂时延期。

根据筑摩舰五号侦察机发回的情报，南云得知至少有一艘美军航母正在自己70°方向北上，距离约九十海里，遂命令机动部队除三艘中弹航母及其护航驱逐舰以外的所有舰只取道60°，以十六节航速出击。1245时，增速至二十节，到1300时更增至二十四节，试图接近美特遣舰队，用巡洋舰和驱逐舰的舰炮和鱼雷打一场“昼间决战”。

美军这边，约克城舰于1115时开始回收返航的轰炸机，由于疲惫及燃料吃紧，部分飞机在降落时发生事故，花了三十多分钟才完成回收作业。随后弗莱彻立即又起飞十架

① 分别指南云机动部队及角田机动部队。

② 指栗田健男中将麾下第七战队的重巡洋舰熊野号、铃谷号、三隈号及最上号。

“无畏”实施跟进侦察。十分钟后，飞龙舰第一攻击波抵达第十七特遣舰队西南四十六海里处，被雷达发现，重巡洋舰阿斯托里亚号、波特兰号及五艘驱逐舰立即将约克城舰团团护住，后者紧急起飞十二架“野猫”式战斗机，准备迎敌。

在奔袭途中，飞龙第一攻击波与正在返航的进取舰轰炸队不期而遇，乱战过后，一架零战弹药耗尽返航，另一架在海面迫降。1205时，二十二架日军飞机对约克城舰发起突击，经过充分准备的美军直卫战斗机群一举击落三架零战和十架九九式轰炸机，只有八架九九式冲破战斗机编织的防空网，对约克城舰发起俯冲轰炸。在俯冲过程中，又有三架日机被美军防空炮火摧毁，仅五架成功投弹，其中三枚击中约克城舰的飞行甲板，约克城舰因锅炉室起火而停车。弗莱彻不得不转移到阿斯托里亚舰继续指挥作战。

此役日军损失四架零战和十三架九九式轰炸机，指挥官小林毙命。返航时又有一架零战迫降海面、一架轰炸机无法修复，兵力已捉襟见肘。虽然日军认为约克城舰已在劫难逃，但该舰出色的损管队员却在两小时内扑灭大火，轮机员也修复锅炉室，恢复十八节航速。

飞龙第一攻击波返航途中，筑摩舰五号侦察机又在1220时报称发现美第十六特遣舰队的两艘航空母舰，这个消息立即被第四驱逐队司令有贺幸作大佐发出的电讯证实。原来，美第三雷击中队的四位幸存者之一维斯利·奥斯默斯上尉不幸被岚号驱逐舰俘获，日军从他口中得知美军共有三艘航空母舰，并且头一回得知自己偷袭珍珠港实际只摧毁了亚利桑那舰和靶舰犹他号，其余主力舰都已被修复或正在修理。此外，中途岛驻军的实力也远超日本人的想象。

为此，山口决定对美第十六特遣舰队的进取、大黄蜂二舰实施打击。

1330时，飞龙第二攻击波起飞，共六架零战和十架雷装九七式舰攻，其中两架零战来自加贺舰，一架九七式舰攻正是赤城舰的友永丈市座机，他担任本次攻击队的指挥官。

筑摩舰五号侦察机发回电讯后即被美军直卫战斗机击落，友永只得自行率部搜索美舰。1430时，飞龙第二攻击波抵达约克城舰上空，由于该舰已经灭火并恢复航行，被友永误认为进取舰或大黄蜂舰。他带领十架九七式舰攻从约克城舰两舷包抄，企图实施雷击夹攻。十六架“野猫”分头抵挡，击落两架零战和四架九七式舰攻，友永座机被约克城舰防空炮火击中，他命令驾驶员加速撞击舰桥，最后坠海毙命。日军舰攻成功向约克城舰两舷各投放两条鱼雷，其中攻向左舷的两条相继命中，后者锅炉室再度受损，导致停车。因损害严重，舰体一度向左舷倾斜达26°，已有倾覆之虞，约克城舰长艾略特·巴克马斯特上校于1500时命令弃舰。

山口接到战报后，并未察觉自己的部队反复攻击的是同一艘航母。

1445时，三小时前从约克城舰起飞的一架“无畏”发现机动部队，驾驶员萨奇·亚当斯上尉命令报务员用明码发报称：“发现敌舰，航母一，战列舰一，重巡二，驱逐舰四。北纬31°15′，西经175°5′，正以十五节航速北上。”

此时弗莱彻已全权委任斯普鲁恩斯指挥战斗，后者立即命令进取舰和约克城舰起飞二十四架SBD“无畏”式舰基轰炸机，准备彻底了结机动部队。

这些飞机中，六架来自第六侦察中队，四架来自第六轰炸中队（进取舰），另外十四架来自约克城舰的第三轰炸中队，由第六侦察中队长加拉赫上尉指挥。麦克拉斯基少校因负伤不能出击，作为后方联络员留在进取舰上支援加拉赫作战。

最后一架“无畏”起飞后，斯普鲁恩斯见好就收，指挥两支特遣舰队一边与机动部队保持距离，一边东撤。

1540时，飞龙第二攻击波的幸存飞机返回母舰。由于误以为已重创两艘美军航母，二航战对战况还很乐观，飞龙副舰长鹿江隆中佐也认为“现在是一对一了。能赢，最坏也是同归于尽”。不过，此时飞龙舰只剩六架零战、五架九九式轰炸机、四架九七式舰攻和原属苍龙舰的那架十三试轰炸机能出勤作战，兵力已捉襟见肘。为此，山口曾向赤城舰发报，询问对方是否能起飞舰载机增援自己，未能得到答复。与幕僚商议后，山口决定集中最后兵力在黄昏时分再次攻击，他一边命令舰员加紧修理六架严重受损的轰炸机，一边催促十三试轰炸机起飞侦察美军航母位置；为确保安全，也安排所有零战起飞保护飞龙舰。南云此时发现美军舰队正有意与自己保持距离不断东撤，只得命令停止追击，向西缓慢回航，先看看飞龙第三攻击波的攻击效果。

1623时，接替舰长指挥灭火作业的加贺飞行长天谷见大势已去，被迫下令弃舰。他携带“御真影”和军舰旗，指挥幸存者撤向第四驱逐队第二小队的萩风、舞风二舰，花了半小时才撤完。在此期间，锲而不舍的美军鹦鹉螺号潜艇又悄悄潜回，趁乱对加贺舰发射三条鱼雷，其中一条命中右舷舰艉，可惜未能起爆。鹦鹉螺艇随后从容撤离，因海面还有很多日本兵在挣扎，日本驱逐舰无法投掷深水炸弹，眼睁睁看着其全身而退。

1730时，飞龙舰上的十三试轰炸机做好起飞准备，山口准备回收一架直卫战斗机后便让它出击。说时迟那时快，从进取舰和约克城舰起飞的二十四架“无畏”也在此时抵达飞龙舰上空。

已在上午建立奇功的加拉赫上尉身先士卒，率第六侦察中队的六架“无畏”压下机头进入俯冲，六架零战拼命拦截，飞龙舰长加来止男大佐亲自掌舵规避，第六侦察中队的炸弹都没能命中。但山口的好运也到此为止：第六轰炸中队和第三轰炸中队的十六架“无畏”陆续发起猛攻，四枚四百五十千克炸弹接连击中飞龙舰飞行甲板，全舰陷入火海，前部升降机被炸飞到半空，直插在舰桥前方。最后两架隶属第三轰炸中队的“无畏”转而向榛名舰投弹，遗憾的是未能收获战果。

稍晚些时候，从大黄蜂舰起飞的十四架“无畏”轰炸了利根舰和筑摩舰，这两艘重巡洋舰成功规避所有炸弹。1815时，从夏威夷起飞的美陆航十二架B-17“空中堡垒”式重轰炸机还对飞龙舰和筑摩舰实施高空水平轰炸，由于精度太差而没能命中。

飞龙舰的中弹，打碎了南云的最后希望，现在他已丧失制空权，继续追击只能是死路一条。

暮色中，机动部队的巡洋舰和驱逐舰簇拥着熊熊燃烧的飞龙舰，缓缓向西北方向驶去。

另外三艘被浓烟与烈焰笼罩的日军航空母舰此时仍在海面漂流。1900时，苍龙舰内部再次发生爆炸，留在舰桥的舰长柳本已经烧死。1913时，正是中途岛以西海面的日落时分，苍龙舰舯部被一次地动山摇的大爆炸撕开，巨大水柱击穿飞行甲板腾至半空，巨舰开始从舰艉下沉。1915时，苍龙舰和夕阳一道沉入北纬30°4′25″、西经178°37′5″的海中。

苍龙舰沉没后，又在水下剧烈爆炸。此时加贺舰舯部的龟裂已延伸到水下部分，油库也被引燃。1925时，这艘当时日本海军最大的航空母舰在两次大爆炸后，舰艏与舰艉保持水平，缓缓沉没，位置在北纬30°20′、西经179°17′。

赤城舰的情况比加贺、苍龙二舰略好，她的轮机系统在中弹后还坚持了半小时。南云及幕僚离舰后，舰长青木撤离火势渐猛的舰桥，在飞行甲板前部继续指挥扑救。由于上层机库内的鱼雷和炸弹不断殉爆，飞行甲板已被烧得没有可立足之地，青木和其他军官又被逼到舰艏锚甲板，先将部分伤员和“御真影”转移到护航驱逐舰上。入夜，青木从轮机长处得知已无法恢复动力，遂于1925时通知弃舰，并计划由护航驱逐舰发射鱼雷将本舰击沉处分。

2000时，青木对幸存舰员训话，命令他们分别撤至第四驱逐队的岚舰和野分舰，自己则留在赤城舰，准备与舰同沉。

飞龙舰中弹后，仍有五个锅炉、四台蒸汽轮机能够运作，暂时可以航行，但轮机舱和舰桥之间的电话很快就不再通畅。由于启航时该舰运载过多粮食给养，舰内通道堆满米袋，导致两方面派出的联络员都无法通行。入夜后，舰内火势逐渐蔓延到右舷轮机舱，轮机员全部躲进左舷轮机舱。2123时，飞龙舰终于全部停车，利根、筑摩二舰和第十驱逐队的各驱逐舰靠上来用高压水龙灭火，收效一般。

2200时，岚舰及野分舰已收容赤城舰员完毕，准备发射鱼雷将其击沉，却被大和舰上的山本五十六一封电令压下：“暂缓赤城雷击处分”——他曾当过赤城舰长，希望能将这艘老舰曳航带回国内。岚舰趁此机会靠近赤城舰艏，在赤城航海长三浦、飞行长增田等人力劝下，青木终于离舰，留下已无活口的赤城舰在海面漂流。

斯普鲁恩斯巧妙的回避让日本人无计可施。山本在日落时还向机动部队拍发第一五八号电令，提出要以大和舰为主力的战列舰战队对美特遣舰队实施夜间炮击，并强攻中途岛。到深夜，他也不得不接受现实，于2315时命令已经会合的第二舰队与机动部队放弃夜战企图，曳航尚未沉没的赤城、飞龙二舰向西撤退，与主力部队接头。

6月5日0011时，机动部队掉头向西，开始撤退。

0130时，日军伊号第一六八潜艇在中途岛以西海面浮起，用四英寸甲板炮轰击岛上基地设施。驻军探照灯很快照住这艘孤艇，艇长田边弥八少佐见势不妙，立即下潜逃走，一共只射出六枚四英寸炮弹。不过，比起整场海战一炮未发的大和号战列舰来，这艘潜艇的战绩还算不错了。

0155时，山本拍发第一六一号电令，内容如下：

（一）AF攻略作战中止。

（二）主力部队与攻略部队（第二舰队）、第一机动部队（不包括飞龙舰及其护航舰）会合，前往预定地点进行补给。

（三）警戒部队、日进舰、飞龙舰及其护航舰应返航至以上地点。

（四）占领部队应西进，脱离AF飞行哨戒范围。

这份电令，正式宣告“MI作战”的终结，与日本海军在中途岛海战中的失败。

同时，山本命令第四驱逐队对赤城舰执行雷击处分。

机动部队开始撤退时，飞龙舰内部又发生爆炸，原本已缓和的火势再度发威，第十驱逐队的卷云舰于0200时靠上来，陆续收容飞龙舰员和“御真影”。飞龙舰长加来止男大佐判断已无望恢复动力，加上舰艏损伤严重，无法由巡洋舰曳航，遂命令弃舰。他并不知道，这时还有很多轮机人员在左舷底舱内等待救援。

0315时，山口多闻站上饼干桶训话，命令副舰长鹿江和首席参谋伊藤带上军舰旗，指挥全体舰员撤至卷云、风云二舰，让这两艘驱逐舰雷击击沉飞龙舰，自己和加来舰长回到舰桥，准备殉葬。

飞龙弃舰后，第四驱逐队的四艘驱逐舰向赤城舰驶去。此时赤城舰上的可燃物已经烧光，变成一个焦黑的空壳。0450时，岚舰、野分舰、萩风舰及舞风舰先后各向赤城舰右舷发射一条鱼雷，其中两条命中。雷击结束后，四舰远远守候，并未立即离去。

二十分钟后，卷云舰也向飞龙舰左舷发射两条鱼雷，其中一条命中，另一条从舰底通过。之后，卷云、风云二舰向西撤离，飞龙舰独自漂流。

0520时[①]，赤城舰从舰艉下沉，海水灌入千疮百孔的舰体，令这头垂死的钢铁巨兽发出凄厉声响，据舞风舰长中杉清治中佐回忆，那“就像一头活物的临终悲鸣”。赤城舰没入海水后又发生一次剧烈爆炸，随即一片死寂，她的葬身之处位于北纬30°30′、西经178°40′。

飞龙舰遭雷击处分后还在继续漂流。0730时，从主力部队凤翔舰起飞的一架九六式舰攻实施侦察时，从空中看到已烧成空壳的飞龙舰，并发现飞行甲板上有人在挥舞帽子求救，返航

① 一说为6月5日0455时（根据萩风舰员回忆）。

后做了汇报。南云接报后以为那是回心转意的山口与加来，急令第十七驱逐队的驱逐舰谷风号火速前往救援，谷风舰中途遭美军飞机攻击，最后赶到时，海面已空无一物。

6月5日0906时，遭雷击后漂流近三小时的飞龙舰开始向左舷倾斜，舰艏没入水中。0915时，巨舰沉入北纬31°27′5″、东经179°23′5″的海中。

翌年，山口多闻成为大本营海军部极力吹嘘的所谓“军神”，日本广播公司还发布一篇煽情报道，绘声绘色地描绘山口与加来在月光映照下的飞龙舰桥谈笑风生、“杀身成仁”的情景——这是彻头彻尾的捏造，当时返回日本的联合舰队人员中，没有人目睹飞龙舰的末日。

那么飞行甲板上的人究竟是谁呢？原来，在飞龙弃舰时，撤离的舰员们并不知道其实在军舰左舷底部的锅炉室内，还有约一百名轮机兵和地勤兵被困。由于连续作业的劳累、中弹后内部爆炸产生的震荡与高温，这些人暂时陷入了昏迷。其中有一个叫门屋忠孝的一等兵曹事后回忆说，就在卷云舰对飞龙舰残骸发射鱼雷前，被困人员陆续醒来，由于没有照明，所有人都不知道军舰中弹后发生了什么事。

慌乱过后，人们从工具箱里翻出榔头和凿子，打算在锅炉房厚达一英寸的铁制墙壁上凿一个通往机库的洞，从那里往飞行甲板上逃。就在砸墙的时候，卷云舰发射的鱼雷命中飞龙舰左舷水下部位，幸存者们大惊失色，以为又吃了美军的炸弹，便加快凿墙的速度。等到扒开一个能够过人的窟窿，他们才发现机库里的水已经没到腰部，四下里尸体枕籍。待到爬上飞行甲板，才发现军舰上已经没有其他活人[①]。此时正好凤翔舰派出的舰攻飞过，三等轮机兵曹池田幸一及三等地勤兵冈田伊势吉才对着它挥舞帽子。

幸存者们在军舰右舷的吊臂上发现一艘尚且完好的救生艇，于是安排一部分人员将它往海面放，其余人员去舰上各处搜罗食物、水及其他物资，以备漂流之需。救生艇还没放到水面，门屋就听到一阵刺耳的啸鸣，感到身子整个被抛了起来，原来是军舰遭雷击的破口大量进水而迅速向左舷倾斜。在飞行甲板上搬运物资的约六十名幸存者躲避不及，向左舷滑落，在飞龙舰沉没时产生的巨大漩涡中统统做了水鬼。而在右舷扒着救生艇活下来的，只有四十一人，其中二人因喝了混油的海水，也很快死亡。余下三十九人挤在这艘九米长的救生艇上，开始了漫长的漂流，携带的给养只有从其他舱室抢出的一点干面包、几个牛肉罐头，外加二打啤酒。

6月6日凌晨0215时，美海军中校约翰·墨菲指挥的河豚号潜艇在中途岛以西九十海里洋面观测到四个巨大舰影，但未能详细辨识。斯普鲁恩斯此时已回撤中途岛东北一百海里处，因担心这是山本亲自指挥的日军主力部队，不得不转而包抄之。实际上，这些舰影是之前奉山本命令，正准备炮击

① 根据幸存者回忆，飞龙舰沉没之前，舰桥上空无一人，山口多闻和加来止男不知所终。

中途岛基地的日军第七战队四艘重巡洋舰。0255时，第七战队指挥官栗田健男接到山本下达的撤退命令，遂组织各舰转向。在转向时，日本人发现了正在尾随的河豚艇，慌乱之中，三隈舰与最上舰相撞，后者舰艏几乎被撞断，二舰航速降至十二节。不得已，栗田只得留下三隈、最上二舰和两艘驱逐舰[①]取道西南，慢速航向特鲁克，自己坐镇熊野舰，带着铃谷舰赶往与主力部队的会合点。

当天早晨，从中途岛基地起飞的美海军陆战队、陆航机群及第十六特遣舰队派遣的舰载机群，对这两艘掉队的日军重巡洋舰发起轮番攻击。最上舰勉强逃脱，三隈舰被航空炸弹连续命中，舰内储存的氧气鱼雷被诱爆，于同日日落前向左倾覆沉没，约七百名乘员殉葬[②]。

同时，美军发现已经撤空的约克城舰还在海面上漂流，决定将她拖回珍珠港实施维修。0500时，约克城舰长巴克马斯特上校挑选二十九名军官和一百四十一名士兵，搭乘驱逐舰哈曼号，从右舷重返正以三节速度被曳航的"老约姬"，希望能将其修复。这支小小的修理队忙了大半天，将一门已损坏的五英寸高炮推入海中，从轮机舱泵出大量海水，舰体倾斜角度也回至22°。为防止日军潜艇捣乱，共有六艘美军驱逐舰拱卫约克城舰。

---

① 即第八驱逐队的荒潮舰与朝潮舰。

② 该舰沉没后，有十九名幸存者。到6月9日，只剩下两人还活着，被美军潜艇鳟鱼号发现并收容，送往夏威夷。

殊不知，前一天炮击过中途岛基地的日军伊号第一六八潜艇已经偷偷绕过天罗地网，接近了约克城舰。

田边弥八操纵潜艇从约克城舰底通过，绕到她右舷这边，拉开距离后，于1536时，在约一千一百米距离发射四条鱼雷，其中一条命中紧靠约克城舰右舷的哈曼舰，她搭载的鱼雷和深水炸弹相继殉爆，舰艏开始下沉，在四分钟内便告沉没。另两条日军鱼雷击中约克城舰右舷，加上哈曼舰爆炸的冲击，进水反而导致舰体倾斜角度回至17°，不过进水实在太多，不堪重负的“老约姬”逐渐缓缓下沉。尽管巴克马斯特带领修理队彻夜奋战，还是无法挽回局面，不得不于翌日凌晨再度弃舰。

6月7日0530时，约克城舰开始向左舷缓慢倾斜。约九十分钟后，在珊瑚海海战和中途岛海战中厥功至伟的“老约姬”终于倾覆，从舰艉沉入海中。

同日，美国陆军第七航空队的克拉伦斯·廷克少将决定亲自驾机对正在撤退的日舰队实施攻击。为此，他从第三十一轰炸中队调拨了数架B-24“解放者”式重型陆基轰炸机，飞临中途岛时，僚机看到廷克的座机失控坠海，他和麾下十名成员全部捐躯。廷克将军也是“二战”期间阵亡的第一位美国陆军将官。

海军方面，斯普鲁恩斯在约克城舰沉没后命令再度东撤，让驱逐舰补充给养，并与运送飞机前来增援的萨拉托加号航空母舰会合。6月8日下午，弗莱彻将军及幕僚登上

“萨拉丸”，取回指挥权。四天后，两支美特遣舰队入泊珍珠港。

此时，飞龙舰的幸存者们还挤在救生艇上漂流，他们用两支船桨和一些破布制作了桅杆和帆，希望能漂到日军占领下的威克岛。仅有的一点食物被分成二十份，所有人每天共享其中一份，但到了第十四天，已经有四人相继死去，陆地和友军军舰仍不见踪影。

在这些漂流者中，有一个叫桥本忠的水兵，是个从熊本来的基督徒。据他回忆，在漂流的第十四天，总算看到一架飞机，救生艇上的人欢呼雀跃。但飞机离近了，他们才看到机翼上的五角星徽记，这是一架美军飞机，而且后座架着机枪，只要来上几梭子，所有人都得送命——日本人自己是会这么做的，所以他们干脆降下挂在艇尾的破军旗，穿上外衣，打算死得体面一些。桥本回忆道：“我站在救生艇的船头，准备第一个吃枪子儿。”

美军飞机降低高度后盘旋了几圈，却没有开火。桥本看到飞机后座的机枪手推开舱盖，露出一张被日光曝晒成古铜色的面孔，宛如妖怪图鉴中的红鬼。但这“红鬼”却友善地挥了挥手，就飞走了。随后，美军巴拉德号水上飞机母舰赶来，收容了飞龙舰的三十五名幸存者，于6月19日将他们送到中途岛。日军战俘得到救治后，搭乘天狼星号货船去了夏威夷，部分人被送往美国本土的战俘营关押，基本都在战后返回了日本。

桥本看到的那个“红鬼”并非一般人物，正是珍珠港事件中的美国海军战斗英雄康拉德·弗利兹。

1941年12月7日珍珠港遇袭时，身为侦察员的弗利兹正在瓦胡岛卡内欧西航空基地的美海军水上飞机机场，第一波日机来袭后，他立即奔出营房，希望找到一架能用的飞机以起飞迎敌，在途中还遇到了在同一支部队服役的胞兄理查德。一番摸索之后，弗利兹兄弟总算在地面停机带发现一架完好无损的PBY水上飞机，不过这种大型飞机并不适合空战，而且该机在周六已经放空燃料，无法起飞，好在机鼻的炮塔能够运作。兄弟俩于是坐进炮塔，哥哥操作重机枪，弟弟负责供弹，对日机倾泻反击炮火。日军第二攻击波的制空队飞临卡内欧西时，弗利兹兄弟的飞机已经千疮百孔，好在机内没有燃料，因此并未爆炸，兄弟俩也没有中弹。

1997年7月，中途岛海战五十五周年纪念之际，桥本忠在美国西雅图会见了当时已从波音飞机公司退休的弗利兹，弗利兹详述了当年的情形：

前线传来奇迹般的大胜捷报，我们的警戒机也受命在夏威夷与中途岛之间飞行，执行救助与侦察任务。我们每天飞十四小时，一方面是为了搜寻海战幸存者，一方面也是为了防止日军卷土重来。

飞了两个星期，我在一个白天发现了一艘挂着旭日旗的小艇。在珍珠港，我们死了三千多弟兄，我当然想报仇！我的心被复仇的怒火占据，一想到大仇就要得报，就兴奋不已。我转动机枪，确信一次连射就能把鬼子都送进海底。可我那时在瞄准具里看到的那艘小艇上，并没有日本士兵，只有一群衣衫褴褛、衰弱可怜的漂流者。我无法扣下扳机，我办不到，然后就联系部队，让他们派船过来救人。好在当时你们降下了军旗，也没有对我开火。要是我在那里杀了你们，一辈子都会睡不好觉的。你们活了下来，这是神在做工，我能够帮忙救助你们也是我的福分，感谢神。我非常高兴，今天能以朋友的身份和你再次相见。

中途岛海战中被美军俘虏的日军人员，均得到及时医疗救治和人道主义对待，而落入日军手中的美军战俘命运又如何呢？

除前面提到的奥斯默斯外，还有两位来自进取舰的“无畏”式轰炸机机组人员坠机落水后被日军卷云号驱逐舰捞起，他们是驾驶员弗兰克·奥夫拉赫提少尉及其报务员兼机枪手布鲁诺·盖朵。卷云舰员对这两位美军飞行员饱以老拳，最后将他们捆在注满水的油桶上，推进海里淹死。而被关押在岚舰的奥斯默斯少尉，也在东京时间6月6日晚死亡并被海葬，日军给出的解释是“被愤怒的水兵持刀斩杀”。对这种公开挑战人类文明底线的残暴行径，连很多日本人都引以为耻。如今，卷云号和岚号这两艘驱逐舰在日本常被称作“鬼畜军舰”或“虐杀军舰”。

报道中没有失败

日军回航日本途中，机动部队幸存者最关心的，自然是打败仗的责任问题，丢了四艘航空母舰，谁负责？上头会怎么说？

中途岛当地时间6月6日清晨，日主力部队还在追逐美特遣舰队之时，机动部队首席参谋大石保便到长良舰面会参谋长草鹿龙之介，提出："所有幕僚一致认为，您应力劝长官妥善处理此事。我们也会一起自杀，以全臣节。"意思就是"一航舰全体参谋已做好切腹谢罪的准备，请参谋长劝南云长官和我们一起死吧"。

草鹿回忆道：

我立即断然拒绝，并召集所有幕僚到幕僚室，劝他们打消这个念头："仗打成这个样子，再怎么说，我们都得负重大责任。但值此国家存亡的关头，我决不能光顾着考虑撒手不干。当然，死了那么多官兵，如果只有我们觍着脸活下来，无论如何都无法向国民交代。可是，要是只想着无颜去见战死的人，因为一场败仗就自杀弃世，我可办不到。我们应该做的，是振作起来，力图复仇并挽回颓势。我强烈反对自杀之类的行为。我会提醒南云长官，让他不要轻生。而我自己不会辞职，只要还能让我上阵去打，我就去打。"

开完会，我立即面会南云长官，向他转达此事，并请他少安毋躁，提出至少我们二人暂时不要辞职。南云长官一一答应，但最后却忧心忡忡地说："你说的这些我都明白。不过虽然是这个理儿，有时还是不得不另做打算啊。"

听他这么说，我又力劝一番，正色劝告他千万不要轻生，他总算是听进去了。

当天早上0900时（当地时间），机动部队残部和主力部队会合，草鹿前往大和舰向山本汇报战况。由于浪大，对方无法为他乘坐的联络艇放绳梯，草鹿干脆抱着拐棍坐进一个大篮筐，被提上大和舰。

山本在长官室单独会见草鹿。草鹿希望山本进行斡旋，保证机动部队指挥团队的职务，以期"戴罪立功"，后者始终一言不发。随后，草鹿又登上大和舰桥，到作战指挥所向宇垣缠及其他幕僚汇报，并提出应向国民公开战况实情。然而，无线电中却一直高奏《军舰进行曲》，仿佛刚打了个大胜仗，一丝尴尬笼罩着整座舰桥。

东京时间6月14日，联合舰队出击舰艇陆续入泊柱岛泊地及吴港，稍事休息后，长良舰驶入柱岛泊地，包括渊田在内的约五百名伤员在那里被转移到特设医院船冰川丸[①]上，前往横须贺海军医院接受治疗。启航前，山本五十六登上冰川丸慰问伤员，在船上巡视了三个多小时。他下船后，冰川丸起锚航向横须贺。

---

① 日本邮船公司的万吨邮轮，1930 年竣工，曾长期往返于美日之间。太平洋战争期间被日本海军征用，作为特设医院船，战后负责运送归侨。该船退役后保存至今，为日本国家重要文化财产。

捂住中途岛惨败的真相，成了此时日本海军当局的当务之急，因此，冰川丸抵达目的地后，在远离海岸的水面上一直等到天黑才驶入长浦港，以免当地居民看到船上的伤员。在大批海警的严密护卫下，伤病员们从基地背面的小路偷偷溜进医院，那情形活像是在走私什么违禁品。在横须贺海军医院，他们被安置在两栋安保措施严密的大楼里，过起了与世隔绝的生活。伤病人员的动向被海军省人事局捂得严严实实，医院禁止一切人员探访，就连病号的妻子也被挡在门外，他们也不能拨打电话或邮寄书信，与软禁无异。

中途岛海战日本海军舰艇 / 人员损失一览

所属舰队	所属战队	舰名	类别	损失情况	阵亡人员（人）
第一航空舰队	第一航空战队	赤城	航空母舰	沉没	221
		加贺	航空母舰	沉没	811
	第二航空战队	苍龙	航空母舰	沉没	718
		飞龙	航空母舰	沉没	383
	第八战队	利根	重巡洋舰	完好	2
		筑摩	重巡洋舰	完好	3
	第十战队	岚	驱逐舰	完好	1
		风云	驱逐舰	完好	1
		谷风	驱逐舰	完好	11
第二舰队	第七战队	三隈	重巡洋舰	沉没	700
		最上	重巡洋舰	中度损伤	92
	第八驱逐队	荒潮	驱逐舰	重创	35
		朝潮	驱逐舰	完好	21
	第二水雷战队	曙丸	输油船	轻度损伤	10
总计					3009

中途岛海战日本海军机务人员损失一览

所属舰名 / 情况	空中阵亡（人）	舰上阵亡（人）	合计（人）
赤城	3	4	7
加贺	8	13	21
苍龙	6	4	10
飞龙	64	8	72
利根	2	0	2
筑摩	3	0	3
总计	86	29	115

中途岛海战美国海军舰艇 / 人员损失一览①

所属舰队	舰名	类别	损失情况	阵亡人员（人）
第十六特遣舰队	进取	航空母舰	完好	44
	大黄蜂	航空母舰	完好	53
	宾汉	驱逐舰	完好	1
第十七特遣舰队	约克城	航空母舰	沉没	86
	哈曼	驱逐舰	沉没	84
总计				268

① 此外，中途岛基地阵亡四十六人。

日军高层极力想要掩盖惨败真相，开了用虚假报道蒙蔽国民的先河。东京时间6月5日上午，对胜利无比自信的军令部人员，早早在位于霞之关的办公室备下庆功酒宴，等海军报道部负责发布战况信息的主务部员田代格中佐进门听取战报时，现场却一片寂静——人们已经得知三艘航母中弹的消息，稍后，飞龙舰遭重创的电讯传来。两天后，MI作战中止，日本海军的惨败已成定局。那么该如何报道呢？海军报道部科长平出英夫忙了三天三夜，先是根据南云在返航途中发回的战斗详报，拟定“我军两艘航母战沉、一艘遭重创、一艘轻度损伤”的草稿。勃然大怒的作战部拒绝接受，海军省军务局也连连摇头，报道部被迫让步，炮制了一份连平出自己都觉得可耻的虚假报道。

东京时间1942年6月10日1530时，日大本营发布了这篇所谓“综合战果”：

大本营海军部六月十日下午三时三十分发表

正在东太平洋海域全面挺进的帝国海军部队于六月四日奇袭阿留申群岛的敌军据点荷兰港与该群岛全境，在四日及五日勇猛反复进攻。此外，同月五日，我军果断出击，猛烈袭击位于太平洋中部的敌根据地中途岛，并侦获、猛攻增援中途岛的美国舰队，令敌水面舰艇、航空兵力及重要军事设施蒙受巨大损失。同月七日，我陆海军部队紧密协同攻占阿留申群岛各要地，战斗仍在进行。目前已知战果如下：

1. 中途岛方面：击沉美进取级航空母舰一艘、大黄蜂级航空母舰一艘，摧毁美军用飞机一百二十架。

2. 我方损失：损失航空母舰一艘，另有一艘航空母舰及一艘巡洋舰遭重创。

八天后，大本营又像模像样地追加“订正”，将战果改为“击沉美进取级航空母舰一艘、潜艇一艘，重创大黄蜂级航空母舰一艘及巡洋舰一艘，摧毁美军用飞机一百二十架”。除机动部队的伤员外，其余知道真相的作战人员回国后也被严令不得泄密。

日本海军将此战的结果捂得如此严实，以至于陆军都以为中途岛海战是日本大胜，即便在海军报道部内部，也只有部长小川贯玺、报道科长平出英夫和主务部员田代格知道真相。

在中途岛海战之前，日本陆海军的“大本营发表”虽有添油加醋的成分，对战况实情的描述基本还是准确的，但在铩羽中途岛后，立即沦为全盘吹嘘与捏造的浑水酱汤。根据这些报道，日军在太平洋战争期间共击沉盟军战列舰四十三艘、航空母舰八十四艘——只要不是没有脑子的白痴，一看便知内里乾坤[①]。

这场空前戏剧性的海空大战不仅是太平洋战争的转折点，也是日本海军成军七十年来吃的第一场败仗。当时日本

① 实际只击沉盟军战列舰三艘（亚利桑那、俄克拉荷马、威尔士亲王）、战列巡洋舰一艘（却敌）、航空母舰十一艘（包括护航航空母舰在内）。

乃至世界最精锐的机动部队就此覆灭，总计十三万吨的四艘舰队航空母舰、一艘重巡洋舰，连同二百八十九架作战飞机和三千余名训练有素的官兵葬身鱼腹。尽管机务人员伤亡较小，航空母舰和熟练地勤人员的损失却难以弥补，后续正规航母建造进度迟缓，无法及时填补空缺，只能以旧舰或邮轮改装特设航母充数。

日军在太平洋的进攻势头戛然而止，早日拿下夏威夷及美国西海岸、逼迫美国政府讲和的企图亦成泡影（其实原本就不可能），陷入必败无疑的消耗战。

中途岛环礁的两座主岛。近处为较小的东岛，设有机场（照片中可见飞行跑道）；远处为较大的沙岛，设有水上飞机基地。约摄于 1942 年初。

美国航空母舰进取号为约克城级航空母舰第二舰，舷号 CV-6，绰号“大 E”。于 1938 年入役，建成时标准排水量一万九千八百吨，满载排水量二万五千五百吨，该级三艘航母中，只有进取舰度过了整个太平洋战争。她参加过太平洋战争期间几乎所有的重要战役，获得过二十次战斗星章，于 1947 年除籍，1960 年被拆除，舰名被世界上第一艘核动力航空母舰继承（即美国海军的第八艘进取号军舰，舷号 CVN-65）。照片摄于 1939 年。

航空母舰大黄蜂号为约克城级航空母舰第三舰，舷号 CV-8，绰号“黄蜂丸”。于 1941 年入役，标准排水量一万九千八百吨，满载排水量二万五千五百吨。本舰曾负责运送杜立特的陆航轰炸机队执行首度轰炸东京的任务，在海战中发挥了重要作用。1942 年 10 月 26 日，大黄蜂舰在南太平洋战区的圣克鲁斯群岛海战中遭到日第三舰队翔鹤、瑞鹤两舰舰载机群集中攻击，被命中五枚炸弹、三条鱼雷，还遭到日军飞机直接撞击，受损严重，后经护航驱逐舰发射鱼雷及炮弹处分，最终被日军驱逐舰雷击、炮击击沉。照片摄于 1941 年 10 月 27 日，当时该舰正驶向汉普顿锚地。

航空母舰约克城号为约克城级航空母舰首舰，于 1937 年入役，舷号 CV-5，绰号“老约姬”。标准排水量一万九千八百吨，满载排水量二万五千五百吨，在太平洋战争的初期战役中发挥了重要作用。照片摄于 1942 年 5 月 29 日，当时该舰因在珊瑚海海战中遭到重创，正在珍珠港的海军船坞内接受突击修理，美方维修人员只用三天就让其恢复了战斗力。

航空母舰赤城号原本为日本在1920年通过的“八八舰队”计划中规划的天城级战列巡洋舰第二舰，计划标准排水量四万一千吨，安装十门十六英寸主炮。后因1922年的《华盛顿海军条约》，该级军舰全部被叫停，其中天城、赤城二舰被改建为航空母舰。后天城舰在关东大地震期间被震下船台，被迫拆除。赤城舰于1927年入役，在1938年完成现代化改装后，其标准排水量约三万六千五百吨，满载排水量约四万一千三百吨，着舰识别文字“ア”。第一航空舰队（南云机动部队）成立后，赤城舰长期担任该舰队旗舰。照片摄于1941年12月，飞行甲板尾部可看到着舰识别文字。

航空母舰加贺号原本为日本在 1920 年通过的“八八舰队”计划中规划的加贺级战列舰首舰，计划标准排水量四万吨，安装十门十六英寸主炮。后因 1922 年的《华盛顿海军条约》，该级军舰全部被叫停，第二舰土佐号于 1925 年自沉处理。天城舰在关东大地震期间受损拆除后，加贺舰作为代舰，被改建为航空母舰，并于 1928 年入役。1935 年完成现代化改装后，加贺舰标准排水量约三万八千二百吨，满载排水量约四万二千五百吨，着舰识别文字“カ”。在信浓号航空母舰竣工之前，加贺舰一直是日本海军最大的航空母舰。照片摄于 1936 年，当时该舰已从过时的三段式航空母舰被改为直通甲板航空母舰。

航空母舰苍龙号为日本昭和九年度海军军备补充计划（1934 年）中规划的中型航空母舰，1939 年入役。其标准排水量约一万六千吨，满载排水量约二万吨，是日本海军航速最快的航空母舰。照片摄于 1938 年 1 月 23 日，当时该舰正在馆山附近海域进行海试。

航空母舰飞龙号为日本昭和九年度海军军备补充计划（1934 年）中规划的中型航空母舰，1939 年入役。其标准排水量约一万七千吨，满载排水量约二万一千八百吨，着舰识别文字“ヒ”。照片摄于 1939 年 7 月 5 日，当时该舰正在横须贺军港等候交付海军。

航空母舰列克星敦号原本为美国在1916年计划建造的列克星敦级战列巡洋舰首舰，舷号 CC-1，绰号“列克斯女士”。计划标准排水量四万三千吨，安装八门十六英寸主炮。后因 1922 年的《华盛顿海军条约》，该级军舰被全部叫停，列克星敦舰及第三舰萨拉托加号被改建为航空母舰。本舰于 1927 年入役，舷号改为 CV-2，标准排水量约三万三千吨，满载排水量超过四万三千吨，是当时世界上最大的航空母舰。照片摄于 1941 年 10 月 14 日，当时该舰正从圣地亚哥启航。可以看到，此时列克星敦舰仍保留着四个双联装八英寸炮塔，拥有足以匹敌重巡洋舰的炮战火力。

1942年5月8日，列克星敦舰在珊瑚海海战中遭到日军舰载机攻击，被两枚航空炸弹和两条航空鱼雷命中，舰内油气被诱爆，全舰陷入火海。后不得不于同日由己方驱逐舰雷击处分。

日军翔鹤号航空母舰在珊瑚海海战中被美军舰载机命中三枚航空炸弹。由于处置合理，没有造成严重后果，但这次战斗的经验并未被有效传达到作战部队。图片摄于 1942 年 5 月 8 日，可以看到舰岛背后被炸毁的信号桅。

1942 年 5 月 2 日，尼米兹上将视察备战情况，从沙岛的一座地下掩体内走出。

发现日机动部队的PBY-5“卡塔琳娜”水上飞机机组，来自美海军第四十四巡逻中队。摄于 1942 年 6 月 3 日。

美陆军第七航空队分遣队的波音 B-17E“空中堡垒”重型轰炸机正从东岛起飞，前去对日军舰队执行高空轰炸。摄于 1942 年 6 月 3 日至 4 日间。

遭日军轰炸后，正在熊熊燃烧的中途岛基地油库。摄于 1942 年 6 月 4 日。

在海战中，美国海军刚从瓦胡岛飞抵的六架新式 TBF-1“复仇者”攻击机初试牛刀，但只有照片中这一架返航。该机由阿尔伯特·欧内斯特少尉驾驶，报务员是三等机电员哈雷尔·费雷尔，机枪手是二等水兵杰·曼宁。返航时，欧内斯特腿部受伤无法顺利刹车，飞机冲出跑道才停下，而曼宁当时已经中弹阵亡在背部炮塔中。摄于 1942 年 6 月 4 日。

SBD-2“无畏”式俯冲轰炸机是由美国道格拉斯飞机公司研发的舰基轰炸机，在海战中起到了关键作用。照片中的这架“无畏”来自美海军陆战队第二四一侦察轰炸中队，在 1942 年 6 月 4 日参加过对日机动部队的俯冲轰炸，目标是飞龙舰。此役十六架“无畏”只有八架返航，该机为其中之一，降落后在机身数出二百一十九个弹孔。目前，该机正在位于佛罗里达州彭萨科拉的国家海军航空博物馆展出。

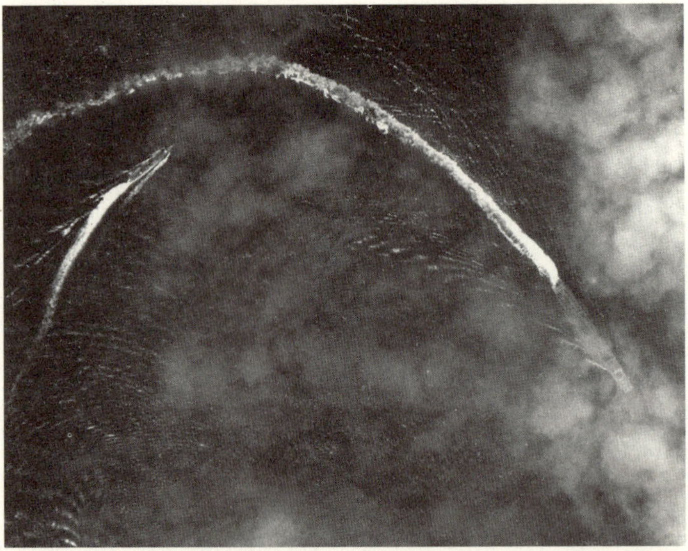

1942年6月4日0810时，美陆航的B-17“空中堡垒”重型轰炸机群对日机动部队赤城、苍龙、飞龙三舰实施了高空水平轰炸，可惜未能命中。在这张美军拍摄的照片里，赤城舰正在进行高速机动，规避炸弹，可看到其飞行甲板上醒目的日之丸识别标志及着舰识别文字。

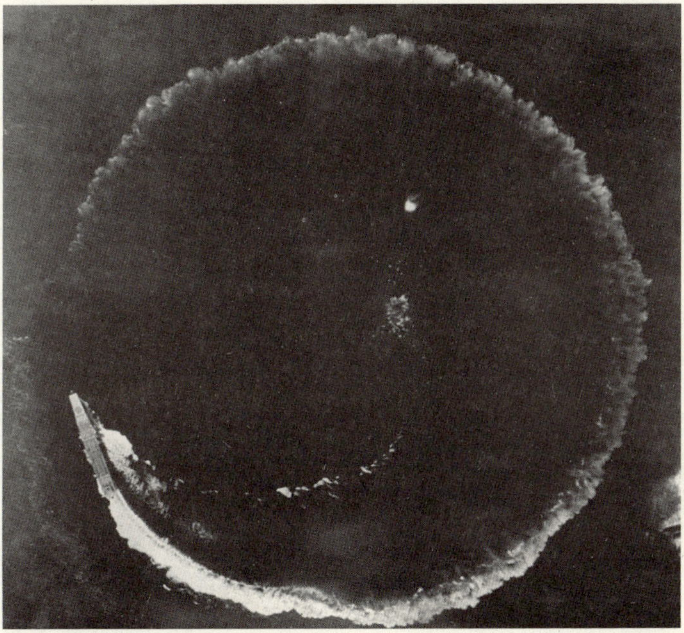

正在高速机动，规避美军高空轰炸的苍龙舰。照片摄于 1942 年 6 月 4 日，可看到其飞行甲板上醒目的日之丸识别标志。

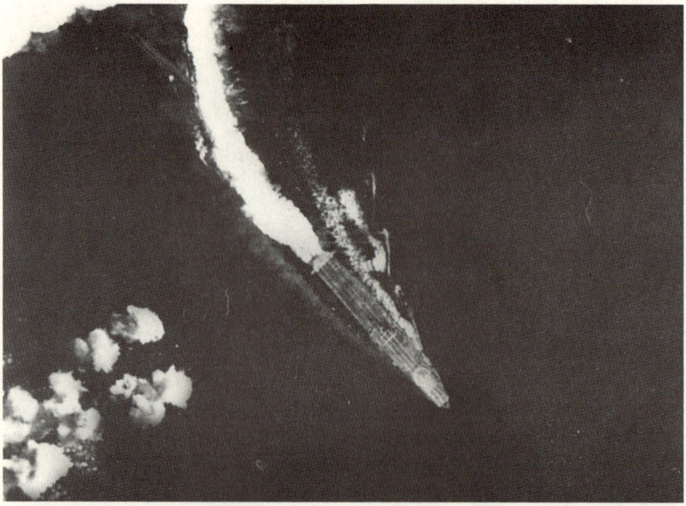

正在高速机动，规避美军高空轰炸的飞龙舰。照片摄于 1942 年 6 月 4 日，可看到其飞行甲板上醒目的日之丸识别标志及着舰识别文字。

SB2U-3“拥护者”是美国沃特航空工业公司研发的舰基轰炸机，于 1937 年入役，在太平洋战争爆发前就已过时。照片摄于 1938 年，该机来自隶属航空母舰萨拉托加号的第三轰炸中队（VB-3）。

《时代周刊》登载的美海军第八雷击中队（VT-8）机务人员合影，站立者左三为中队长沃尔德伦少校。除菲尔少尉（站立者左二，海战期间已被调离），以及小乔治·盖伊少尉（蹲者左三）外，照片中的所有人都在攻击日机动部队的雷击作战中牺牲。

第六雷击中队（VT-6）的 TBD“蹂躏者”式舰基雷击机群正在进取舰飞行甲板上准备起飞。这种美国道格拉斯飞机公司研制的飞机于 1937 年入役，在太平洋战争爆发前就已过时。摄于 1942 年 6 月 4 日。

美海军第六轰炸中队（VB-6）机务人员合影，中立者为中队长理查德·贝斯特上尉。在海战中，该部对日机动部队造成了毁灭性打击。

这幅画作描绘了海战中，日本南云机动部队的覆灭，画作中由近及远分别为航空母舰赤城、加贺、苍龙，各舰位置与史实并不吻合。

一架来自第六轰炸中队的“无畏”对加贺舰投弹后成功返航，并紧急迫降在约克城舰上。摄于 1942 年 6 月 4 日。

在日机动部队发起的第一波反击中，约克城舰被飞龙飞行队的九九式轰炸机命中三枚航空炸弹，飞行甲板损毁，锅炉室起火，损管人员正在进行抢修。摄于 1942 年 6 月 4 日中午。

从约克城舰起飞的第三轰炸中队指挥官麦克斯韦尔·莱斯利中校返航时，因燃料不足，被迫在重巡洋舰阿斯托里亚号附近海面迫降，其由霍尔姆伯格上尉驾驶的僚机也随即进行海面迫降，两个机组都被平安救起。摄于1942年6月4日，阿斯托里亚舰。

在日机动部队发起的第二波反击中，约克城舰左舷被飞龙飞行队的九七式舰基攻击机命中两条改二型九一式航空鱼雷。这张照片约摄于 1942 年 6 月 4 日 1440 时，抓拍到了鱼雷起爆的瞬间。

弃舰后在海面上漂流的飞龙舰，前部飞行甲板已完全损毁。由凤翔舰起飞的九六式舰攻摄于 1942 年 6 月 5 日。

1942 年 6 月 6 日，从大黄蜂舰起飞的第八侦察中队“无畏”式轰炸机群正在对熊熊燃烧的日军重巡洋舰三隈号实施俯冲轰炸。

三隈号重巡洋舰为最上级巡洋舰的第二舰，建造时分类为轻巡洋舰，1935 年入役，标准排水量约一万一千吨，安装六英寸口径的主炮。1939 年至 1940 年接受改造，换装八英寸主炮。她是日本海军在太平洋战争中第一艘战沉的重巡洋舰。照片摄于 1942 年 6 月 6 日，由于舰内存储的氧气鱼雷被诱爆，舰艉损毁严重。

战役过后，诺曼·贝尔·格德斯为美军制作了还原战役内容的场景，此为场景局部，再现了1942年6月6日，约克城舰与哈曼舰被伊号第一六八潜艇雷击命中前的一幕。

遭到雷击后，美驱逐舰哈曼号在四分钟内便告沉没。约克城也被迫第二次弃舰。

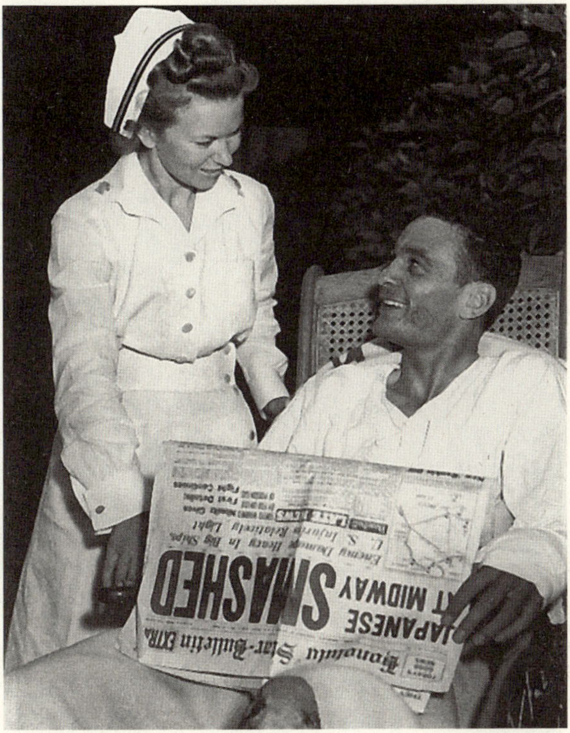

美海军第八雷击中队唯一的生还者小乔治·盖伊少尉在珍珠港海军医院与护士攀谈，手里的《檀香山星报》头版刊载了日军在海战中惨败的喜讯。根据盖伊的自传《唯一的生还者》记述，这张照片可能摄于1942年6月7日，当时他负伤的左手刚做完手术，并接受过尼米兹上将的慰问。

海战胜利三周后，一架美国海军陆战队的 F4F“野猫”战斗机正在沙岛接受维修作业，以防日军卷土重来。

中国剩余定理平话

贾辉军

这是炎黄子孙发明的最具世界性影响的定理，此外还被广泛应用到密码学、多项式插值计算、抽象代数等多个领域。

1977年，安徽阜阳城郊双古堆，考古工作者对西汉汝阴侯墓进行抢救性发掘，七月，有了震惊中国学术界的发现：墓中出土的西汉早期“太乙九宫占盘”，为中华文明史上神秘的“洛书”提供了珍贵的实物资料。根据盘背面所刻“七年辛酉日中冬至”的文字推算，太乙九宫占盘的制作时间当为汉文帝七年（公元前173年），距今已有两千多年。

河图、洛书自古被视为中华文明之源，它的影响渗透在传统文化的各个领域，其渊源，千百年来众说纷纭，上自伏羲、黄帝、尧、舜、禹，下至商汤、周公、成王，都与河图、洛书拉上了关系。在传说中，龙马从黄河里跃出，它身上的旋毛组成“一六在下，二七在上，三八居左，四九处右”的图形献给伏羲，这就是河图。伏羲依照河图仰观天象，俯察地理，画出八卦。大禹治水，有神龟自洛河出，背上数字排成“戴九履一，左三右七，二四方肩，六八为足，五居中央”的图形献给大禹，这就是洛书。大禹按照洛书划分九州，制定出治理天下的九种大法，奠定了中华典章制度的基础。

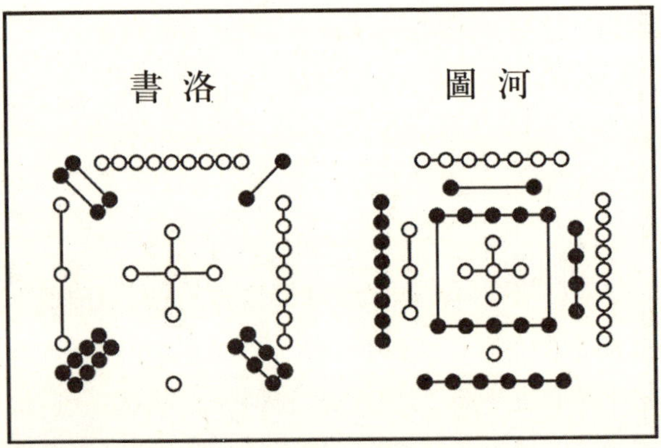

陈抟秘藏的河图、洛书。

但河图、洛书究竟是什么样子？从秦汉到唐，历代大儒却语焉不详，谁也没有说。“河出图，洛出书，圣人则之”，这是据传孔子所作阐发《周易》大义的《易 · 系辞》中的说法，仅此而已。宋朝初年，北宋著名道学家、华山隐士陈抟《易龙图》中将秘藏的河图、洛书公开，人们才得以见到其真容。然而，陈抟的秘藏非但没有消除笼罩在河图、洛书上的重重迷雾，反而引发了疑古派言之凿凿的质疑：“陈抟生于五季，去古弥远，何以得其本真而绘图以授人？”

而太乙九宫占盘的出土，则为持续千年的洛书真伪之争画上了句号。

占盘由天、地两盘组成，天盘呈圆形，放在地盘的凹槽内。过盘心刻画四条等分线，在每条等分线两端刻有涂朱篆书“一君”对“九百姓”、“二”对“八”、“三相”对“七将”、“四”对“六”字样。这正是《洛书》“九上一下，三左七右，以二射八，以四射六”的布局，也与《易纬·乾凿度》相合。看来最初的洛书就是这个样子，这桩千年公案终于尘埃落定。

1987年6月，位于长江与巢湖之间的安徽凌家滩，发现了距今五千三百年的新石器遗址。出土的玉器中，有刻着原始八卦图的玉版和玉龟。这两件有特殊意义的文物与“元龟负书出”的神话相互印证，为远古的洛书和八卦提供了有力的佐证。

2014年，由河南省洛阳市申报的河图洛书传说，经国务院批准列入第四批国家级非物质文化遗产名录。作为“大道之源”，河图、洛书不仅对古代政治、哲学、医学、宗教、天文、气象等都产生了重要影响，而且还是我国最早的数学文献，在世界数学史上，也占有一席之地。

将洛书图中的数字放在一个3 × 3的方阵里，可以看出无论横排还是竖列，或者对角线上三个格子里面的数字，加起来的和都是15。现代，我们把它称作三阶幻方。幻方又称“纵横图”，也称“九宫图”，是由n^2个自然数组成的一个

三阶幻方，也称“九宫图”。

n阶方阵，其各行、各列及两条对角线所含的n个数的和S相等，且 $S=\frac{n\left(1+n^{2}\right)}{2}$ 。中国不仅拥有幻方的发明权，而且是最早对幻方进行深入研究的国家。根据东汉郑玄所注《周易乾凿度》，汉代已有三阶纵横图。宋元时期，纵横图研究有了很大发展，杨辉在《续古摘奇算法》中列出了三、四、五、六、七、八、九、十阶等八个纵横图，并给出三阶和四阶纵横图的构造方法。杨辉的工作，为这个领域的研究开辟了道路。此后，明清两代学者中关于纵横图的研究相继不绝。欧洲大约在十四世纪才开始这方面的工作。现代，幻方仍然是研究离散量的组合数学的重要课题之一。

源于河图和洛书的八卦是六经之首《易经》的基础。根据记载，伏羲画八卦于天水卦台山。不过，此说缺乏可信的史料支撑。现代学者一般认为，周代中国进入农业社会，作为卜法的辅助，有了利用蓍草来占吉凶的筮法。西周初叶，卜筮官将八卦卦辞的爻辞编辑起来，成了《周易》这部书。为神化八卦和《周易》，这些卜筮官便托名于传说中的伏羲。

让人不可思议的是，这组“形而上”的符号，居然隐藏着计算技术中二进制的密码。

在十进制中，我们写下345，它的意思是$3\times10^2+4\times10^1+5\times10^0$，这是10的幂的倍数之和。在表示这个数时，我们只利用了10^2，10^1和10^0的倍数。数345也能写成2的幂的倍数和，得$1\times2^8+0\times2^7+1\times2^6+0\times2^5+1\times2^4+1\times2^3+0\times2^2+0\times2^1+1\times2^0$，这里用$2^n$（$n$=8, 7, 6, 5, 4, 3, 2, 1, 0）代替十进位系统中的10^n（n=2, 1, 0）。同样，我们可以删去一长串2的幂，而只用2^8，2^7，…，2^1，2^0前面的倍数表示这个数，从左到右为101011001。于是，十进制中的345在二进制中就是101011001。依此类推，十进制中的19是二进制中的10011，因为它可以写成$1\times2^4+0\times2^3+0\times2^2+1\times2^1+1\times2^0$；十进制中的2在二进制中是010；十进制中的7在二进制中是111。

形如$2^{2^n}+1$的数被称作费马数，并用F_n表示。1640年，在数论领域留下浓墨重彩的法国数学家费马发现，当n=0，1，2，3，4时，F_n对应的值3，5，17，257，65537都是素数。于是费马猜想F_n永远为素数。当然，费马错了。时至今日，即使超级计算机已强大到每秒9.3亿亿次的浮点运算速度，数学家们也没能借助计算机在已有的五个费马素数之外再添加一个成员。费马素数在二进制中有非常漂亮的结构，可表示为

11，101，10001，100000001，10000000000000001。

《易经》说“易有太极，是生两仪。两仪生四象，四象生八卦”。两仪即阴阳，是古人对天地万物、世间万事的高度抽象。在八卦图形中，易经哲学认为“—”表示阳，“--”表示阴。如果将“—”（阳）记作1，将“--”（阴）记作0，八卦中的“乾、坤、震、艮、离、坎、兑、巽”可写成111，000，001，100，101，010，011，110。这八个数字正是十进制中的7，0，1，4，5，2，3，6的二进制表示。发现这一玄妙关系的是最早提出二进制计数方法的莱布尼茨，他是德国数学和哲学史上至关重要的大人物，曾与牛顿同时发明了微积分。至于莱布尼茨关于二进制的构想是否受到《周易》八卦的启发，由于1679年莱布尼茨就已经提出了二进制计数的雏形，而其通过法国汉学家白晋赠送的易卦图接触到《周易》八卦是在1701年，所以一般认为莱布尼茨并不是看到阴阳八卦才发明了二进制。但易卦图可以用二进制来理解，八卦中蕴含着二进制的秘密却是不争的事实。

计算机的发明和应用，是人类文明史上第三次科技革命的重要标志。在计算机中，所有信息都用二进制方式编码，贮存于二进制存储元件中，并用二进制开关元件运行。实现逻辑功能的电路对每个输入、输出信号取值0或者1，逻辑值1对应一个电脉冲，而逻辑值0则对应电脉冲间隔。二进制系统的优美在于计算机所有的指令和状态用0和1两个数字就可以圆满解决。计算机语言中每个1或0是一“位”，位是数据存储的最小单位，专业术语称其为“bit”，翻译成中文就是忽悠了不少人的“比特币”中的“比特”。二进制数的“一位”所包含的信息就是1比特，如10011就是5比特，我们需要10比特来表示十进制中的一千，20比特来表示一百万，33比特来表示一百亿。同时，比特也是信息的度量单位，为信息量的最小单位。

阿拉伯数字	1	2	3	4	5	6	7	8	9
立算筹	𝍠	𝍡	𝍢	𝍣	𝍤	𝍥	𝍦	𝍧	𝍨
卧算筹	𝍩	𝍪	𝍫	𝍬	𝍭	𝍮	𝍯	𝍰	𝍱

29	3065	72184
𝍪𝍨	𝍫 𝍮𝍤	𝍦𝍪𝍠𝍰𝍣

立算筹和卧算筹。

河图、洛书、八卦，保守估计在春秋时代已出现，可惜的是，炎黄子孙并没有将其蕴含的深刻数学哲理研究到底。纵观历史，中国的数学源远流长，距今三千多年的殷商年代就已经使用完整的十进制计数，这点已在出土的殷商甲骨文中得到证明。至迟在春秋战国时代，中华民族就发明了以竹为筹，以筹运算的方法。筹算计数有“立”“卧”两种形式，个位、百位、万位……数字用立算筹表示；十位、千位、十万位……用卧算筹表示；空位表示零。这种十进位计数法，是中国古代数学对人类文明特殊的贡献。在此基础上发展起来的数学形成了一个以构造性、计算性、程序化与机械化为特色的独特体系。在这一体系下，中国古代数学著作大多偏重于解决与生产、生活密切相关的具体数学问题。正如西汉末年著名学者刘歆所说："夫推历、生律、制器、规圆、矩方、权重、衡平、准绳、嘉量、探赜索隐、钩深致远，莫不用焉。"而西方数学家则着重思维，追求对宇宙的了解，由此发展成以抽象数学概念与性质及其相互之间的逻辑关系为研究对象的公理化演绎体系。

同时，中国的数学虽然历史悠久，且孕育在伟大的华夏文明系统之中，但中国的"数学家"（如果能称其为数学家的话）基本上不以数学为专业。自秦始皇焚书坑儒，汉武帝推行董仲舒的"罢黜百家，独尊儒术"以来，算学被历代帝王斥为奇技淫巧而受到贬抑。在中国，科举制从隋朝开始实行，直至清光绪卅一年（1905年），前后历一千三百余年，出了十万名进士、百万名举人，却鲜有数学家。特别是元代以后，科举制度中的《明算科》完全废除，唯以束缚思想自由的八股文取士，以上种种都抑制了中国数学的发展。反观西方，在文艺复兴、宗教改革、工业革命等一系列社会变革中，都有当时数学家积极参与的身影。解析几何与微积分的诞生，成为数学发展历程的一个转折点，十七世纪以来数学的飞跃，基本上是这些成果的发展与延续。在这一过程中，中国数学却裹足不前，与世界数学发展的主流渐行渐远。这并非妄自菲薄，对闭关锁国、以“天朝”自居的元明清及民国的数学而言，这是清醒的、实事求是的评价。

虽然如此，中国数学发展史上也有可与西方比肩的年代，让我们把历史回溯到十一世纪的宋朝。

秦九韶

公元1279年3月19日，南海上演了中国历史改朝换代最惨烈、最血腥、最惊悚、最悲壮的一幕。崖山海战之后，走投无路的南宋小王朝，在偏安一隅一百五十余年后，只剩下诸舟环结的船上这点疆域。是日，彤云密布，冷雾缤纷，在元将张弘范四面夹击下，左丞相陆秀夫背负年仅八岁的小皇帝赵昺投海殉国，从死者达十余万之众。历十八帝、国祚最长的大宋王朝在风雨飘摇中，终于走到最后一天。

南宋的灭亡，标志着古典意义上华夏文明的衰败与陨落。上承五代十国、下启蒙元的宋朝（960年–1279年），自赵匡胤黄袍加身后，一直未能振作，更谈不上强大。有宋一朝，三百二十年的历史是辽、金、蒙不断攻城略地的被侵犯史。面对强邻，赵姓皇帝唯一的对策就是在纳贡输粟、俯首称臣中苟且偷生。1127年，徽、钦二帝为金人所俘，迫使宋室南迁，在汉人心中更是永远的痛。虽然宋王朝的皇帝在治国理政、抵御外辱的雄才大略上个个不争气，在书画上却都造诣颇深；宋徽宗赵佶，更是古代少有的艺术天才，他自创的“瘦金体”至今仍影响着书法界的审美情趣。

让人不得其解的是，两宋时期战乱不断，却成为中国古代科学技术发展的一个高峰。

对人类文明发展产生重大而深远影响的中华古代四大发明，其中活字印刷、火药、指南针三项，都是在两宋时期完成或开始广泛应用的。北宋科学家沈括被誉为“中国整部科学史中最卓越的人物”，其所著《梦溪笔谈》集前代科学成就之大成，在中国乃至世界文化史上有着举足轻重的地位。特别是在数学方面，两宋时期是我国以筹算为主要计算方式的传统数学发展的高峰，出现了一批杰出的数学家和数学著作。如贾宪的《黄帝九章算法细草》，秦九韶的《数书九章》，李冶的《测圆海镜》，杨辉的《详解九章算法》，朱世杰的《四元玉鉴》等。

翻看西方数学史时，让人无语的是，满眼欧几里得、牛顿、欧拉、高斯等等，很少有中国数学家侧身其中；以中国或中国数学家命名的定理、公式、方程、常数更是凤毛麟角，难得一见。硕果仅存的例子还是有的，那就是秦九韶和他的“大衍总数术”。

秦九韶与李冶、杨辉、朱世杰并称宋元数学四大家。1208年，秦九韶出生于官宦家庭，其父官至工部郎中，相当于“司局级”官员。和中外大多数数学家一样，秦九韶属于早熟的天才，史书记其“日诵千余言，过目不再览，乡里称为神童”，“性极机巧，星象、音律、算术……无不精究”。秦九韶曾经追随某一高深莫测的隐士研习数学，弱冠之年就是一名博学的青年才俊。1225年，年仅十七岁的秦九韶随父至潼川（四川三台县），后来曾做过一段时间县尉，大约是县“刑警队长”之类的官职。1236年，元兵入川，战乱频繁，秦九韶出川，先后在湖北蕲州、安徽和州、江苏建康做官。1244年因母丧丁忧在家，在此期间，秦九韶潜心研究数学在计算日月星辰位置、制定历法、测量雨雪、度量田域、测高求远、军事部署、财政管理、建筑工程以及商业贸易中的巨大作用，认为不进行计算会造成“财蠹力伤”，而计算不准确，则“差之毫厘，谬乃千百”。

淳祐七年（1247年）九月，秦九韶把数学应用在生产、生活、交换以及战争中的成果集撰成书，“设为问答以拟于用”，写成传世杰作《数书九章》。

让人难以理解的是，这样一位大数学家《宋史》却无半点记载。地方志或野史对其毁多誉少，对其人品颇多微词，但这并不影响他在我国数学史上应有的地位。

《数书九章》，全书共十八卷，八十一题，分为九大类，其最重要的内容就是关于“大衍总数术”的理论方法。秦九韶指出“大衍之法不载九章”，他总结了历算家计算上元积年的方法，在《孙子算经》“物不知其数”题的基础上，系统地提出某一类不定方程，即一次同余式组的一般解法，并针对不同的情况提出不同的解题程序。秦九韶对《易经》十分推崇，认为河图、洛书揭示了数学的奥秘，“大衍总数术”即取自《易经》“大衍之数五十，其用四十有九”。

“大衍总数术”现在被数学史著作称为“中国剩余定理”，这个弥足珍贵的名字是西方数学家给出的。既然它在西方数学史中备受推崇，想来很难通过三言五语对它做出明晰的解读。欲善其事，先利其器，要理解、认识、领悟这一精湛绝伦的算法，我们还要从所谓丢番图方程和同余理论讲起，这里面有崎岖、有坎坷，也不乏趣闻和轶事。

卡塔兰猜想

有关整数的一些规律，常常是有趣而迷人的。观察整数平方、立方、四次方等所有的乘方，这里不包括1次方，因为每个整数一次方都是其本身，没有什么可说的。

平方：1，4，9，16，25，36，……

立方：1，8，27，64，125，216，……

四次方：1，16，81，256，625，1296，……

五次方：1，32，243，1024，3125，7776，……

等等。

有的乘方相差1，它们是3^2和2^3，$3^2-2^3=9-8=1$；

有的乘方相差2，例如3^3和5^2，$3^3-5^2=27-25=2$；

有的乘方相差3，例如2^7和5^3，$2^7-5^3=128-125=3$；

相差4的有两对，一对是5^3和11^2，另一对是2^3和2^2。

这里面隐匿着什么奥秘吗？

1844年，比利时数学家欧仁·查理·卡塔兰猜想："整数所有的乘方相差1的只有一对，就是3^2和2^3，除此之外，没有其他两个连续整数都是正整数的幂。"用数学语言表述，卡塔兰猜想是说不定方程$x^m-y^n=1$（$m>1$；$n>1$）只有唯一的正整数解$x=3$，$m=2$，$y=2$，$n=3$，即$3^2-2^3=1$。是的，对你而言这可能无关紧要，但是这一猜想你毕竟是了解了。不过，你我大概穷尽一生的时间也不能证明它。

卡塔兰猜想公布六年之后，数学家V. A. 勒贝格证明了当$n=3$，即$x^m-y^3=1$（m为奇素数）时，卡塔兰猜想成立。粗心的读者可能会把他与法国数学大师H.勒贝格弄混，两个勒贝格虽然都是数学家，但前者名气要远远逊于二十世纪初发展了测度论和积分理论的H. 勒贝格。1962年，我国中科院学部委员柯召证明了$x^2-y^n=1$（n为奇素数）只有一组解$x=3$，$y=2$，$n=3$。

1976年，荷兰数学家R. 提德曼取得了确实的进展。他证明，存在一个常数C，使得比C大的任何两个正整数的乘方都不会是连续整数。于是，剩下的任务就是逐一验证小于C的两个正整数幂之差是否会等于1。不幸的是，虽然这在理论上是可行的，却无法付诸实践。这个常数C大到吓人的五百多位，即使是计算机也无法完成这一浩大的验算工程。虽然数学家们进行了大量的计算，所有结果都提供了有利于卡塔兰猜想的证据。然而，再多的证据也不足以说服数学家。对于这些怀疑论者，仅从大量数据来推断结论是完全不可接受的赌博，无论试多少次，总还有无穷多次没有试，只要有一个例外，就足以推翻这一猜想。只有通过严密逻辑推理证明的结论，才能包含无穷多个情况，才能弥补猜想与真理之间难以逾越的鸿沟。

十七世纪，数学家们曾仔细研究3，31，331，3331，33331，333331，3333331，33333331这组独特的数字，发现它们都是素数。这个序列以后的数会变得非常大，因而需要花很大的工夫才能核对它们是否是素数。可以基于已有的数据推断这种形式的数字都会是素数吗？当你看到333333331=17×19607843时，你会深深感受到，仅凭有限数据的推断是多么不靠谱。

尽管如此，提德曼的证明仍旧是解决卡塔兰猜想质的飞跃。直到2002年，帕德博恩大学的罗马尼亚数学家普雷达·米哈伊列斯库终于证明了这一猜想，现在我们可以如释重负地称它为“卡塔兰定理”了。

卡塔兰方程$x^m-y^n=1$有四个未知数，属于未知数的个数多于方程个数的不定方程。现在对于具有整系数的不定方程，如果只对整数解感兴趣，这类方程就叫作丢番图方程，是为了纪念希腊数学家丢番图对代数学的贡献而命名的。

丢番图方程

丢番图于公元250年左右活动在亚历山大城。对他的生平，人们知之甚少，但据传是他的墓志铭的一首诗，用谜语的形式透露出他一生的信息。

过路的人，这里埋葬着丢番图。
一生中六分之一，上帝给予他幸福的童年；
又过十二分之一，他的两颊长满胡须；
再过七分之一，他和年轻的缪斯步入婚姻殿堂，
婚后五年他有了子嗣，
痛彻心脾的是黑发人享年仅及白发人的一半，
又过四年，风烛残年的他也走完了人生的旅程。
过路的人，丢番图的一生是多少年？

根据上面这首诗，我们列出计算丢番图年龄的不定方程

$$\frac{x}{6}+\frac{x}{12}+\frac{x}{7}+5+\frac{x}{2}+4=x$$

解得x=84，由此知道丢番图享年八十四岁。

丢番图最重要的著作是十三卷的《算术》，1464年在威尼斯发现了希腊文的前六卷手抄本，二十世纪又在伊朗发现四卷阿拉伯文译本。丢番图方程是研究方程整数解的，整数的限制使之成为“数论的”问题而不是简单的计算问题。一个方程可能有很多解，但只有在特殊情况下这些解才会是整数。比如方程$x^2=2y^4-1$有x和y都是整数的解。其中一组解很容

易看出来，即$x=1$，$y=1$。第二组解就有点雾里看花了，第二组解是$x=239$，$y=13$，并且挪威数学家W. 利翁格伦在1942年证明这一方程除了这两组解外没有其他整数解。平心而论，这个方程在数论中并不重要，此处说说，只是为了证明数学并不像某些人认为的那样乏味而已。

丢番图方程，由于其叙述固有的简单，人们想当然地臆断它应当很好求解，然而，读者可能已经猜到，叙述的简单往往意味着证明的极端困难。正是这种鲜明的对比，使数论永远保持着令人着迷的活力。

我们举的上述方程只有两组整数解，那么是否丢番图方程都有解呢？如果有解，是否只有有限个解呢？问题的答案是否定的。不难看出方程$4x-2y=3$没有整数解，因为左端必然是偶数而右端是奇数。另一方面，毕达哥拉斯定理$x^2+y^2=z^2$则有无穷多组整数解。

毕达哥拉斯（约公元前580–公元前500）是古希腊哲学家、数学家。由于缺乏第一手资料，此人一直笼罩在事实和虚构、神秘和传说之中，似乎可以肯定的是毕达哥拉斯在意大利南部组织了一个具有宗教、科学和哲学性质，又带有神秘“兄弟会”色彩的团体，现在被称作毕达哥拉斯学派。他们习惯于把一切发现都归之于学派领袖，而且秘而不宣，以致后人很难判定何人、何时在何地发明的。毕达哥拉斯定理早已为巴比伦人和中国人所知，不过他们并没有证明该定理。至于毕达哥拉斯是否给出了该定理的最早证明，曾有很多人探讨过，结论是他们是根据一些特例来肯定结果，很可能并未证明。公元前325年，毕达哥拉斯定理的第一个完整证明由欧几里得给出，即被誉为欧氏几何体系奠基之作的《几何原本》第一篇第四十七题。这一证明是如此著名，以至于当一个数学家提到“原本1.47”时，其他数学家立刻领会他说的是关于毕达哥拉斯定理的证明，而无需作其他解释。

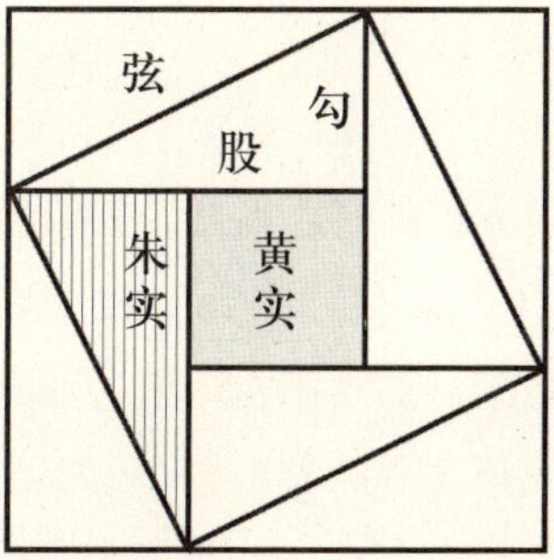

赵爽的“弦图”。

毕达哥拉斯定理在我国被称为商高定理，也称勾股定理。两千多年前，我国最早的一部数学著作《周髀算经》就记载了它的一组解（3，4，5）。书中记录了商高同周公的一段对话：“昔者周公问于商高曰：……请问数安从出？商高曰：……故折矩，以为勾广三，股修四，经隅五。”也就是我们现在耳熟能详的“勾三股四弦五”。公元一世纪下半叶，我国最重要的一本数学名著《九章算术》中又列出了几组解。它们是（5，12，13），（7，24，25），（8，15，17），（20，21，29）。三国时代的吴国人赵爽在《周髀注》一书的《勾股圆方图注》中给出勾股定理相当严格的证明。赵爽证明中所用的“弦图”，被2002年国际数学家大会采用作为大会会标的元素。

勾股方程是有三个未知数的不定方程，且是每个未知数最高次幂都相等的“齐次方程”。方程每组解的整数倍仍是该不定方程的解。因为若$a^2+b^2=c^2$成立，则$(ka)^2+(kb)^2=k^2(a^2+b^2)=k^2c^2=(kc)^2$也成立。显然，如果（3，4，5）是方程一组解，那么（6，8，10），（9，12，15），（12，16，20）……都是方程的解，因此，我们感兴趣的只是无公因子的解，例如（5，12，13），（7，24，25）等等。

到了公元三世纪，丢番图在他写的《算术》一书中，最先讨论了毕达哥拉斯定理的整数解，他得出满足定理的所有解的表达式：

$$\begin{cases} x=2mn \\ y=m^2-n^2 \\ z=m^2+n^2 \end{cases} \quad \text{其中}m，n\text{互素，}m>n$$

到十七世纪，丢番图的《算术》为法国数学家费马所注意，他深入研究了丢番图方程，并得到一个为后世所惊奇的猜想，这是关于一个特殊的丢番图方程整数解的猜想，数学家称之为“费马大定理”或“费马最后定理”。

费马大定理

1993年6月23日，英国剑桥，也许是二十世纪最重要的一次数学研讨会在该校的牛顿研究所举行。研讨会的黑板上写满密密匝匝的数学演算式，当演讲者安德鲁·怀尔斯在最后一块黑板下部写下费马大定理的结论后，面向听众，从容地说道："我想我可以在这里结束了。"研讨会似乎定格在这一时刻，静止了几秒钟后，闪光灯频频亮起，所有的听众都站立起来鼓掌，这在数学界是难得一见的场景。

费马是十七世纪法国天才数学家。他利用公务之余研究数学，在数论、解析几何、概率论等领域都有重大建树，被誉为"业余数学之王"。这里有段插曲，费马有个奇怪的习惯，往往不把他的证明写下来，而是随手把结论记在某一本书的页边上，因此，后世的数学家如欧拉，不得不补阙挂漏，把每样东西都重新证过。

"费马大定理"是在丢番图《算术》的拉丁文译本中发现的。在该书页边空白处费马随手写有四十八处注记，其中第二个评注写道："不可能将一个立方数写成两个立方数之和；或者将一个4次幂写成两个4次幂之和；毫无疑问，把一个高于2次的幂写成两个同样次幂的和是不可能的。"在后面，费马又恶作剧地加了一句话："对此，我确信已发现一个绝妙的证法，可惜这里空白的地方太小，无法把它写下来。"用数学语言表示，费马大定理是说方程$x^n+y^n=z^n$，当$n>2$时，没有整数解。在数学中，没有任何问题可以叙述得如此简洁、清晰、明了。但是，费马1637年草草写下的这几行字却成了其后所有数学家的梦魇。一个具有初等数学基础就可以理解的定理，成了数学界最大的悬案，一代又一代的数学家被它整整折磨了三百五十八年。无计可施的数学家们不得不祈祷上帝："还是让费马大定理安息吧！"

随着时间流逝，费马在《算术》空白处的其他注记一个接一个地被证明，而费马大定理却顽固地将试图挑战它的数学家们拒之门外。事实上它被称作"最后"定理，正是由于它是需要被证明的四十八个注记中的最后一个没有被攻克的难题。

费马大定理公之于世一百年后，有史以来最伟大的数学家之一、无所不知的欧拉从那本写有注记的《算术》中一个完全不同问题的证明中，发现了费马对特殊情形$n=4$的证明。但证明的细节仍是含糊不清的，欧拉将费马的证明加以完善，并证明了$x^3+y^3=z^3$无解。由于$n=4$、$n=3$情形的证明，也可以证明n等于4和3的整数倍的情形，即$n=4k=8$，12，16，20，…和$n=3k=6$，9，12，15，…的情形。这是很显然的，如果$x^4+y^4=z^4$无解，那么$x^{4k}+y^{4k}=z^{4k}$即$\left(x^k\right)^4+\left(y^k\right)^4=\left(z^k\right)^4$自然也无解。

突然间，无穷多个情形被证明了，而且欧拉对$n=3$情形的证明有着特殊的意义，因为3是素数。素数是构成整数的"原子"，素数只能被1和其自身整除。所有大于1的正整数，或是素数，或是素数的倍数，这样我们可以忽略那些涉及非素数的方程，只需证明n为素数的情形。例如，对于到10为止的n值，除了已证明的$n=3$外，只有5、7两个值需要证明。直觉上，需要完成的工作似乎大大简化了，可令人遗憾的是，素数是无穷的，这是两千多年前欧几里得在《几何原本》中给出的数学上最优雅的证明之一。对费马大定理而言，$n=3$和$n=4$情形的证明只是万里长征迈出的第一步，仍然有无数多次幂需要证明。

之后，近一个世纪，费马大定理的证明进展不大，直到1823年，法国女数学家索菲·热尔曼取得重大进展。在十九世纪初，法国社会充斥着对女性的偏见，热尔曼不得不用“勒布朗先生”的假名，在与学术界隔绝的恶劣条件下进行研究。热尔曼不是去证明n的特殊情形，而是针对能使$2p+1$也是素数的那类素数p进行的，我们称这类素数为热尔曼素数。她证明当指数为热尔曼素数p时，费马方程$x^p+y^p=z^p$基本上不存在解。“基本上”的意思是说，有解存在的概率非常非常小。

1825年，解析数论的奠基人、德国数学家狄利克雷和椭圆积分的开拓者、法国数学家勒让德在热尔曼研究的基础上，各自独立地证明了$n=5$的情形不存在解。借助热尔曼的方法，1839年法国数学家加布里尔·拉梅证明了$n=7$的情形。

随着计算机的发展，海量的计算已不再成为问题。借助计算机，数学家们对400万以内的值进行了验证，400万内，无一例外全部符合费马的猜想。但是，即使将这一数据再提高无论多少倍，也不能宣称证明了这一世纪难题，因为还有无穷多数值没有验证。

1983年，普林斯顿高等研究院的格尔德·法尔廷斯得到关于费马大定理的一个重大结果。他证明，如果费马方程有解，解的个数只能是有限个。不要低估这一惊人的突破，虽然“有限个”可能是零，也可能是一百万，甚至几百亿，但他排除了费马大定理有无穷多解的可能，完成的是由无穷到有限的华丽转身。

三百多年以来，虽然费马大定理在数学家心目中占有特殊地位，但很少有数学家甘愿冒着走进死胡同的危险，赌上青春年华甚至一生，踏入这一雷区。但是世界之大，现代版“堂吉诃德”还是有的。

上个世纪八十年代初，在剑桥大学取得博士学位的英国数学家安德鲁·怀尔斯来到美国普林斯顿大学任教。1986年，怀尔斯决定向费马大定理发起挑战。

兵马未动粮草先行，他用了十八个月的时间，熟习椭圆曲线、模形式、谷山-志村猜想、伽罗瓦群论、岩泽理论和科利瓦金-弗莱切方法等必要的数学理论。他估计这可能需要做出长达十年的心无旁骛专心致志的努力，他明白这十年必须耐得住寂寞，他清楚结局也许是十年努力无功而返的残酷现实。接下来怀尔斯在完全保密的状态下进行专心研究，其中的困难、艰辛、一次次的挫折、前途未卜的困扰，精彩程度绝不亚于秘密战中的特工。终于七年之后的一个清晨，怀尔斯对太太说："我已经解决了费马大定理。"

如同俗语所说，前途是光明的，道路是曲折的。怀尔斯在剑桥的牛顿研究所做报告后，他的长达二百页的手稿开始在《数学发明》杂志接受史上最严格的审稿过程。八月份，六个审稿人中的尼克·凯兹在手稿第三章中发现重大缺陷，怀尔斯面临功亏一篑的窘境。

面对怀疑的风暴，怀尔斯把自己关在阁楼上，像中世纪的隐士一样摈弃外界一切干扰，再一次向费马大定理发起冲击。很难想象在"山重水复疑无路"的十几个月中，怀尔斯经受了怎样的煎熬。"柳暗花明"那天是一个星期一，一个突发的灵感使怀尔斯补上了证明中的漏洞。1995年5月，世界顶尖的数学刊物——普林斯顿大学的《数学年刊》发表了怀尔斯《模椭圆曲线和费马大定理》和《某些赫克代数的环论性质》两篇论文。两篇论文加起来有一百三十多页，审稿者认为这是对费马大定理唯一无懈可击、最严密也是最经济的证明，费马大定理终于名正言顺地成为"定理"。

三百五十八年，在人类历史上只是白驹过隙，对费马大定理却是足够漫长的岁月。

菲尔兹奖被视为数学界的诺贝尔奖，是以加拿大数学家、教育家菲尔兹的姓氏命名的。菲尔兹曾对北美洲数学迅速赶上欧洲数学发展的步伐做出了卓越的贡献。1924年，他全力筹备并主持了在多伦多召开的国际数学家大会，在此之前，国际数学家大会从未在欧洲之外召开过。就奖金数目而言，菲尔兹奖的区区一千五百美元奖金，与诺贝尔奖的百万美元相比实在微不足道，但在数学家的心目中，四年一届的国际数学家大会上颁发的菲尔兹奖，其权威性、国际声誉和学术地位丝毫不亚于诺贝尔奖。菲尔兹奖有一个与众不同的特点，它只奖励那些对数学发展做出重大贡献的四十岁以下的年轻人。自1936年菲尔兹奖首次颁发，迄今已有六十人获得该奖项，他们中的每一个人都是星汉灿烂的数学天空中冉冉升起的新星。怀尔斯成功证明费马大定理时，刚刚过了四十岁。于是，1998年在柏林举行的第二十三届国际数学家大会上，怀尔斯被授予菲尔兹特别奖。这次特例使得怀尔斯成为菲尔兹奖历史上唯一的特别奖得主。

希尔伯特第十问题

到二十世纪初，不定方程自丢番图之后，已有近两千年的悠久历史，在如此长的时间里，却没有一个让人心里踏实的丢番图方程理论。每一个丢番图方程，如果能够求解，就需要契合于这个方程的特别理论。一个方程一个理论，终于令人厌倦，十九世纪后期，丢番图方程这个题目，被不胜其烦的数学家们打入冷宫。

然而，1900年在巴黎召开的第二届国际数学家大会上，哥廷根大学希尔伯特教授的一篇演说，重新点燃了数学家们对丢番图方程的热情。

作为二十世纪最伟大的数学家之一，希尔伯特在演说中选择一种别开生面的方式，他提出了二十三个“数学问题”，并认为这二十三个问题将会决定新世纪数学发展的趋势。其中第十个问题正是关于判定丢番图方程的可解性的问题，即“对于一个包含任意多个未知数的整系数丢番图方程，给出一个一般算法，通过有限次的计算，能够判定该方程在整数上是否可解”。

很快，名不见经传的挪威数学家A. 土厄于1909年宣布了一项结果，回答了何以有些丢番图方程只有有限组解，而另一些有无穷组。土厄证明，三次以上的两变数x、y的方程只有有限组解。前面我们曾提到方程$x^2=2y^4-1$只有两组正整数解，即$x=1$，$y=1$和$x=239$，$y=13$。因为这个方程有一项$2y^4$具有指数4，是三次以上的四次方程，所以它只有有限组解。而二次方程很可能有无穷多组解。例如方程$x^2-2y^2=1$，若x，y是一组解，利用公式

$$\begin{cases} x'=3x+4y \\ y'=2x+3y \end{cases}$$

可得出另一组解x'，y'。要想证明这个方法总是对的，只要把上面的公式代入$x'^2-2y'^2$就行了。

$$x'^2-2y'^2=(3x+4y)^2-2(2x+3y)^2=x^2-2y^2=1$$

土厄定理是关于丢番图方程第一个有普遍意义的结果，

因为它不是只能应用于某一方程，而是对一大类方程都适用。然而它有个令人无法回避的不足之处，定理的证明在逻辑上不是“有力的”。半个世纪之后的1966年，英国数学家A. 贝克把土厄的理论放在了“有力的”基础之上，对一类两变数x、y的丢番图方程给出了一个有效的“算法”，可求出它们的一切解。贝克还成功地确定了一个依赖于方程的次数n及多项式系数的解的上界B，证明对任意解（x_0，y_0）有max（$|x_0|$，$|y_0|$）$\leqslant B$。贝克也不是籍籍无名的等闲之辈，他曾解决了代数数论、不定方程等领域中多个历史悠久的难题。1970年，第十六届国际数学家大会在法国尼斯举行，贝克被授予最著名的世界性数学奖菲尔兹奖，获奖时刚过而立之年。

贝克卓越的工作，似乎离希尔伯特提出第十问题时的期望又近了一步。当初，希尔伯特坚信所要求的一般方法确实存在，全部问题仅仅在于找到它。但是，在学术界怀疑论者大有人在，特别是数学家们经过长期的努力，耗费了大量精力，却没有获得任何有希望的结果。即便是贝克的工作，也只是对特定的两变数丢番图方程可解性的判别，与希尔伯特第十问题含有任意变量丢番图方程的一般“算法”相去甚远。越来越感到前途渺茫的数学家们，开始困惑于这样的方法是否存在。在数理逻辑，特别是递归函数有关理论日臻完善的背景下，数学家们另辟蹊径，朝着相反的方向而努力，希尔伯特第十问题可能要以否定的方式来解决。

计算是人类在漫长的历史中最先遇到的数学课题，然而，当数学家们试图证明丢番图方程不存在希尔伯特所期望的一般算法时，却尴尬地发现，无论是“算法”还是“计算”，都没有精确的定义。1936年，事情有了转机，英国天才的数学家、逻辑学家图灵对可行的“计算”做出了令人信服的纯逻辑分析。在题为《论数字计算及其在判定问题上的应用》的革命性论文中，图灵把计算精确定义的基础放在做计算时人的实际动作上。仔细观察人的计算过程，可以看出他是把一些符号写在纸上，当他看到计算步骤的结果出现各种特殊符号时，就改变做计算的动作。图灵设计了一台抽象的“思想机器”，用来模拟人用纸笔进行数学计算的过程，它遵守一套规则，用完全机械的方式去做，现在我们称其为图灵机。

首先，计算限制在一条无限长的纸带上，这并不会损失任何计算能力。纸带被划分为许多方格，计算可以写在纸带上。例如乘法34 × 57=821+1117=1938可以看作这个样子：

3	4	×	5	7	=	8	2	1	+	1	1	1	7	=	1	9	3	8

第二个限制（在这里我们要比1936年的图灵走得远些）是在带子上只能出现0和1两种符号。这里只是引用熟知的事实，即一切信息都能用两个符号来编码。你肯定对谍战片中特工发送情报时“滴滴嗒嗒”的声音并不陌生，它表达的是，情报被“翻译”成一串由两个符号“•”和“–”（去掉

了停顿）组成的摩尔斯电码。另一个例子当然就是成为现代数字计算机基础的二进制运算。

计算者利用图灵机实际能做哪些事？他可以在任何时候把在方格里看到的0换成1，或把1换成0，或者把注意力转移到左右相邻的方格。这样，任何计算都可看作使用写在纸带上成串的0和1，执行下列指令：

打印0

打印1

向右移

向左移

如果扫描1，转向第i步

如果扫描0，转向第j步

停止

图灵证明按上述七类指令编制程序的“通用计算机”，能够模拟人类所能进行的任何计算过程。然后，他通过“停机问题”的逻辑分析得出结论，某些数学问题用“计算”是不可解的。

“什么是计算”这个问题，终于有了合理的答案。

几乎同时，远在大洋彼岸的美国，波兰裔数学家波斯特也独立提出理想的计算机器，定义了可计算函数的概念。跟集合论的创始人康托、博弈论的创始人纳什一样，波斯特也是患有严重精神分裂症的“孤独的天才”。图灵和波斯特的思想深刻影响了今天的计算机科学，让人顶礼膜拜的是，这些超前的思想发表时，世上第一台电子计算机还要等到十年后的1946年才出现。

二十世纪三十年代之后，数理逻辑已经发展成为一门成熟的数学学科。在普林斯顿，大名鼎鼎的哥德尔和美国逻辑学家丘奇各自给出了一种逻辑体系，用来描述可以有效计算的函数。很快证明，这两种看似大相径庭的体系却是异曲同工，在逻辑上并无矛盾之处。并且，这两位著名逻辑学家所定义的函数与图灵的抽象计算机可以计算的函数，彼此之间是等价的。在这些出色工作的背景下，对第十问题的最终解决做出重大贡献的J. 鲁宾逊、M. 戴维斯和H. 普特南走上“前台”。

1919年出生的朱丽亚·鲁宾逊是与法国的热尔曼、俄国的科瓦列夫斯卡娅、德国诺特齐名的为数不多的世界级女数学家，她的数学成就和人格魅力为世人所尊重。鲁宾逊是美国科学院第一位女院士，美国数学会第一位女主席，历史上，具有如此荣耀的女数学家唯此一人。1950年，第十一届国际数学家大会在坎布里奇举行，这座小镇是哈佛和麻省理工两所世界最著名大学的所在地。鲁宾逊在会上做了十分钟演讲，同在会上演讲的还有来自普林斯顿的数学家戴维斯，演讲内容都是关于希尔伯特第十问题的。两人研究的思路完全不同，实际上都是在正确的道路上前行，但都认为对方走进了死胡同。虽然如此，却并不妨碍两位数学家惺惺相惜，并开启了他们之间合作的进程。

在第十问题的研究中有两个很重要的概念：递归可枚举集和丢番图集。这两个集合都是某些自然数的集合，区别在于，递归可枚举集的元素是由可以有效计算的函数所生成，而丢番图集的元素则是由丢番图方程生成。和鲁宾逊一样，戴维斯也倾向于希尔伯特第十问题具有否定答案，这一观念的形成深受其导师波斯特的影响。戴维斯的思想是无需直接讨论丢番图方程的解，可以另辟蹊径，从“解”的集合出发研究对应的丢番图方程。他发现如果能证明某些丢番图集是不可判定的，那么就无法判定丢番图方程在整数上是否可解。庆幸的是，数学家们已经知道递归可枚举集是不可判定的，这样证明所有递归可枚举集都是丢番图集，就成了否定第十问题的关键所在。正是戴维斯找到了这两类集合之间的微妙关联。

1952年，鲁宾逊在一个假定条件下证明幂函数是丢番图的。沉寂多年的第十问题有了第一个鼓舞人心的进展。

1961年，戴维斯、普特南及鲁宾逊合作发表了一篇论文，他们证明“任何递归可枚举集都是指数丢番图的”。这个结果使第十问题有了重大突破，只要能去掉其中“指数”，第十问题就会迎刃而解，它是不可解的。成功似乎触手可及，不幸的是，无法去掉的“指数”二字，又让成功咫尺天涯。

终于，一条新闻轰动了国际数学界。

1970年，解决第十问题的最后一片拼图，被年仅二十二岁的苏联数学家马蒂亚塞维奇找到。成果发表在苏联科学院院报上，题目是《可枚举集是丢番图的》。文章中，马蒂亚塞维奇成功地为幂增长的函数及乘幂本身建立了丢番图表示，在戴维斯、普特南和鲁宾逊研究的基础上，证明了“一个集合是递归可枚举的，当且仅当它是丢番图的”，从而最终判定希尔伯特所期望的一般算法不存在，而且由此引出了许多新颖别致的研究结果。当鲁宾逊得知这一消息时，在给马蒂亚塞维奇的祝贺信中动情地写道：“当我最初提出‘幂函数是丢番图的’这一猜想时，你还是个孩子，而我不得不等待你的长大。”

让数学家们深感意外的是，马蒂亚塞维奇在证明中只涉及了初等数学，而且，早在中世纪就已广为所知的斐波那契数列，在第十问题的解决上起到了决定性的作用。

意大利数学家斐波那契1170年出生于比萨，其《计算之书》被认为是最早将印度-阿拉伯数字系统引入西方的学术著作。书中有一道兔子繁殖数量的问题，著名的斐波那契数列由此而来。题中设定一对兔子每个月都会生下一对小兔，并且小兔出生一个月后就可以再繁殖，那么，从刚出生的一对小兔算起，一年能繁育出多少对兔子？

斐波那契给出的答案是：由第一个月到第十二个月，兔子的对数分别为1，1，2，3，5，8，13，21，34，55，89，144。我们观察这个数列，从第三项开始每一项都等于它前两项之和。之后，对于满足$F_n=F_{n-1}+F_{n-2}$（$n\geqslant3$）的数列便以斐

波那契的名字命名，数列中的每一项称为“斐波那契数”，数列的一般项

$$F_n=\frac{1}{\sqrt{5}}\left[\left(\frac{1+\sqrt{5}}{2}\right)^n-\left(\frac{1-\sqrt{5}}{2}\right)^n\right]$$

斐波那契数列每一项都是正整数，微妙的是它竟然可以用无理数来表示。另一出人意料的结果是，其相邻两项的比F_n / F_{n-1}，当n趋向无穷大时的极限恰好是所谓的黄金数（$\sqrt{5}-1$）/2，它的近似值是人们熟知的0.618。黄金数在数学上是如此有名，以致它也有一个专属的字母ϕ，如同圆周率用π表示，自然对数的底用e表示一样。不过π和e都是不能表示为任何代数方程根的超越数，而ϕ是无理数，不是超越数。

五角星的五条边相互成黄金分割。

早在公元前500年，古希腊学者就发现了黄金分割比。这个美妙的比例是将一单位长（长度为1）的线段AB在C点分成为x和$1-x$两部分，使 $\frac{1}{x}=\frac{x}{1-x}$，解得 $x=\frac{\sqrt{5}-1}{2}\approx 0.618$。一个很

能说明问题的例子是五角星。五角星的漂亮图案让人赏心悦目，个中奥妙是，在五角星中可以找到的所有线段之间的长度关系都符合黄金分割。

在自然界中，向日葵花盘的螺旋数目，雏菊上花瓣的数目等，都可以发现神秘的斐波那契数，似乎上帝在创世时为天地万物的完美，就有计划地使用了这类数。匪夷所思的是，八百多年前就被人们熟知的斐波那契数列，竟在二十世纪扮演了希尔伯特第十问题证明中的重要角色。

高斯的时钟计算器

1849年7月16日，哥廷根大学为数学大师高斯获得博士学位五十周年举办庆祝活动。一项别出心裁的节目是要高斯用《算术研究》的一页原稿点燃自己的烟斗。当时，参加庆祝活动的柏林大学教授狄利克雷完全惊呆了。刹那间，他不顾一切地从高斯手中抢下这页原稿，并珍藏起来。多年后，戴德金编辑狄利克雷的遗稿时，这页手稿才被重新发现。

这一绘声绘色的场景，是确有其事还是后人杜撰，已不可考，不管如何，人们可以从这一轶事中看到《算术研究》在数学家心目中《圣经》般的地位。

狄利克雷是解析数论的创始人之一、高斯坚定的追随者，1855年接任了高斯在哥廷根大学的教职。狄利克雷曾对德国数学发展做出巨大的贡献，数学上有不少概念以他的名字命名，诸如狄利克雷级数、狄利克雷特征、狄利克雷L函数等等。大学理科生接触到的所谓“病态函数”，一个著名的例子就是定义在实数域上的狄利克雷函数$D(x)$。当自变量x取值为有理数时，$D(x)$函数值为1；当自变量x取值为无理数时，$D(x)$函数值为0。这个貌似简单的函数在实数域处处不连续（每一点处都间断），处处不可导（每一点处都不平滑），显然，我们无法画出它的图形。

《算术研究》是数学史上屈指可数的经典之一，开启了数论研究的全新时代。之后，有关数论的任何讨论，如果不涉及高斯的理论就不能算是完全的。这本书是那样深奥难懂，以致数学界借用《圣经》中的语言称其为“七印封严之书”。在西方，“同余”概念最早由欧拉提出，高斯则在《算术研究》中发展了欧拉的思想，并首次对同余式一系列孤立的结果予以系统整理，给出标准记号和完整的理论体系，在这方面，高斯是大师中的大师。

数论中，时常要讨论一个数能否被另一数整除。当两个整数之差$a-b$能够被c整除时，记作$a-b=kc$，我们还可以把它写成$a=b+kc$。它的意思是a被c除后的余数为b。至此，原则上我们接触到的还是十分熟悉的简单算术。高斯工作的重要性在于引进了“同余”和“模”的概念，把上面第二个等式写成

$$a \equiv b \pmod{c}$$

读作a同余b模c。“同余”源自拉丁文congruere，意思是相类

或者彼此一致，“模”源自拉丁文modulus（缩写为mod），意思是度量。“模”虽然名称有些古怪，但是出于对大师的尊重，人们沿用了高斯最初的叫法。在某种意义上，模c起着度量a与b的“相同性”的作用，对于整除性而言，我们关心的是余数b以及使余数b为0的条件，原来等式中出现的商数k则是无足轻重的。

按照高斯的定义，19减1能被3整除，或者说3除19余数为1，记作$19\equiv1 \pmod 3$，以此类推，$20\equiv2 \pmod 3$，$21\equiv0 \pmod 3$，$22\equiv1 \pmod 3$，…。它给出的信息是，关于模3，所有的数都同余于0，1，2三个数中的一个。显然对于模c，每个数同余于0，1，…，$c-1$中的某个数，共有c种情况。高斯思想的高明之处，在于每一个整数都可以在c个“集合”中找到自己的归宿，这些“集合”分别由0，1，…，$c-1$中的一个来表示它特定的性质。例如，对于模5，数11，16，21，26等将被放入由数1为标记的类中，这些数中每一个被5除，余数均为1；数18，23，28，33等将被放入由数3为标记的类中，这些数中每一个被5除，余数均为3，如此等等。这样，在一定意义下，我们无需考虑无限多个整数，而只讨论有限的c个“集合”。每个集合中的元素都有相同的性质，它们被模c除时余数都是一样的。

高斯的同余算数有很多有趣的性质。同余具有自反性，对任意整数a恒有$a\equiv a \pmod n$；同余具有对称性，如果$a\equiv b \pmod n$，则$b\equiv a \pmod n$；同余还具有传递性，如果有

$a \equiv b \pmod{n}$，$b \equiv c \pmod{n}$，则可得到$a \equiv c \pmod{n}$。

同余式与方程有几分相似，可以对它进行多种运算。我们用同余式$29 \equiv 5 \pmod{12}$来直观、形象地感受一下。可以在其两边同时加上或减去一个数，譬如加3或减5，分别得到

$$32 \equiv 8 \pmod{12}，24 \equiv 0 \pmod{12}$$

也可以在其两边同时乘上一个数，譬如乘6，即$174 \equiv 30 \pmod{12}$，但由于$30 \equiv 6 \pmod{12}$，所以可由同余的传递性得到$174 \equiv 6 \pmod{12}$。

同余式两边还可以各自平方，得$29^2 \equiv 5^2 \equiv 1 \pmod{12}$。

但是，在同余式两边除以一数时则需要特别小心，同余式的除法运算法则并不与方程完全一样。仅当除数与模互素（除1以外没有公约数）时，才可用它去除同余式两边。否则，模也应被这个公因子去除。

这样做，看起来似乎有点叠床架屋，但实际上我们无时无刻不在使用它，只不过没有意识到而已。比如，我们从公元1年开始计时，到2018年元旦伊始，已经是17668920点（暂且忽略闰年），这会是一个很不爽的报时法。但模24之后，就可以很轻松地说：现在是2018年元旦0时。我们做的是将一天的每个小时看作模24的24个类中的成员，这时，就不存在无穷多整数了，所有的数字集合起来也不过只有区区24个。这种用有限数字进行的计算，是“同余算术”中的基本法则。实践中，我们使用的钟面上只有12个小时，并用上午和下午来区别一天中的24个小时。钟面上的圆周被等分成12

段，每一段刚好是时针走1个小时的长度。整点时，钟声报出的是0点，1点，2点，3点，……，24点。时针沿着圆周走24小时后，又一次回到了0点。这时候代表24的点就与代表0的点重叠了。在这种情况下“24=0”是成立的。

刻度为 12 的时钟计算器。

时钟正是按照高斯的同余式运算显示时间，如果钟面上显示现在是8点钟，那么加上6个小时后，时钟将指向2点，因为14≡2（mod 12），高斯的时钟计算器的输出是2而不是14。如果想进行更复杂的计算，比如说8×8，那么时钟计算器将会给出64被12除后得到的余数，结果是4。

当高斯打算计算8×8×8时，这个计算器的优势开始显现出来。这次并不需要将64乘以8，而是将上一结果（也就是余数4）乘以8，得到32。由于32≡8（mod 12），因此无需计算8×8×8究竟等于多少，只要通过简单计算就可以知道这个数被12除之后的余数是8。

当考虑超出计算极限的数时，高斯的时钟计算器终于展示出它的力量。尽管不知道97^{104}是多少，但是模105的时钟计算器告诉我们，这个数被105除之后的余数为1。

时钟计算器表面的刻度为12，并没有什么与众不同的特殊性，我们完全可以把高斯这个时钟算法的思想推广到任意数。比方说，在表面刻度为7的时钟计算器中输入11，可以得到4，因为$11 \equiv 4 \pmod 7$；输入11×11，可以得到2，因为$11^2 \equiv 4^2 \equiv 2 \pmod 7$；输入$11 \times 11 \times 11$，可以直接用上一结果2乘11得到22，因为$22 \equiv 1 \pmod 7$，所以钟面显示为1。

高斯的这种新发明，是十八世纪与十九世纪交替时期数学领域中的革命，即便在科学技术日新月异的今天，高斯的时钟计算器仍旧是互联网安全的核心，不过这些时钟的刻度大到难以想象，甚至比宇宙中的原子数还要多。

费马小定理

高斯七印封严的《算术研究》出版于1801年，由此上溯一百多年，早在十七世纪，费马就已经在同余算术上有了一个很重要的发现。这就是关于具有素数刻度的时钟计算器的费马小定理，它的名气虽然稍逊于费马大定理，但却同样让数学家们心跳加速。

费马说：在一个刻度为素数p的时钟计算器上，取一个不能被p整除的数a，并作它的p次方，即a^p，你看到的结果还将是原来的这个数a。例如我们在一个刻度为素数5的时钟计算器上取2^5，其结果就是2；如果在刻度为素数7的时钟计算器上取3^7，其结果就是3。用高斯的同余符号，费马小定理可以写成$a^p \equiv a \pmod p$。

当费马每次乘以a的时候，时钟计算器上的时针显示出了某种规律，经过p次移动之后，时针会回到出发的地方准备下一次的循环。费马小定理为整数的研究提供了有力的工具。下表中给出了刻度分别为5和7的时钟计算器对2的幂的计算结果。虽然时针并没有停留在时钟的每一个刻度，但它仍然展示出某个循环模式。

表 1 刻度为 5 和 7 的时钟计算器对 2 的幂的计算结果

2 的幂	2^1	2^2	2^3	2^4	2^5	2^6	2^7	2^8	2^9	2^{10}
普通计算器计算结果	2	4	8	16	32	64	128	256	512	1024
刻度为 5 的时钟计算结果	2	4	3	1	2	4	3	1	2	4
刻度为 7 的时钟计算结果	2	4	1	2	4	1	2	4	1	2

费马小定理还可以表示为$a^{p-1} \equiv 1 \pmod p$或者$a^{p-1}-1 \equiv 0 \pmod p$。我们可以用几个数字验证一下：

a=3，p=5时，$\frac{3^{5-1}}{5}=\frac{81}{5}=16+\frac{1}{5}$，即$3^{5-1} \equiv 1 \pmod 5$

a=5，p=7时，$\frac{5^{7-1}-1}{7}=\frac{15625-1}{7}=2232\times 7$，即$5^{7-1}-1\equiv 0 \pmod 7$

当然，哪怕你赌上一生，用来进行几十亿、上百亿甚至更多次的验算，即使无一例外，也不能证明费马小定理，而推翻它，一个例子就足矣。其实，费马是否真的证明了他的小定理，也是扑朔迷离。这一定理最早出现在费马于1640年写给朋友的信件中，他称自己已经证明了费马小定理，不过由于证明太长，无法在信中详述。和费马大定理一样，费马一直没有公开对费马小定理的证明。问题出现了，既然费马没有把证明过程写出来，又怎么知道他确实证明过这一命题呢？数学家们倾向于费马确实找到了费马小定理的证明方法。首先，他说他证明过，而他又是绝顶聪明的人；其次，他又给出了证明的蛛丝马迹；何况，几乎他说过的一切，最后都被证明是对的，包括著名的“费马大定理”。

直到1736年，费马小定理的完整证明才由几乎无所不能的数学大家欧拉给出。欧拉解释了为什么在刻度为素数p的时钟计算器上，时针总是在自乘p次之后又回到原来出发的地方。同时，欧拉还将费马的结果推广到具有刻度N的时钟之上（刻度N是两个素数p和q的乘积）。欧拉发现在这样的时钟上，规律将在（p−1）×（q−1）+1次之后出现。

费马发现的素数时钟计算器的奇妙性质，以及欧拉对此进行的推广，已经成为现代密码学的基础。迄今为止，人类历史上最成功的商用密码系统RSA就源于费马小定理，RSA算法由麻省理工的瑞威斯特、沙米尔和阿德曼于1977年发明，它能令传送的数据神奇地消失以及再现。

RSA算法涉及三个重要的参数N、E、D。其中，N是两个非常大的素数p和q的乘积，$N=p\times q$。参数E、D是一对有关联的整数。E可以任意取值，前提是E与（$p-1$）（$q-1$）互素；D则由同余式$E\times D\equiv 1$（mod（$p-1$）（$q-1$））确定，即E与D的乘积被（$p-1$）（$q-1$）除后余数为1。在RSA密码系统中E是公钥，谁都可以用来加密；D是私钥，是用来解密的，需要妥善保存；联系公钥E和密钥D的N也是公开的，即使黑客们知道了也无关紧要。

当用户在网络传送信息时，商业公司会告诉他们使用刻度为N的时钟计算器，但对N的素因子p和q密不公布，它们是解密的关键。用户在刻度为N的时钟计算器上用公钥E对信息加密，方法是将数字X连续乘E次，再除以N，然后将余数Y发给网络公司，过程中使用的公式是$X^E\equiv Y$（mod N）。网络公司用私钥D对Y解密，方法是将余数Y连乘D次，然后除以N，所得余数就是用户的信息X，过程中使用的公式是$Y^D\equiv X$（mod N）。

无需杞人忧天，虽然时钟计算器的刻度N谁都可以看到，用来加密的公钥E也是公开的，但若没有私钥D，神仙也难让用户的信息X再现，除非知道决定私钥D的两个非常大的素数p和q。当然，p和q已经被商业公司妥善地保管在密室中。

也许有人觉得，借助p和q的乘积E是一个不错的主意，毕竟从143中找出11和13这两个素因子是轻而易举的事。遗憾的是，将两个大素数相乘得到一个合数轻而易举，但大数的因数分解却是极其困难的事。

当p为素数时，2^p-1被称作梅森数，是以十七世纪法国著名数学家梅森命名的。如果2^p-1也是素数，就称其为梅森素数，记作M_p。到目前为止，已发现的梅森素数只有五十个，最大的是2018年12月7日发现的$M_{82589933}$，即$2^{82589933}-1$，它的位数有24862048位之多。早在1876年数学家们就已经知道梅森数M_{67}不是素数，而是两个更小的数的乘积，然而，由于众所周知的原因，没有人知道这两个因数是多少。直到1903年，纽约哥伦比亚大学数学教授弗兰克·内尔森·科尔才为这一问题给出了答案。在美国数学会的一次报告会上，科尔在黑板一边写下$2^{67}-1$，在另一边写下$193707721\times761838257287$，接着在中间划上一个等号，然后回到座位上。

这是美国数学会历史上唯一一次一言不发的“演讲”。为分解出M_{67}的两个素因子，科尔花费了三年中的大部分业余时间，大数的因子分解难到何种程度，由此可见一斑。

M_{67}只有区区21位数字，而商业公司选取的素数p和q，起码在60位左右，这样得到的时钟计算器的刻度将会变得很大，大概是120位左右的数字，比整个宇宙的原子数还要多。试图对时钟计算器所有可能的刻度都进行计算的网络中的黑客，即便是高手，也只能望洋兴叹，找出神秘的p和q几乎是不可能的。

1852年，正当西方数学界为高斯的《算术研究》所折服，对他的新思想五体投地时，来华的英国传教士伟烈亚力则纠正了同余算术是西方数学家"专利"的偏见。在《中国算学考略》中，伟烈亚力详述了《孙子算经》中的"物不知数"问题，特别是南宋时期的数学家秦九韶在这方面的非凡工作。西方学术界意识到，早在十三世纪秦九韶关于一次同余组解法的"大衍总数术"，十八世纪又被欧洲大数学家欧拉、高斯先后重新发现。《中国算学考略》先后被翻译成欧洲多国语言，在欧洲学术界流传甚广，影响深远。在此之后，秦九韶的"大衍总数术"被冠以定语"中国的"，欧洲学者称它为"Chinese Remainder Theorem"（中国剩余定理）。

孙子问题

纵观历史，中国历朝历代无不把编制本朝新历法作为开国之后的一件大事，这就使得负责观象授时、推算节气、制定历法的官署地位十分重要。历法是皇权的象征，新历法编制出来后，要由皇帝亲自颁行天下，历书在民间俗称"皇历"正是由此而来。

编制历书，天文学上任何时间都可以当作历法的起点。现在国际上通行的公元纪年体系是以耶稣诞生之年作为纪年的开始，但在中国，元代以前历法的起点，是一个被称作

“上元”的非常特殊的时刻。它一定是天干地支中的甲子年、甲子日的夜半，还得是节气中的冬至，还需是“日月合璧”的朔日，不仅如此，还必须是一个出现金、木、水、火、土“五星联珠”天象的时刻。看来，定义“上元”这一时刻的条件实在是太苛刻了，不是拍拍脑门想定就定的。从上元到编历年份的年数叫作积年，统称上元积年。在元代天文学家、数学家郭守敬制定更先进的《授时历》之前，中国传统历法几乎都是围绕着上元积年来编制的。有了上元和上元积年，历法家就可以方便地计算日、月、星的运动和位置，推算二十四节气、朔望、日蚀、月蚀以及确定春节、上元节、端午节等传统节日。当然，无论是“上元”的确定，还是二十四节气的推算，都需要求解一组一次同余式，同余算术最早能在中华大地上生根开花正缘于此。

同余算术在中国，有据可查的文献最初大约出现在《孙子算经》中。不过，此“孙子”非彼“孙子”，那个著有《孙子兵法》名气很大的“孙子”是春秋时期吴国军事家孙武，与《孙子算经》的“孙子”相隔了几个世纪。《孙子算经》是我国古代著名的“算经十书”之一，作者姓甚名谁，编写年代又是哪年，一直是中国数学史上的一个谜团。通过书中只言片语透露的信息，学者们推测《孙子算经》大约成书于公元四五世纪的南北朝时期。

《孙子算经》卷下第二十六题云：“今有物不知其数，三三数之剩二；五五数之剩三；七七数之剩二。问物几何？

答曰：二十三。”这就是“物不知其数”的孙子问题，它还有“鬼谷算”“隔墙算”“剪管术”“韩信点兵”“秦王暗点兵”等诸多别号。

孙子问题用现代数学语言描述，是求解一次不定方程组

$$\begin{cases} N=3x+2 \\ N=5y+3 \\ N=7z+2 \end{cases} \tag{1}$$

显然，这是一个同余问题，用高斯的符号，孙子问题可表为求一次同余方程组

$$\begin{aligned} &N\equiv 2 \pmod 3 \\ &N\equiv 3 \pmod 5 \\ &N\equiv 2 \pmod 7 \end{aligned} \tag{2}$$

的最小整数解。事实上，由于孙子问题给出的数字比较小，用“穷举法”就可以很容易地算出来。还记得前文提到的“时钟计算器”吧，让我们使用钟面上只有3、5、7个小时的三种时钟。如果符合孙子问题的数为N，“三三数之剩二”，则N属于模3且由2为标记的类{5, 8, 11, 14, 17, 20, 23, …}中的一个；“五五数之剩三”，N属于模5且由3为标记的类{8, 13, 18, 23, 28, …}中的一个；“七七数之剩二”，N属于模7且由2为标记的类{9, 16, 23, 30, 37, …}中的一个。答案当然是同属于三个类中的数23——我们遇到的第一个，也是最小的一个N。遗憾的是，这样的“暴力解法”遇到大数时就无能为力了，甚至借助计算机也有点力不从心。

《孙子算经》给出的解法是“术曰：三三数之剩二，置一百四十；五五数之剩三，置六十三；七七数之剩二，置三十；并之，得二百三十三，以二百一十减之，即得。凡三三数之剩一，则置七十；五五数之剩一，则置二十一；七七数之剩一，则置十五；一百六以上，以一百五减之，即得”。明朝数学家程大位在《算法统宗》中将解法形象化，写成歌诀：“三人同行七十稀，五树梅花廿一支，七子团圆正半月，除百零五便得知。”南宋词人周密是笔记大家，其《志雅堂杂钞》卷下“阴阳算术”记有“鬼谷算，一名隔墙算，……有一诗隐括云：三岁孩儿七十稀，五留廿一事尤奇，七度上元重相会，寒食清明便可知”。并注解：“此法取相乘之数也，如三则以五七相乘数倍之，五则以三七相乘之数，七则以三五相乘之数，合之得百零五。”其中上元暗指15，因为上元节就是正月十五的元宵节，寒食则隐喻105。相传春秋时期，晋文公重耳感念介子推忠臣之志，下令介子推被焚的三月五日禁火寒食，以寄哀思，并由此演变成中国的传统节日“寒食节”。这一天在清明节前一日，从冬至到寒食恰好一百零五天。

翻译成白话，《孙子算经》是说：求解满足被3除余数为R_1，被5除余数为R_2，被7除余数为R_3的一次同余组

$$
\begin{aligned}
x &\equiv R_1 \pmod 3 \\
x &\equiv R_2 \pmod 5 \qquad (3)\\
x &\equiv R_3 \pmod 7
\end{aligned}
$$

的最小正整数解N时，选定5×7的α_1倍，3×7的α_2倍，3×5的α_3倍，使

$$
\begin{aligned}
35\alpha_1 &\equiv 1 \pmod 3 \\
21\alpha_2 &\equiv 1 \pmod 5 \qquad (4) \\
15\alpha_3 &\equiv 1 \pmod 7
\end{aligned}
$$

然后，按下式计算

$$N=35\alpha_1 R_1+21\alpha_2 R_2+15\alpha_3 R_3-105p$$

这是一个不定方程，“整数解”的限制又使它是一个丢番图方程。其中，α_1、α_2、α_3分别为2、1、1，这正是所谓“七十稀”（$35\alpha_1=70$），“廿一支”（$21\alpha_2=21$），“正半月”（$15\alpha_3=15$）的出处。105=3×5×7是3、5、7的最小公倍数，p为适当选取的整数，以保证N是0到105之间的整数，在“物不知其数”问题中$R_1=2$，$R_2=3$，$R_3=2$，适当选取$p=2$。

$$N=70\times 2+21\times 3+15\times 2-105\times 2=23$$

这样计算可行的理由是，按照同余式的可乘性，由（4）可得

$$
\begin{aligned}
70R_1 &\equiv R_1 \pmod 3 \\
21R_2 &\equiv R_2 \pmod 5 \qquad (5) \\
15R_3 &\equiv R_3 \pmod 7
\end{aligned}
$$

显然，$70R_1+21R_2+15R_3$被3除余R_1，被5除余R_2，被7除余R_3；而$105n$可以被3、5、7中任意一个除尽。故$N=70R_1+21R_2+15R_3-105n$。

不过《孙子算经》并没有明确$\alpha_1=2$、$\alpha_2=1$、$\alpha=1$是怎么得来的。中国古代数学典籍往往记载的是对某一具体数学问题的

求解方法，让人知其然却不知其所以然。尽管中国各个历史时期的天文学家、数学家已经掌握了同余算术的某些技巧，但往往作为独门秘笈很少示人，只对受业弟子口传心授。如此种种，无疑影响了同余算术理论在中国进一步的发展。

中国剩余定理

“物不知其数”的孙子问题及其解法只是个案，对于一次同余方程组的一般情况，《孙子算经》并没有给出算法。直到七八百年后的1247年，南宋大数学家秦九韶集前法之大成，在其数学名著《数书九章》中第一次详尽、完整、系统地阐述了求解一次同余方程组的算法，他称作“大衍总数术”，其中包括求α_i的一种机械化算法——大衍求一术。

设a_1，a_2，…，a_n两两互素，$M=a_1a_2\cdots a_n$，则$x\equiv R_i$（mod a_i）有整数解，且对模M是唯一的。若记最小正整数解为N，则

$$N=\sum_{i=1}^{n}\alpha_i\frac{M}{a_i}\mathrm{R}_i-pM \tag{6}$$

式中α_i满足$\alpha_i\frac{M}{a_i}\equiv 1(mod\ a_i)$，其中$i$=1，2，…，$n$，$p$为适当选取的整数，使得$N\leqslant M$。

上面就是这篇平话的主角，被称作中国剩余定理的“大衍总数术”。

对于数学史之类的随笔，文字的趣味性和数学的严谨性是一对南辕北辙的冤家，相信面对影响阅读兴趣的数学公式，读者大多一跳而过。明知如此，却还要写下它，实属无奈之举。试想，当读者掩卷后，茫然四顾问道：“中国剩余定理在哪儿？”将无言以对。现在可以说：“在这里，就是上面的式子。”

对中国剩余定理的表述，本文并没有用秦九韶佶屈聱牙的文字，而是直接采用了高斯的现代数学语言。1876年，德国学者指出，秦九韶的“大衍总数术”与高斯关于一次同余方程组的算法在数学上是一致的。

1	g_i
天元	奇
0	a_i
	定

大衍求一术框图。

秦九韶的“大衍求一术”是一次同余方程组$x \equiv R_i$（mod a_i）求解的关键，即求乘率α_i，使得$\alpha_i \frac{M}{a_i} \equiv 1 (mod\ a_i)$。把上述抽象的数学符号与“物不知其数”中的具体数字做一对照是必要的，这可以帮助我们更好地形象思维。R_i和a_i在“物不知其数”中分别为余数2，3，2以及除数3，5，7；M和M/a_i在“物不知其数”中分别为3×5×7=105以及（3×5×7）/3=35，（3×5×7）/5=21，（3×5×7）/7=15；α_i则为2，1，1。出于同前文一样的考虑，我们没有用秦九韶的算筹表述，而是采用了现代数学语言重现十三世纪秦九韶求乘率α的精致算法。秦九韶称a_i为“定数”，$G_i=M/a_i$为“衍数”，从G_i中屡减a_i，使其余数$g_i<a_i$，称g_i为奇数。起始时“置奇右上，定居右下，立天元一于左上”，运算时“先以右上除右下，所得商数与左上一相生（即相乘）入左下。然后乃以右行上下以少除多，递互除之，所得商数随即递互累乘归左行上下，须使右上末后奇一而止。乃验左上所得，以为乘率；或奇数已见单一者便为乘率”。

秦九韶的“大衍求一术”是何等精湛，让我们通过“余米推数”这一古题感受一下。

有米铺诉被盗去米一般三箩，皆适满，不记细数。今左壁箩剩一合，中间箩剩一升四合，右壁箩剩一合。后获贼，系甲、乙、丙三名。甲称当夜摸得马勺，在左箩满舀入布袋；乙称踢着木屐，在中箩舀入布袋；丙称摸得漆碗，在右箩舀入布袋。将归食用，日久不知数。索到三器，马勺满容一升九合，木屐容一升七合，漆碗容一升二合。欲知所失米数，记赃结断，三盗各几何？

若每筐米数为N合，则有一次同余方程组$N\equiv 1\pmod{19}\equiv 14\pmod{17}\equiv 1\pmod{12}$。定数$a_i$分别为$a_1=19$，

$a_2=17$，$a_3=12$，且19，17，12两两互素。衍数依次是$17\times12=204$，$19\times12=228$，$19\times17=323$。求N的正整数解，关键在于计算满足同余方程组

$$\begin{aligned} 204\alpha_1 &\equiv 1 \pmod{19} \\ 228\alpha_2 &\equiv 1 \pmod{17} \\ 323\alpha_3 &\equiv 1 \pmod{12} \end{aligned} \tag{7}$$

的乘率α_1，α_2，α_3。由于衍数大于定数，从衍数中屡减定数a_i，得到小于定数的奇数g_i，$g_1=14$，$g_2=7$，$g_3=11$。由此，问题化作求解同余方程组

$$\begin{aligned} 14\alpha_1 &\equiv 1 \pmod{19} \\ 7\alpha_2 &\equiv 1 \pmod{17} \\ 11\alpha_3 &\equiv 1 \pmod{12} \end{aligned} \tag{8}$$

的乘率α_1，α_2，α_3。

依照大衍求一术，我们按下面框图示意的程序计算乘率。

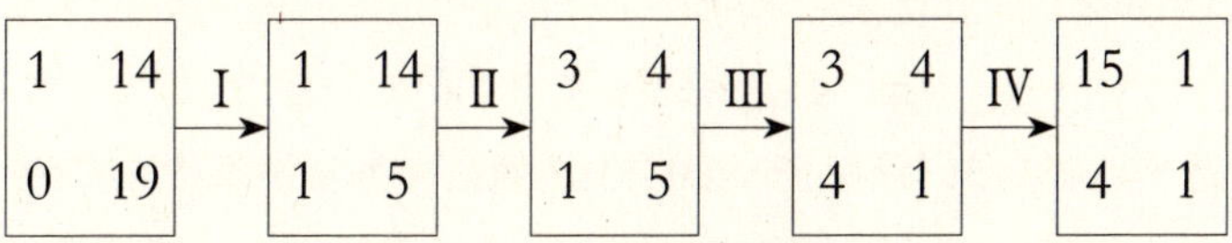

首先，第一个框图内，奇数14置右上，定数19居右下，立天元1于左上。然后按以下程序进行。

Ⅰ. 右下除以右上19/14，余数5置右下；商1乘左上1与左下0相加，$1\times1+0=1$置左下。

Ⅱ. 右上除以右下14/5，余数4置右上；商2乘左下1与左

上1相加，2×1+1=3置左上。

Ⅲ. 右下除以右上5/4，余数1置右下；商1乘左上3与左下1相加，1×3+1=4置左下。

Ⅳ. 右上除以右下4/1，余数1置右上；商3乘左下4与左上3相加，3×4+3=15置左上。这里要注意4/1可看作是3+1/1，即商3余1。

至此，右上数变成1，左上数15即为所求之乘率α_1。同样的算法可以求出$\alpha_2=5$，$\alpha_3=11$。如下框图所示。

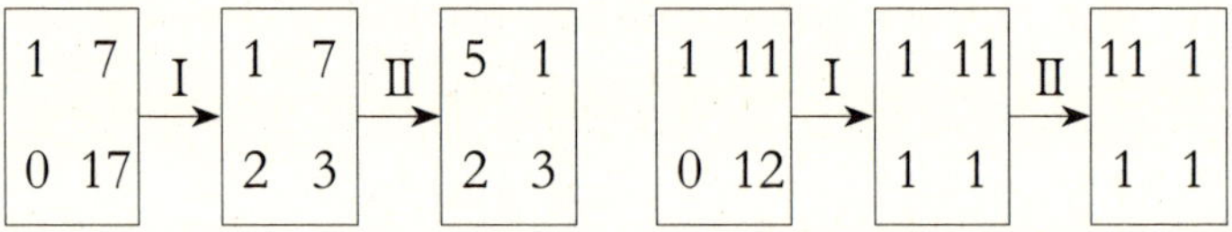

将α_1、α_2 、α_3；余数$R_1=1$、$R_2=14$、$R_3=1$；$M=19\times17\times12$代入

$$N=204\alpha_1R_1+228\alpha_2R_2+323\alpha_3R_3-Mp$$

适当选择$p=3$，以保证N在0与M之间。求得每筐米数$N=3193$合。显然，甲、丙各盗米3192合，乙盗米3179合，三偷盗米9563合。

秦九韶的“大衍总数术”是适合解一般一次同余方程组的简明、精确的方法，其“大衍求一术”的机械化算法，可以毫无困难地转化为现代计算机程序语言，通过计算机来实现。在《数书九章》中，秦九韶把这种理论用于解决历法、粟米、建筑等具体问题，在这些问题中，模数a_i并不总是两两互素的整数。当a_1，a_2，⋯，a_n并非两两互素时，秦九韶还在历史上第一次提出了“两两连环求等，约奇弗约偶”、“复乘求定”等算法，将问题化为模数两两互素的情形，成功地解决了这个棘手的问题。直到五百多年后，高斯才在《算术研究》中讨论这一问题。高斯的方法利用了欧几里得早已证明的算术基本定理，即任何一个大于1的整数，都可以唯一分解成有限个素数的乘积。高斯把模数表示为素因子的乘积，然后舍弃不符合条件的同余式。高斯和秦九韶的方法各有短长，但殊途同归，都是通过某种技巧，把同余组表示为等价的模数两两互素的同余组后再进行计算。

中国剩余定理与计算机编码

中国剩余定理是炎黄子孙发明的最具世界性影响的定理，是中外任何一本基础数论教科书中都不可或缺的内容，此外还被广泛应用到密码学、多项式插值计算、抽象代数等多个领域。希尔伯特第十问题证明的一个关键地方，中国剩余定理也起到了画龙点睛的作用。值得一提的是，在现代计算机程序设计中，这一古老的东方智慧又有了用武之地。

“字长”表示计算机所能处理的数的位数，是衡量计算机性能的一个重要指标。如果一台计算机的“字长”是另一台的两倍，即使两台计算机运算速度相同，前者所能完成的工作也是后者的两倍。计算机是按照规定的“字长”编写程序，改变字长，它就会“怄气”，通常不动机器，而是利用中国剩余定理将一个大数用两个较小的数编码。

用模5和模7的时钟计算器来说明这点。注意5 × 7=35，中国剩余定理说，数字1，2，3，…，35若用某种方法排列，恰好能填满一个5 × 7的框图。

当然，我们可以用任意方法把1到35的数字填满一个5 × 7的框图，不过，这样墨守成规、不思进取的排列方法，不具备按中国剩余定理排列才有的“诀窍”。

1	16	31	11	26	6	21
22	2	17	32	12	27	7
8	23	3	18	33	13	28
29	9	24	4	19	34	14
15	30	10	25	5	20	35

中国剩余定理的编码。

1	6	11	16	21	26	31
2	7	12	17	22	27	32
3	8	13	18	23	28	33
4	9	14	19	24	29	34
5	10	15	20	25	30	35

墨守成规、不思进取的任何数编码。

1		9		5	
	2		10		6
7		3		11	
	8		4		12

未能填满的模 4 模 6 框图。

而图中数字是向下、向右沿垂直方向各前进一格（模5和模7）。图中的序列从下面湮灭后，又在上面出现，注意“5到6”“10到11”“15到16”“20到21”是如何转移的。中国剩余定理是说，按照上面的规则，5×7的框图中每个位置都能填满。是否总是这样呢？再看以4和6为模的时钟计算器的情况。13要去的位置已被1占了，所以有一半的方格没能有数字“入住”。哪里出了问题？毛病在于4和6不是互素的，它们有公因子2，这是一个无法修复的“漏洞”。如果像上页上左图那样模5和模7的框图就不会有麻烦，素数5和7保证了框图两边不会有公因子。

再来看计算机，设想一台“微型计算机”，它只能处理从1到7的数（当然这是一台头脑简单或缺乏经验的、非常幼稚的思想机器）。由于这台计算机只接受小的数而拒绝大的数，所以当程序设计者必须使用1到35的数时，就要将一个大于7的数用两个小于7的数来“编码”。再考虑前面的5×7框图，每个从1到35的数都可以用它所在的行数（小于5）和列数（小于7）来唯一地确定其位置（例如33在第3行，第5列），所以两个不大于7的数，足可以胜任将1到35的任何数编码。

心存疑虑的读者仍旧会问：为什么要多此一举？上页上右图不是照样可以对1到35的任何数编码吗？下页框图给出了对这个问题的回答。

1	16	31	11	26	6	21
22	2	17	32	12	27	7
8	23	3	18	33	13	28
29	9	24	4	19	34	14
15	30	10	25	5	20	35

36

36	51	66	46	61	41	56
57	37	52	67	47	62	42
43	58	38	53	68	48	63
64	44	59	39	54	69	49
50	65	45	60	40	55	70

71

71	86	101	81	96	76	91
92	72	87	102	82	97	77
78	93	73	88	103	83	98
99	79	94	74	89	104	84
85	100	80	95	75	90	105

106

106	121	136	116	131	111	126
127	107	122	137	117	132	112
113	128	108	123	138	118	133
134	114	129	109	124	139	119
120	135	115	130	110	125	140

中国剩余定理之所以在计算机编程上管用，源于它对于加法和乘法的运算是“一致”的。如果我们着重于上面框图中任意两列，如第三列与第五列；从这两列中随意取任何两个数，如3和5，则其乘积3 × 5=15必在第一列（在本身的框图内），再试一次，取10和12，其积120果然在第一列（在右下框图内）。再多试一次，取31和26，如果我们把上面框图继续画下去，其积806一定会在第一列出现。不管取哪两个数，只要一个在第三列，一个在第五列，这总是对的。其他列也有类似的规律，如表2所示。例如第一列 × 第四列=第四列，第二列 × 第六列=第五列。

表 2 五行七列的框图，两列任意两数之积的规律

第 x 列 × 第 y 列 = 第 z 列						
1×1=1						
1×2=2	2×2=4					
1×3=3	2×3=6	3×3=2				
1×4=4	2×4=1	3×4=5	4×4=2			
1×5=5	2×5=3	3×5=1	4×5=6	5×5=4		
1×6=6	2×6=5	3×6=4	4×6=3	5×6=2	6×6=1	
1×7=7	2×7=7	3×7=7	4×7=7	5×7=7	6×7=7	7×7=7

把注意力转移到行，第三行的任意两数之积将在某一框图的第四行出现，如8和13的积104（左下框图）。而第二行和第四行随机选取的两个数之积则会出现在第三行，如7和9的积63（右上框图），2和4的积8（在本身的框图）。表3给出了两行任意两数之积的规律。

表 3 五行七列的框图，两行任意两数之积的规律

第 x 行 × 第 y 行 = 第 z 行				
1×1=1				
1×2=2	2×2=4			
1×3=3	2×3=1	3×3=4		
1×4=4	2×4=3	3×4=2	4×4=1	
1×5=5	2×5=5	3×5=5	4×5=5	5×5=5

利用这些性质，可以编写程序让计算机来做算术。比如要计算17×19，计算机把这些数读为

17：第二行，第三列

19：第四行，第五列

我们已经知道

第三列×第五列=第一列

第二行×第四行=第三行

所以17×19将在第一列、第三行，只要你把上面框图继续画下去，就会在第10个框图中发现两个数的乘积323果然在第一列、第三行现身。那个“平庸”的编码就没有这些性质。

题外的话

公元1247年，论干支则为丁未，属羊。是年，载入史册的大事件首推蒙古宗王阔端与西藏萨迦·班智达活佛举行的“凉州会盟”，这一重大历史事件使吐蕃归顺蒙古。可以叙述的大事还有宋慈所著《洗冤集录》刊行，这是世界上第一部系统的法医学专著；绘有恒星一千四百三十四颗的天文图，由王致远根据黄裳的星图镌刻成碑，它保存了我国十一世纪天文观测的重要信息，具有极高的科研价值。武林至尊、武当派开山宗师张三丰也是这一年出生的，让“金庸迷”们开心的是张无忌的太师父张三丰并非杜撰，而是确有

其人。还有一件被史书忽视的大事，这一年，秦九韶的《数书九章》撰成并刊刻。“惟至人之非己，固物我而兼忘”，正是这种全身心的投入，使秦九韶集前法之大成，终于克通其奥，对一次同余组的解法做了系统的论述，获得超越前人的世界级研究成果。

当下，中华民族正处在伟大复兴的前夜，与秦九韶生活在战乱不断的南宋相比，做学问、搞研究的条件不可同日而语，然而，在基础科学研究方面我们却乏善可陈，在基础数学方面更是缺乏世界级的领军人物。

当然，让国人提气的天才还是有的。《三联生活周刊》（2018年第10期总第977期）刊登了一篇文章，集中介绍了被称为北大数学系“黄金一代”的数学家群体，他们是九九级的许晨阳、刘若川，零零级的张伟、恽之玮、袁新意、朱歆文、李驰等。这些出类拔萃之辈相互合作，在数学前沿取得了成绩斐然的成果，获得多种奖项，得到国际数学界的尊敬。他们在各自的家乡接受基础教育，并在北大完成本科学业。然而，这一“成群到来的天才”，其研究成果却是在普林斯顿，在麻省理工，在加州伯克利读研或做研究时取得的。“橘生淮南则为橘，生于淮北则为枳”，我们的教育究竟在哪个环节出了情况，为什么如此优秀的一流数学家群体不能在养育他、培养他的故土上生根、开花、结果？这里有值得我们反思的地方吗？

冷眼看水浒（续）

赵　瑜

这可能是一部正面歌颂，而暗地里讽刺其“忠义精神”的作品。

对正义的叶公好龙

《水浒传》的荒诞之处颇多，比如打仗打不过人家的时候，惯常用缺德的办法坑害一个体制内的英雄人物上梁山，再不济，便是请一个懂法术的公孙胜来破敌。这当然纯属民间演义，如果是真事，哪还用得上打仗，直接让神仙将这个世界改造一番便可以了。

所以说，看《水浒传》，常常会被这本书讲述者的逻辑给惹怒了。

比如说罗真人。

罗真人是《水浒传》一书中的世外高人，若论功夫，那

“冷眼看水浒”前篇请见《读库 1904》。

可能是天下第一了，因为他施的不是功夫，而是法术。

他的露面方式也不一般，是借助别人的嘴说出来的，未见真人，先闻其名。一个老汉在一家小馆紧急地吃饭，又要急急地赶路，目的便是为了听罗真人讲一次长生不老之术。老人因为一碗面被李逵掀桌子打翻了，而要与李逵理论。

戴宗上前来道歉。那老人道："客官不知，老汉路远，早要吃了面回去听讲，迟时误了程途。"

戴宗好奇，就问那老汉说："丈丈何处人氏？却听谁人讲甚么？"

那老汉答："老汉是本处蓟州管下九宫县二仙山下人氏。因来这城中买些好香回去，听山上罗真人讲说长生不老之法。"

这段话说明，大宋朝并非《水浒传》中所说的民不聊生，而是和平盛世，否则哪有闲工夫关心长生不老这一类的养生学问题。只有在人吃饱了、没事情做的时候，才会关注娱乐、养生等精神话题。

戴宗和李逵二人本来是要邀请公孙胜下山助宋江破阵，然而公孙胜拒绝得很是得体："贫道幼年飘荡江湖，多与好汉们相聚。自从梁山泊分别回乡，非是昧心：一者母亲年老，无人奉侍；二乃本师罗真人留在屋前，恐怕有人寻来，故改名清道人，隐藏在此。"

戴宗再三强调宋江的危难，求公孙胜帮助，并用大话压公孙胜："若是师父不肯去时，宋公明必被高廉捉了。山寨大义，从此休矣。”意思是，你不下山，梁山泊完蛋。

公孙胜怎担得起如此罪名，只好退而求师父放行，对戴宗说：“且容我去禀问本师真人，若肯容许，便一同去。”

回到罗真人这里，虽然其人神通广大，连在江湖上已经有了地位的公孙胜也愿意拜在他的门下做弟子，然而，他的认知却极是平庸。

一开始，当戴宗和李逵前来求助的时候，罗真人并不同意公孙胜下山。罗真人的说辞很合乎他的身份，他对想要下山的公孙胜说：“吾弟子既脱火坑，学炼长生，何得再慕此境？”又对求情的戴宗说：“二位不知，此非出家人闲管之事，汝等自下山去商议。”

逐客令都说出来了，你们自己下山解决，我们出家人不管这破事。

不问世事当然好，做人本来就要有自己的规则，然而那黑旋风李逵做人却没有规矩，一听这老道不让公孙胜下山跟他们走，便急了眼，趁着月黑风高，便到罗真人的房间，将罗真人砍了。当然，李逵所砍的不过是罗真人用葫芦做的替身。

罗真人被砍了两个葫芦，且有一个道童也被李逵所杀。照理说，不论你李逵和戴宗有什么正义的事情要做，也不可滥杀无辜啊，可让人讶异的是，这罗真人竟然并不计较，只是用一朵云彩将李逵运到了蓟州知府的衙门里，让他挨了一顿打，坐了几天牢而已。

在李逵坐牢期间，戴宗向罗真人求情，放过李逵，并对他说了许多梁山泊里面的事情。《水浒传》中这样写："戴宗诉说晁天王、宋公明仗义疏财，专只替天行道，誓不损害忠臣烈士、孝子贤孙、义夫节妇，许多好处。罗真人听罢甚喜。"

戴宗想要人家的弟子帮助，自然要说出自己的正直善良处，但罗真人不能单凭这一面之词便由此信了，甚至改了自己的规矩。

说到底，这罗真人也不过是一个对正义的叶公好龙者，一听有人主持公道便觉得一好皆好。梁山泊这群人为了让秦明上梁山，逼死了秦明的家人，这难道也是他们所说的不损害忠臣烈士和孝子贤孙吗？更有这李逵，就在前不久，为了让朱仝上梁山将一个无辜的孩子杀死，还谈什么替天行道。

罗真人对李逵的粗鲁和愚蠢倒是十分在意，因此，他对戴宗说，像李逵这样的混蛋最好由他去，不要再带回到梁山泊。戴宗呢，便又对着罗真人说了说李逵的好："真人不知，这李逵虽然愚蠢，不省理法，也有些小好处。第一，耿直，分毫不肯苟取于人；第二，不会阿谄于人，虽死其忠不改；第三，并无淫欲邪心、贪财背义，敢勇当先，因此宋公明甚是爱他。不争没了这个人，回去教小可难见兄长宋公明之面。"

戴宗夸完李逵之后，罗真人便被说动了，叫他手下的力士腾云驾雾去将李逵救过来，甚至还特别有代入感地对李逵说："你从今以后，可以戒性，竭力扶持宋公明，休生歹心。”这话真是从何说起啊，你和宋公明一无交情，二没有共同的敌人，怎么就充当起人家的说客了呢？更何况这李逵本就是宋公明的一个愚忠的将士。

罗真人前后态度一百八十度转化的原因，便是戴宗对梁山泊的描述。也就是那句“罗真人听完甚喜”。

听一个人说了说情况，便将自己之前定下的规矩都不要了，这样的神仙也太过天真。最重要的是，李逵杀掉与他没有任何冤仇的道童，这与戴宗说梁山泊替天行道并不相合。

罗真人的这种选择性相信，差不多说明，在宋朝活着，规矩并不重要，人与人之间的情分才是重要的，在这样的社会环境下生活，谈什么理想啊，道义啊，都是一种利己的手段，只不过是为了哄骗别人而已，因为他们在内心里根本不尊重规则。

恶意毁掉别人的生活

《水浒传》中，因为吴用的计谋而落得个家破人亡，不得不上梁山的人并不孤单，除了秦明，还有卢俊义。

如果不是那天，吴用化名张用，在卢俊义的当铺门前吆喝卜卦，那么卢俊义的一生将岁月静好地终老在自己的江湖里。然而，吴用执著，早已铺张好了声势，买通当地的多个孩子，一直在卢俊义的门前围着他的卦摊听其吆喝。

吴用的卜卦广告词确是诱人，且听一听："甘罗发早子牙迟，彭祖颜回寿不齐。范丹贫穷石崇富，八字生来各有时。"这几句话近乎白描，说得很明白，甘罗十二岁就当了宰相，而姜子牙七十岁才被周文王看上。彭祖相传活了八百岁，而孔子的学生颜回三十二岁就死了。范丹有些陌生，不过在当时，也是一个民间的穷鬼，而石崇富可敌国。怎么样，六句话，将人生的六个方向都说尽了，事业寿命财富，都在出生的时候命定，所以，才会有人想知道自己接下来到底能活多久，是否成功，是否富可敌国。

在卢俊义的门前吆喝，要价又颇高，吴用和杨志一样，叫卖的价格都涉嫌违反广告法，他的价格是这样的："乃时也，运也，命也。知生，知死，知贵，知贱。若要问前程，先赐银一两。"

大概北宋时期的一两银子，相当于当下的人民币三四百元，即使是在医院里挂号，也是一个专家号了，所以这价格很是不亲民，那么，吴用的心思是定的，知道那些下人仆从根本付不起这个价格啊。自然，这是叫卢俊义来问的。

卢俊义一听，果然心动，他说："既出大言，必有广学。当直的，与我请他来。"

这话说出来，便可以判断，这是一个宽厚之人，以己度人，置别人于良善境内。

吴用却早已心有判断，不论这卢俊义的生辰八字如何，他都准备好了相同的答案。

卢俊义自报家门，说自己三十二岁，生于甲子年乙丑月丙寅日丁卯时。不知是不是缘自吴用在做广告时说了那句“彭祖颜回寿不齐”，颜回三十二岁头上没了，卢俊义便说自己也三十二岁了。

有研究者认为，卢俊义其实是故意说错自己的生辰八字，来试验吴用的，因为北宋共有三个甲子年，按照卢俊义报的那个甲子年推算，应该为宋神宗元丰七年，即公元1084年，往后推三十二年的话，吴用见到卢俊义那一年是1115年，乃宋徽宗政和五年，与《水浒传》发生的时间宣和年间不对。

而且如果卢俊义出生在1084年为真实的，那么，那一年的甲子年根本不可能出现乙丑月，这也就有了矛盾。

也就是说，卢俊义本来就是想用一个假的生辰八字试试吴用，可奇怪的是，既然报的是假的，他为什么又要当真呢？大概他也是生活过于顺风顺水，只不过想试试吴用是否就像他之前遇到的那样，不论报出什么样的八字，都是一番赞美，以此来混些赏银。

哪知这吴用别有用心，上来便对他说：“员外这命，目下不出百日之内，必有血光之灾。家私不能保守，死于刀剑之下。”

卢俊义当然不信，因为本来他报的就是一个假八字啊，所以质疑吴用：“先生差矣。卢某生于北京，长在豪富之家，祖宗无犯法之男，亲族无再婚之女。更兼俊义作事谨慎，非理不为，非财不取，如何能有血光之灾？”

吴用并没有靠谱的分析，而是用道德来绑架卢俊义：“天下原来都要人阿谀谄佞！罢，罢！分明指与平川路，却把忠言当恶言。小生告退。”

这真是高明，本来一个需要证明的话题，现在他成功转移，你不信我说的坏话，和那些爱听好话的人有什么分别，你也不过是一个平庸之人。

卢俊义哪受得了如此激将，果然中了计策，顺着吴用的话说：“先生息怒，前言特地戏耳。愿听指教。”

吴用便说：“员外贵造，一向都行好运，但今年时犯岁君，正交恶限。目今百日之内，尸首异处。此乃生来分定，不可逃也。”

卢俊义听吴用说得越来越具体，本来就应该挑明自己说的不是自己的真实生辰八字，哪知，他并没有拆穿玩笑，而是想知道吴用具体给开什么方子来治愈自己的恶限，便问吴用：“可以回避否？”

吴用早就备好了答案，但还是装模作样地将铁算子搭了一回，说：“则除非去东南方巽地上一千里之外，方可免此大难。虽有些惊恐，却不伤大体。”这话说得非常暧昧，到东南方向一千里的地方走一遭，可能会遇到一些惊恐，但不会死了。这就为让他上梁山铺了一条暗路。

卢俊义说：“若是免的此难，当以厚报。”

吴用道：“命中有四句卦歌，小生说与员外，写于壁上，后日应验，方知小生灵处。”

吴用所写的四句卦歌，便是栽赃陷害卢俊义的证据：“芦花丛里一扁舟，俊杰俄从此地游。义士若能知此理，反躬逃难可无忧。”

这是藏头诗，取前四个字，便是“卢俊义反”，而且这首诗也将卢俊义此去东南一千里所遇到的情景提前做了预告，芦花丛里一扁舟，是说他可能会遇到水泊梁山的人。

照理说，卢俊义一眼便可看出吴用这首藏头诗的拙劣和用意，但是很奇怪，他近乎弱智地照着吴用的要求，将这首诗“写于壁上”。

让我们来回顾一下卢俊义的文化程度吧。《水浒传》第六十一回开篇词《满庭芳》就写道：“通天彻地，能文会武，广交四海豪英。胸藏锦绣，义气更高明。潇洒纶巾野服，笑谈将白羽麾兵。聚义处，人人瞻仰，四海久驰名。韵度同诸葛，运筹帷幄，殚竭忠诚。”通晓天地间诸事，且能文能武，这说明文才是通的。再加上后一句“韵度同诸葛”，就是说卢俊义像诸葛亮一样，通世事懂计谋。这样的一个人，怎么会看不出这首拙劣的藏头诗呢?

吴用亲眼看到卢俊义把这首藏头的反诗写到了自己店铺的墙壁上，才算安心，然后告辞而去。回到客栈他对陪他一起来的李逵说：“大事了也！我们星夜赶回山寨，安排圈套，准备机关，迎接卢俊义。他早晚便来也。”

这话听来十分恶毒。

且说卢俊义，第二天早餐后便找了管家李固和干儿子燕青商议外出的事宜。他说：“我夜来算了一命，道我有百日血光之灾，只除非出去东南上一千里之外躲避。我想东南方有个去处，是泰安州，那里有东岳泰山天齐仁圣帝金殿，管天下人民生死灾厄。我一者去那里烧灶香消灾灭罪，二者躲过这场灾晦，三者做些买卖，观看外方景致。”说完，他让李固找十辆大车，装满货物随行。

不论是管家李固还是干儿子燕青，都不信这算命的话。我们来看李固的话：“主人误矣。常言道，贾卜卖卦，转回说话。休听那算命的胡言乱语。只在家中，怕做甚么？”燕青更是一语中的：“主人在上，须听小乙愚见。这一条路去山东泰安州，正打从梁山泊边过。近年泊内是宋江一伙强人在那里打家劫舍，官兵捕盗，近他不得。主人要去烧香，等太平了去，休信夜来那个算命的胡讲。倒敢是梁山泊歹人，假装做阴阳人来扇惑，要赚主人那里落草。小乙可惜夜来不在家里，若在家时，三言两句，盘倒那先生，倒敢有场好笑。”

燕青的话差不多已经接近了事实真相，可是这些话对于艺高人胆大的卢俊义来说，根本形成不了威胁，他的意思是，梁山泊的那帮鸟人算什么。你不说还好，既然这样了，我正好要去会会他们，捉住他们，从此扬名天下，也还是一桩美事。

李固燕青劝止不了，就连卢俊义的老婆也说不下他。这有些荒诞，根本不符合常理，所以说，民间评书的写作逻辑基本是没有稳定人格线条，都是为了结果而写作。卢俊义这个人物在《水浒传》这本书中的逻辑关系是断裂的，断裂点便是他在吴用算命一事中所表现出的情商，远远低于读者或者听众对他的预设。

卢俊义本来去东南泰安州只是躲一个平安，顺便做些生意，所以说，应该低调行事，不能惹是生非，不然，正如吴用给他算的那一卦，有血光之灾。可是他一面听从吴用的劝说往东南方向走，一方面到了梁山泊附近的时候，竟然取四面白绢旗，每个旗子写一句：慷慨北京卢俊义，远驮货物离乡地。一心只要捉强人，那时方表男儿志。

公开和梁山泊“贼人”作对，其实就是自寻死路，李固很害怕，想让卢俊义将旗子收起来，平平安安地往泰安州去。哪知卢俊义说，我一身的本领正想找那梁山泊的人练练身手，不顾李固等人一路上的求告。

卢俊义不听劝告，终于中了吴用的圈套，在梁山泊旁边的一个林子里，吴用采取车轮战法，先后派了李逵、鲁智深、武松、刘唐、穆弘、李应等人来纠缠，等打斗了一段时间，所有人都撤出战斗的时候，卢俊义才发现他带来的人马和十辆车上的货物全被梁山泊缴走。

卢俊义在陆地上功夫了得，可是却不擅水性，最后被通水性的张顺擒了，押到梁山。

宋江一见面就告诉了卢俊义，从算命开始，这一切都是计谋，所谓命运的变化都是骗他的。不论宋江等人如何苦劝，外加下跪恳求，卢俊义始终忠贞："头领差矣！小可身无罪累，颇有些少家私。生为大宋人，死为大宋鬼，宁死实难听从。"

然而，吴用有的是办法。他用缓兵之计，让卢俊义在山上住几天，并答应让李固带着十车东西回北京。吴用的坏在于，他专门交代李固说："你的主人已和我们商议定了，今坐第二把交椅。此乃未曾上山时，预先写下四句反诗在家里壁上。"接下来，便将那首藏头诗说给了李固听。

李固回到家里之后，便将这事与卢俊义的妻子说了。两个人原本便有私情，这恰好是一个机会，于是两人立即去官府做了首告。这大概是大宋朝的律法，只要做了首告，那么很多事情便可以没有责任。

且说这卢俊义在梁山泊吃喝玩乐，一住便是三四个月，等到有一天，说他想家中的娇妻了，宋江才放他下山。

然而，他下山的第一件事便是遇到了被扫地出门的燕青，燕青告诉他说，李固回来便去官府告发了他造反的事，并和他的老婆早有私情。所以，燕青劝卢俊义不要回北京城，而是回梁山泊再想办法。

卢俊义哪里肯信："我的娘子不是这般人，你这厮休来放屁！"

燕青执著相劝："主人脑后无眼，怎知就里。主人平昔只顾打熬气力，不亲女色。娘子旧日和李固原有私情，今日推门相就，做了夫妻。主人若去，必遭毒手！”

然而，卢俊义自恃英雄好汉，觉得李固这种小虫子一样的仆从，借他胆子也做不出如此大逆不道之事，怒骂燕青胡说：“我家五代在北京住，谁不识得！量李固有几颗头，敢做恁般勾当！莫不是你做出歹事来，今日倒来反说？我到家中问出虚实，必不和你干休！”

前面还说卢俊义有才华，眼界高，可不仅上了吴用的当，看不出藏头诗，又挣不脱梁山泊的绑架，到了燕青这里，根本是黑白颠倒。施耐庵在处理卢俊义的时候，前后矛盾，极其随意，简直让人不齿。

果然一进宅院，卢俊义便被官府埋伏好的人捆绑到了衙门里，根据李固和卢妻贾氏的供述，一通棍棒，早打得皮开肉绽，押入了大牢。

这一下果然应了吴用第一次见面时给他卜的卦，三月之内有杀头之灾。按照大宋律法，不但要杀头，还要诛九族呢。

卢俊义在《水浒传》一书中出现，是因为宋江为得到他而费尽了心思，认定他文能安邦武可定国，然而，在设计他被陷害的过程中，处处显示出来的却是一个愚蠢的人物形象。不知道当初在茶楼酒肆听评书的那些听众是如何评价这个人的。

如果忽略掉写作者的瑕疵，那么，吴用的恶便在这里呈现得最为细致了。虽然李固和贾氏早有奸情很可恶，在卢俊义入狱后，李固前后打点狱卒想要治卢俊义于死地，那也是因为他们的私心，如果不将卢俊义杀死，那么，他们一定会死得很惨，而吴用之恶，是以一个正义的名义，将一个英雄的幸福生活全部撕毁。

这样下作的方案，梁山泊的宋江等一众人等却都赞同，所以，这差不多出卖了梁山泊虚假的公义。如果一个团队以正义的名义，可以将卢俊义的个人幸福破坏，那么以后，这个团队任何的正义都是虚伪的、没有底线的、缺少规则和自律精神的。

撒娇的女人不该死

张顺在《水浒传》中并不是一个重要人物，不过是因为宋江背上长了一个疮，疼得发烧，要死要活的，吴用急着扒医书的偏方来给他用，也不见好，这个时候，张顺才有了用处，他说：“小弟旧在浔阳江时，因母得患背疾，百药不能治，后请得建康府安道全，手到病除。向后小弟但得些银两，便着人送去与他。今见兄长如此病症，此去东途路远，急速不能便到。为哥哥的事，只得星夜前去，拜请他来。”

吴用这才取了一百两金子，和二三十两银子给张顺。银子是张顺的差旅费用，而一百两金子是给安道全的酬劳。

张顺虽名叫浪里白条，这一次去建康府求人，却遭遇了别人的算计，最后一百两金子被抢，且差一点被江里的鱼吃了。好在他水性好，逃到岸边，遇到好人，才得救。

且说张顺到了建康府，见到安道全，先是将自己的经历讲给安道全听，又将宋江的病情讲给他听。

安道全呢，知道宋江的名头，也知此人忠义，但他这样对张顺说："只是拙妇亡过，家中别无亲人，离远不得，以此难出。"这话说得有些奇怪了，一般人都是说家里有老人，儿孙不远出，而安道全说，家里老婆死了，不能远出，显然不合当时的情理。

最后的结果是，张顺苦苦哀求，安道全才算是应下了。

然而，安道全当天晚上，便带着张顺到了他的相好李巧奴的妓院里吃酒。这李巧奴长相甚好，《水浒传》虽然只给了一回露面的机会，却将她写得貌若天仙，有诗为证："蕙质温柔更老成，玉壶明月逼人清。步摇宝髻寻春去，露湿凌波步月行。丹脸笑回花萼丽，朱弦歌罢彩云停。愿教心地常相忆，莫学章台赠柳情。"

书里写得很清楚，安道全并没有给李巧奴赎身，只是眷顾她，给李巧奴的妈妈一些钱，常来而已。安道全带张顺来吃酒，李巧奴也拜了这张顺叫叔叔。原因很简单，李巧奴也喜欢这安道全，想着能有一天被他赎了身，所以才会讨好他的朋友。

安道全吃完酒以后对李巧奴说："我今晚就你这里宿歇，明日早和这兄弟去山东地面走一遭。多则是一个月，少是二十余日，便回来望你。"

李巧奴不喜欢这么长时间的分离，并不知道安道全去替谁看病，只想着你给谁看病都可以挣钱，为何非要跑那么远，所以，她就对着安道全撒娇说：“我却不要你去！你若不依我口，再也休上我门！”

待那安道全再说要去，李巧奴更是不依，撒娇不算，还倒在安道全的怀里，甜言蜜语地说了几句：“你若还不依我，去了，我只咒得你肉片片儿飞！”

这当然只是一句肉麻的情话，可是，情商极低的张顺就没有听懂这调情的意思，他想的不是李巧奴对安道全的情意，而是这臭女人真该死，要阻止安道全救我哥哥的命。《水浒传》写张顺的反应，竟是“听了这话，恨不得一口水吞吃了这婆娘”。

这恨来得真是蹊跷。

安道全当天晚上醉了酒，就睡在了李巧奴的床上。可张顺显然不懂规矩，见安道全和李巧奴要关灯睡觉，仍然没有离开的意思。李巧奴只好打发他走，说：“你自归去，我家又没睡处。”

张顺可好，耍赖不走，说：“只待哥哥酒醒同去。”

李巧奴见他不走，只好打发他到门首的小房里睡下。这便是过去妓院的房屋设置，按照《水浒传》中所写，李巧奴应该是妓院中的头牌姑娘，住处自然也宽阔些，在正房的入门处，有一个小客房，可能是丫鬟仆从住的地方。

张顺住在门首的小房间里，辗转反侧，醒着耳朵，专门捕捉来自李巧奴房间的声音。

李巧奴是妓院的招牌，并没有专门包给安道全，从妓院管理上来说，老鸨照旧可以介绍客人给她，而且她还不能不接待。

这就是李巧奴的生存背景，而这些背景，安道全知道，张顺也应该知道。如果李巧奴接待了其他客人，张顺应该没有任何生气的理由，更不必生出那些所谓的道义感。

可李巧奴刚睡下不久，便遇到了敲门声。老鸨妈妈来找她，说是有人出重金要她陪酒。

原来是那个抢劫了张顺一百两金子的匪徒张旺。这张旺大概一直觊觎李巧奴的秀色，如今拿到钱，第一件事情便来求这老鸨，而且很舍得下本钱："我这里有十两金子送与姐姐打些钗环，老娘怎地做个方便，教他和我厮会则个。"

老鸨就安排了酒食，让李巧奴出来，陪着张旺吃一顿酒饭。

照理说，在李巧奴的房间里，他们也做不出什么不轨的事情来，因为安道全还在里面睡着呢。

张顺要找张旺报仇，这是可以理解的，然而，张顺第一个杀的却是老鸨和厨房里的两个使唤仆从。这三个人和他无冤无仇的，只是为了不惊动张旺便将他们杀掉了。

将三个外面的人杀掉了，张旺和李巧奴在里面的房间，进入房间，只需将张旺杀掉就可以了，因为安道全毕竟还喜欢这李巧奴，可这张顺进入房间之后，一斧头先劈死了开门的李巧奴，那边本来已经醉倒的张旺听到声音，看到张顺拿着斧头将李巧奴杀了，犹如受惊之兽，跳窗而逃。

本来要杀张旺的，结果将其他无关的四个人杀了，却让张旺逃路了。

别急着下结论，这张顺仿佛并不愚蠢，虽然杀了四个人却让那该死的张旺逃走了，令张顺十分“懊恼”，但他马上又想到一计，撕下自己的衣服，蘸了血，在墙上写下数十处“杀人者安道全也”。

等安道全睡醒之后，叫李巧奴，才发现自己心爱的女人已经被自己的朋友杀了，更重要的是，这个朋友还让他看墙上的留言。

照理说，一个正常人，这个时候会和杀人犯反目成仇才对啊，凭什么你要杀我最心爱的女人，杀完人以后，为何还嫁祸给我啊？可是安道全什么也没说，只抱怨了一句“你苦了我也”。

这个时候，张顺又用绑架的话来邀请安道全上梁山：“只有两条路从你行。若是声张起来，我自走了，哥哥却用去偿命；若还你要没事，家中取了药囊，连夜径上梁山泊，救我哥哥。这两件随你行。”

张顺本不用杀人，更不用嫁祸给安道全，人家也已经答应去给宋江看病的啊。

这样的做法，连安道全也不认同，他这样说：“兄弟，忒这般短命见识。”

安道全很生气，但也没有办法，只好随了这张顺上梁山。

小说中，李巧奴从出现到被张顺杀死，也就是几百字的篇幅，但她的美已在诗中体现出来，所以她的死真是让人唏嘘。和潘金莲不同，她没有做下祸害他人的事，也和潘巧云不同，她没有和他人私通，她的死，体现出宋朝底层社会男性的愚昧，对女性缺少基本的理解。

而张顺作恶回到梁山泊之后，并没有受到任何的惩罚。可以想象，这样一个团队，怎么可能会持久，会有真正的规则意识，以及所谓的大义。

“者扯丐漏走”

《水浒传》之所以成为经典，除了创作出数位性格差异极大的人物之外，对世俗生活的描摹也是一笔宝贵的财富。而整部书中，最易被人传播的是这样两句话，一句是第二十四回，王婆向西门庆说的“潘驴邓小闲”；另一句则是第六十九回，吴用对宋江说的“者扯丐漏走”。

这两句均是男人追求女人用的，所以完全超越时代，一直从宋时延用至今天。第一句无需解释，而“者扯丐漏走”是说，男人追求女人，最忌讳的是这五点。

者，意思是不诚实，欺骗的意思。关于者字的古时意思，明初冯梦龙曾在《桂枝儿》一文中用过——“者妓”唱道：一时如甜蜜，一时如辣椒，没定准的冤家也，看你者到何时了？“者到何时了？”这个者字已经是动词了，意思是欺骗、忽悠。

扯，在旧时，多是用来形容一个人吹牛，胡扯。

丐，字面意思为乞丐，乞求的意思。在这个语境里是并没有到求人帮助的境地，却陷别人于尴尬地求人帮助。

漏字在旧时，大多是不守秘密，走漏消息。

走，自然是离开，要走的意思。

说起吴用的这段话，需要先讲前因后果细细说来。

话说吴用施计害了卢俊义，并拉他上得梁山之后不久，卢俊义便在曾头市活捉了史文恭。

晁盖在临死前有遗言，谁替他杀了史文恭，便代替他做山寨之主，所以，宋江极力要让卢俊义当梁山第一把交椅。卢俊义自然不接受。最重要的是，宋江下面的一群兄弟，李逵、鲁智深等人均不愿意，宋江让贤的时候，在一旁冷嘲热讽表忠心，让卢俊义很是尴尬。

于是，宋江选了一个抓阄的方法。他和卢俊义各挑一个州府来攻打，看看谁最先拿下，谁就做山寨之主，这就算是顺应天意了。结果，宋江抓到了东平府，而卢俊义抓到了东昌府。

两人各自要了二十五个山寨头领，马步军兵一万，水军头领三员。

宋江手下能打架的多一些，比如林冲、花荣，但是，军师吴用到了卢俊义的名下。用心读《水浒传》会发现，如果吴用没有跟着宋江，这宋江果然是笨鸟一只，几乎什么也不会。

要攻打东平府了，宋江首先想的不是排兵布阵，而是先派两个人去找人家借粮食，其实就是变相来下战书了。他指望那镇守东平府的双枪将董平看到战书以后可以归降。劝降就劝降吧，让郁保四和王定六带的那封劝降信，竟然是一封借粮食的信。这就有些奇怪了，你一万军马已经在城下安营扎寨，要打对方，还想要借对方的粮食，对方肯借给你才怪。

显然，他的策略错了，派出去的郁保四和王定六不着四六，被双枪将董平下令一顿狠揍，送回给了宋江。

宋江一看大恼。其实恼什么，这结果，他应该提前预料到啊。

这个时候，九纹龙史进举手发言了，他想帮着宋江解一下忧愁，说道："小弟旧在东平府时，与院子里一个娼妓有交，唤做李瑞兰，往来情熟。我如今多将些金银，潜地入城，借他家里安歇。约时定日，哥哥可打城池。只等董平出来交战，我便爬去更鼓楼上放起火来，里应外合，可成大事。"

这想法本来没有什么问题，但他忽略了一个条件，那便是李瑞兰是不是可靠。他一厢情愿地认为，自己借着多年前的一段感情，便可以借住在那妓女家里，哪知事情便败坏在这里。

宋江此刻正一筹莫展，其实他根本没有想任何方法，也就是说，史进提出方案以后，他并没有任何改进的想法。比如，他应该多派几个人手，帮助史进，让方案更加稳妥。可是，他只说了两个字："最好。"

史进收拾行李，带足银子，告辞而去。

史进潜入东平州城之后，在西瓦子李瑞兰家住下。再看李瑞兰，比他当初认识的时候还要漂亮一些。《水浒传》这样写李瑞兰的美："万种风流不可当，梨花带雨玉生香。翠禽啼醒罗浮梦，疑是梅花靓晓妆。"

李瑞兰见到史进以后，一段问话，便将他的经历了解清楚："一向如何不见你头影？听的你在梁山泊做了大王，官司出榜捉你，这两日街上乱哄哄地说，宋江要来打城借粮，你如何却到这里？"

史进见这妓女已经知晓了，便不再相瞒，直接对她说："我实不瞒你说，我如今在梁山泊做了头领，不曾有功，如今哥哥要来打城借粮，我把你家备细说了……明日事完，一发带你一家上山快活。"

这李瑞兰一听说有银子，便收下了银子，"葫芦提应承"。葫芦提是宋代的口语，意思是模糊着答应。

可是，这李瑞兰收入金银之后，又来和家人商量。她对一起住的大娘说："他往常做客时，是个好人，在我家出入不妨。如今他做了歹人，倘或事发，不是要处。"她担心史进的钱不好要，如果事情被官府知道，那他们这一家就要遭殃了。

但是，李瑞兰的大伯却担心，如果出卖了这史进，将来有一天，宋江破了城，他们一家人的日子也不好过。

大伯的话还没有说完，那大娘便骂了起来，说："老蠢物，你省得甚么人事？自古道：蜂刺入怀，解衣去赶。天下通例：自首者即免本罪。你快去东平府里首告，拿了他去，省得日后负累不好。"

那大伯一直想替史进和宋江说说好话，也想平复一下李瑞兰和虔婆的恐慌，提醒她们两个，我们可是拿了人家钱财的。

哪知，老太婆大为光火，直接对这大伯说，你不要在这个时候装好人，我们和瑞兰开这个行院不知道骗了多少人，哪还差史进这一个。她又进一步说明，如果你不去官府告官，那么，我连你一起告了。

这一下，那大伯老实了，服了软，对虔婆说，你不要生气，我让女儿瑞兰先稳住史进，我再去报官。

一家人商量好了以后，李瑞兰又进屋陪着史进茶叙旧情，而大概一个时辰的时间，那李公带着十多个公差到了自家宅院，捉了史进。

还好，史进走了以后，宋江将史进潜入东平府做内应的消息写了一封信给吴用看。吴用看到信以后，大吃一惊，立即从卢俊义那里赶到东平府宋江这里。他很生气，质问宋江说，谁让史进去的。

宋江推脱责任，说是史进自愿去的。

吴用听完宋江的解释，对他说："兄长欠些主张，若吴某在此决不教去。”这话其实已经是在埋怨宋江了。

吴用接下来的话便是对宋江普及常识了：“常言道：娼妓之家，讳‘者扯丐漏走’五个字。得便熟闲，迎新送旧，陷了多少才人。更兼水性无定，总有恩情，也难出虔婆之手。此人今去，必然吃亏！”

吴用已经料到史进会被捉，所以，耐心地给宋江讲用人之道。吴用在这里说的“者扯丐漏走”，既是过去对妓女忌讳的五种手段，也是所有男子追求女人忌用的五个字。

由吴用的话可以知道，史进对于李瑞兰来说，已经犯了五个字中的四字。

首先，史进犯了一个“走”字，已经和李瑞兰多年不见，不在一起住了，对于李瑞兰来说，以后可能也不能受到他的照顾。所以，一个男人对一个妓女来说，你已经离开了，不可能再念旧情。

其次，史进还犯了一个“漏”字，他怀着巨大的秘密，还没有仔细打探清楚情况，见面就掏给了李瑞兰。这种走漏秘密的事情，一旦被女人掌握，便会成为威胁男人的手段。

第三，史进还犯了一个“丐”字，上门求助于李瑞兰帮他完成任务，那妓女本身便是底层中的底层，弱势者，你求助于她，岂不让她跟你一起共担责任。正是因为李瑞兰害怕事后史进不成功，又连累他们一家，所以才会出卖史进。这不怪李瑞兰，怪只怪史进不通世故。

第四，史进还犯了一个“扯”字，史进信誓旦旦地承诺李瑞兰，说事成之后便带他们全家一起上梁山快活。怎么可能？李瑞兰不认为和史进一起上梁山就是快活的事情。上梁山的，都是家破人亡走投无路的，史进竟然以为是一种福利，这不是扯是什么呢。

好在宋江知错能改，及时向吴用问计。吴用立即派顾大嫂扮作流浪人员，前去东平府打探消息。

终于前后曲折，活捉并劝降了董平，最后杀入东平府。而史进呢，不过是最后又回到了西瓦子李瑞兰家里，杀了他们全家，报了仇恨。

这便是《水浒传》一书的低端之处，从不懂得救赎，只管杀人。如此快意恩仇，终将只能是一盘散沙，一群流氓而已，而他们自己犯下的错，却从不会去反思。

乘人之危

董平在《水浒传》一百单八将中的排位是第十五位，被称为天立星，与关胜、林冲、秦明、呼延灼等并称为五虎将。董平出场时，书中用几句诗来形容他的帅气："两面旗牌耀日明，镘银铁铠似霜凝。水磨凤翅头盔白，锦绣麒麟战袄青。一对白龙争上下，两条银蟒递飞腾。河东英勇风流将，能使双枪是董平。"

《水浒传》对董平的介绍，大体是说他三教九流无所不通，交游颇广阔，又加上懂丝竹，会调弦，因此也算文武双全。山东河北两省地界都称他为“风流双枪将”，而宋江在两军对阵的时候，看到董平相貌的反应是“一见便喜”。

董平在两军阵前，先是打赢了韩滔，然后又和金枪手徐宁大战五十个回合不分胜负，于是两下里都收了兵。

董平勇敢也算勇敢了。在《水浒传》最初的版本《大宋宣和遗事》中，董平便是宋江的三十六个手下之一，且浑号叫作“一撞直”，这是旧时的口语，应该是“一直撞”的意思。

然而，这个一直撞的水浒英雄，在自己的感情生活中却是个典型的小人。

这要从他对同事程太守的女儿的感情说起。

《水浒传》中这样写道：“原来程太守有个女儿，十分颜色，董平无妻，累累使人去求为亲，程万里不允，因此，日常间有些言和意不和。”

董平一直没有想好该如何找人劝服这程万里答应女儿和自己的好事，这一次宋江兵临城下，只有他才能守住城池，保程府上下以及全城百姓的安全，所以董平觉得，自己的机会来了。

晚上回到城内，董平立即找了个心腹之人到程万里府上，先说了与宋江人马的战况，想必也夸耀了董平的本事以及宋江的兵力，用以威胁程万里。董平让人在这个时候说亲，目的很单纯，要让程万里明白，没有他董平，这东平府不保，首先遭殃的可就是你程府全家，自然也包括程家大小姐。

那程万里如何不知这其中厉害，见董平如此用计来绑架自己，只好先用一个缓兵之计，对那董平派来的说客说："我是文官，他是武官，相赘为婿，正当其理。只是如今贼寇临城，事在危急，若还便许，被人耻笑。待得退了贼兵，保护城池无事，那时议亲，亦未为晚。"程太守是个体面的人，他的意思很明确，两家人门当户对，他同意了，但得到董平打完胜仗之后再说。

那心腹之人回话后，董平心里很烦躁，虽然嘴里说程万里考虑得周全，说的有道理，但是在心里面，他还是觉得这程万里看自己不顺眼，也许过几天便会反悔。

好在宋江给了他一个可以娶到太守女儿的机会，在东平府的城下骂战，太守只好催着董平前去应战。这董平得胜心切，一边打一边想着得胜回府，好去太守府里迎娶那程家姑娘，哪知中了吴用的计谋，被绊马索绊倒，让孙二娘和扈三娘给拿了。

可气的是这董平完全没有责任心和职业道德，被捉之后，竟然立即出卖那程万里，说他是当朝童贯的门生，自然是要为害百姓苍生的。这话说出来就没意思了，既然你知道他是奸臣的门生，那为什么还要三番两次地上门求亲呢?

历史上点评《水浒传》的人，批评董平的比比皆是，比如明代的李贽便这样批评董平："恶，真强盗。最可恨者，董平那厮只因一个女子，便来卖国负人，国家有如是人，真当寝皮食肉。"这李卓吾是个真性情的人，看到《水浒传》

中董平如此轻浮，恨不能将他从宋朝抓来吃掉。

董平的恶还有第二处，那便是，带领着宋江的军马杀进东平府后，直奔程太守府内，杀了程府全家，独留下那程太守的女儿和他成亲。

在后世的书评人眼里，董平便是一个十足的混蛋。明代著名书商余象斗在批阅《水浒传》时曾经这样评价："董平议亲之由，太守不从，此处便有谋杀之心。观董平入城杀程太守一家，此不义也；复夺其妇女，非仁也。令人可恶，吾何以观之哉。"

然而，在我看来，董平最可恨的罪状不是降宋江之后的恶毒，而是没有降之前的乘人之危。借着别人有求于自己时，向对方索要女儿，可以想象，这样一个没有底线的人，以后什么样的事做不出来？所以说，董平这样的人，梁山泊的首领宋江不做任何人品测试，直接让他入伙梁山，甚至排到五虎将里，足以说明，这个乌合之众的群体是多么的腐败和随意。

可以这样说，董平这样的人入伙梁山，其实就是对梁山泊"替天行道"精神的一个讽刺。他这样降后二话不说就杀了程万里一家，还单独留下对方的女儿和自己成亲，其实是又一次乘人之危，这样的人，和欺压林冲娘子的高衙内有什么分别？

杀了人家女儿，还让人家感谢

且说李逵元宵节放了一把火，大闹东京，出城的时候被燕青所救。两个人抄小路逃出城来，并走到了一个叫四柳村的地方。

当时天色已晚，两个人找到村子里最大的庄院，敲开了门。一问方知，原来是一户狄姓人家。

那庄主问燕青，李逵是哪里来的师父。显然，狄太公被李逵的装束迷惑了，逃难过程中，李逵的头巾早就跑得不见了，便将自己的头发挽了一个道士髻，可是他本人并没有穿道袍，所以狄公不能确定李逵是不是一位得道了的高士，这才疑惑发问。

燕青不好向这位老人家解释他们是从京城里逃脱，只好含糊答道："这师父是个跷蹊人，你们都不省得他。"

哪知这一故意简化的介绍，却将李逵的来历神秘化了，那老者一听是个跷蹊的师父，想着必然有些本事，所以二话没说，上来便拜了李逵，求他救救自己的女儿。

李逵也想不到还有这一出，便问那庄主，有何事求助。

庄主介绍自己家里的情况，上下有一百口人，却只有一个宝贝女儿，今年才二十岁出头。半年前，女儿突然中了邪一样，不吃不喝的，也不让家人进她的房门。他找人叫她出来，女儿便用砖头石子乱打出来，不让家人靠近。

其实从老人家的介绍可以看出，这个女儿也是娇惯任性久了才会有如此脾气。如果不是父母亲溺爱，两天不吃饭，便会令下人打开房门，逼着她到饭堂吃饭了，哪会半年不出门，父母亲却不知道原因。父母亲愚昧，以为女儿中了邪，便到处去请大仙来诊治女儿的病情，然而作法多次，女儿的"病情"依旧不见好转，所以病急乱投医，看到这李逵模样奇怪，便求他来帮女儿治病。

李逵一向是个道德过剩的人，两天不打抱不平一次，便觉得自己活着没有意思，一听这老人的求助，便立即应下。还吹牛说自己是蓟州罗真人的徒弟，会腾云驾雾，专门捉鬼的大师。

李逵不过是饿了，想吃一顿丰盛的晚餐，所以一味吹嘘之后，对那狄太公说，你要舍得东西，我今天晚上便帮你捉了这鬼。

李逵向这狄太公要了一只猪一只羊，说是要祭祀用的。结果，等到猪和羊杀好煮好之后，他大吃了一通，喝了很多酒。酒足饭饱之后，这李逵拿了两把斧头，走到狄太公女儿的房间门口，借着光向里面看了一眼，只看到一个后生正抱着狄太公的女儿亲热。显然，到这个时候，剧情已经很明了了，狄太公的女儿找了一个后生偷情。

接下来，《水浒传》中是这样写的："李逵一脚踢开了房门，斧到处，只见砍得火光爆散，霹雳交加。定睛打一看时，原来把灯盏砍翻了。那后生却待要走，被李逵大喝一声，斧起处，早把后生砍翻了。这婆娘便钻入床底下躲了。

李逵把那汉子先一斧砍下头来，提在床上，把斧敲在床边喝道：‘婆娘，你快出来，若不钻出来时，和床都剁的粉碎。’婆娘连声叫道：‘你饶我性命，我出来。’却才钻出头来，被李逵揪住头发，直拖到死尸边问道：‘我杀的那厮是谁？’婆娘道：‘是我奸夫王小二。’李逵又问道：‘砖头饭食，那里得来？’婆娘道：‘这是我把金银头面与他，三二更从墙上运将入来。’李逵道：‘这等腌臜婆娘，要你何用！’揪到床边，一斧砍下头来，把两个人头拴做一处……”

这又一次暴露了野蛮无知的本性。那个女人求他饶命，而他个人的逻辑是“这等腌臜婆娘，要你何用”，将自己代入了进去，认为这样的女人，如果是他的老婆，他一定会杀掉的。

最重要的是，那老者也不过是想求人帮女儿治病，而不是要了他女儿的命啊。

最可恨的是这李逵对道德的疯狂持有，仿佛他的愚蠢成为自己权力的来源，他觉得自己有权力决定这两个男女的命运，什么官府啊，父母啊，都不在他的考虑范围。

他竟然因为吃得太饱无处消食，拿起自己的斧头，朝已经被割掉脑袋的一男一女的身体，一上一下猛剁了一阵子。

这便是李逵捉鬼的全部过程了。

李逵将一对偷情男女的头提着，走到前厅里，对着满庄上的人说，我将两只鬼都捉到了。

庄上有人认出了男人的头是村子东头的王小二。那狄太公看李逵将自己的女儿也杀了，十分伤心，问李逵怎么知道他杀的人名字叫王小二，李逵便将他从床下揪出太公女儿问询的事情一一说出。

那老太公大哭，对着李逵说："师父，留得我女儿也罢。"

那李逵果然还有很多正义感没有发泄出来，对着狄太公大怒说，你女儿偷了汉子，你还要留着她。你现在哭是什么意思，难道你不谢我，还要迁怒于我？

在阅读《水浒传》的时候，最让我觉得疑惑的不是李逵的莽撞和愚蠢，而是燕青的沉默。一向明白事理、懂得人情世故的燕青，在李逵捉鬼的过程中，几乎一句话也没有。等到李逵犯了错，将人家的女儿杀了，这燕青也没有代表李逵道歉。

却说这燕青在李逵和庄里的人吵架的时候，他却找到了一个可以睡觉的房间，等到李逵杀完人，叫上李逵和他一起去休息了。

这两个人吃饱了人家饭菜，喝足了人家的酒，甚至还杀了人家的女儿。

等到第二天一早醒来，李逵对太公道："昨夜与你捉了鬼，你如何不谢？"

太公只得收拾酒食相待，李逵、燕青吃了便行。

兄弟的头砍不得

又要说说李逵这厮，真是让人烦恼。

仍然是从京城回梁山的逃亡路上，李逵和燕青二人离开四柳村，这一日到了荆门镇附近的一个村庄时，天色暗了，又要找地方住。

结果，这次的庄主正有烦恼，不愿意接待他们两个。李逵多无赖啊，哪容得了别人单方面拒绝。他生得一脸恶相，神鬼俱怕，更何况一个女儿被人抢走的老人家呢，那庄主一看李逵这般模样，惹不起，只好着下人安排住下了。

李逵夜半睡不着，听见那老人家哭哭啼啼，便问周详，一问才知道，他的女儿年方十八岁，美貌极了，然而，却被梁山泊的贼首宋江给抢走了。

照理说，梁山泊上，唯这李逵与宋江最为亲近，宋江是什么样的人，他难道不知，想来断不会做出这等下流的事情。可是偏不，李逵天生无脑，又加上那老汉的描述绘声绘色，一下激怒了李逵。他为了求证这庄主的话是真是假，还专门问了一句："我且问你：他是几个来？"太公道："两日前，他和一个小后生各骑着一匹马来。"

大概是时间刚好对上，两日前，他们在京城分开了，也许正是宋江和柴进呢。

李逵叫来燕青，向他埋怨道："小乙哥，你来听这老儿说的话，俺哥哥原来口是心非，不是好人了也。"

燕青一听便觉得蹊跷，对李逵说："大哥莫要造次，定没这事！"

李逵虽然愚蠢，但前几天在东京城里，看着宋江和李师师喝花酒喝到醉，一直觉得不爽。想来宋江到了这偏僻山村，见到女子漂亮生出邪念，也未尝不可能，所以他猜测着对燕青说："他在东京兀自去李师师家去，到这里怕不做出来。"

说完便向那老太公道了自己的真实身份，说明自己是黑旋风李逵，并承诺要找到宋江为老者讨回公道。

我们来看看李逵是如何找宋江讨回公道的。

回到山上之后，照理说他应该先到宋江的府宅里察看一下，是不是有女人被强行绑到了山上，然后问清楚状况再说。然而，如果讲道理，那便不是李逵的做派了。只见这李逵见到宋江，睁圆怪眼，拔出大斧，先砍倒了杏黄旗，然后呢，将"替天行道"四个字扯做粉碎。

宋江当然莫名其妙，问他，你这家伙又犯什么病了。

李逵也不说话，拿着两把板斧，上来就砍宋江。

《水浒传》的作者说来也淘气，还专门为这李逵的鲁莽写了一首诗："梁山泊里无奸佞，忠义堂前有诤臣。留得李逵双斧在，世间直气尚能伸。"

忠义堂上有五虎将，关胜、林冲、秦明、呼延灼和董平都在，上前就将这李逵给拦住，夺了斧头，揪到了堂下来。

宋江问李逵，他犯了什么错。

燕青便将他们这一路上的遭遇细细说给宋江听，他们先是在四柳村，帮人捉了一回鬼，捉鬼是假，杀了人家女儿倒是真。然后又在荆门镇附近的庄院上休息，遇到了那庄主人家的女儿被抢，抢他女儿的人自称是水泊梁山的宋江。

燕青的描述比那庄主的说法还要仔细，增加的细节如下：说是两日前，一个自称宋江的人和一个年轻后生，骑着马来到刘太公庄上投宿。那刘太公好客，听说是替天行道的人，让自己十八岁的女儿前来倒酒。结果，那个自称是宋江的人吃到半夜，见那女儿有颜色，便抢了去。燕青将劝说李逵的话也照实说给了宋江听，燕青当然认为不可能是宋江，一定是有人假托了他的名字来坏梁山的名声。

宋江听完燕青的细说，当然说这是一件委屈的事。而那李逵哪管宋江接下来要解释，上来便又接着他的逻辑来问责宋江："我闲常把你做好汉，你原来却是畜生！你做得这等好事！"

宋江被李逵污蔑，当然恼火，喝斥李逵说："你且听我说！我和三二千军马回来，两匹马落跑时，须瞒不得众人。若还抢得一个妇人，必然只在寨里！你却去我房里搜看。"

宋江照理说也算是克制了，说的话也完全在理，可那李逵竟然是一个阴谋论者，对着宋江说："哥哥你说甚么鸟闲话！山寨里都是你手下的人，护你的多，哪里不藏过了！我当初敬你是个不贪色欲的好汉，你原来是酒色之徒：杀了阎婆惜，便是小样；去东京养李师师，便是大样。你不要赖，早早把女儿送还老刘，倒有个商量。你若不把女儿还他时，我早做早杀了你，晚做晚杀了你。”

这下可真是坐实了那宋江的罪名，也就是说，李逵用这种无法反驳的阴谋论让宋江必须要还给刘太公一个女儿。宋江说什么都没有用的，因为他不能自证没有抢那刘太公的女儿，旁边的人说宋江没有抢，也不行，因为这些人都是宋江的亲信，都是帮着宋江说谎的，是同谋。

如此野蛮又如此武断，这可把宋江惹急了，他对李逵说，你说的这番热闹，也并非没有办法证伪。那刘太公仍然活着，我也活着呢，我们两个见个面，不就知道是不是我抢的了。如果真的是我抢了，我的脑袋不要了，让你砍，如果不是我抢的，你这样大闹忠义堂，该当何罪。

李逵一听宋江连脑袋都不要了，也就甘愿将自己的脑袋赌上了。

读者看到这里可能会替李逵不值，他不过是听了一面之词，所有证据也只是两样，一是看宋江杀了阎婆惜，二是看宋江和李师师吃了一顿花酒，并没有亲眼看到宋江抢那小女子。而这时宋江连脑袋都不要了，李逵如果是一个智商正常的人，就应该冷静下来，思考一下是不是自己弄错了。可《水浒传》的作者刻意调戏李逵，怎么可能给他如此清明的条理和逻辑。于是，李逵对着宋江一阵嚷嚷，意思是说，如果不是你抢了那民女，我的脑袋也不要了。

宋江自然知道这呆子是脑热顺口，但是，他要治李逵一罪，所以找了梁山泊的文员裴宣将这次打赌白纸黑字写下来，相当于立下了军令状。

李逵呢，还拉上柴进，因为那刘太公说宋江和一个年轻的后生一起，他便猜测一定是柴进陪着宋江去的。因为在东京城里那几天，都是柴进陪着宋江去吃花酒。

打赌文书写好了，李逵便带着宋江和柴进来到刘太公的庄上，让刘太公认人。结果刘太公仔细看了一下两位，说不是他们抢了自己的女儿。

这个时候，李逵果然又开始耍赖，说，你们两个大眼瞪着他，他不敢认。于是，宋江又让整个庄上的人来认。结果那庄上的人齐声说不是宋江和柴进。

这一下终于沉冤得雪。

那宋江岂能轻易放过李逵，对李逵说，有账不在刘太公的家里算，回山寨里再说。

闹剧演完，回到梁山上，该演正剧了。白纸黑字，应该砍下李逵的脑袋，以正视听。

如果故事真的这样发展了，那么，梁山泊的纪律将会是另外一个样子。可惜的是，这些规则啊纪律啊，都不过是写在纸上玩的，到了真要执行的时候，往往会大打折扣。

这不，回到山上，该兑现结果了。燕青给李逵出了个主意，让李逵负荆请罪。也就是说，让李逵将自己的上衣脱了，绑了麻绳，捆着自己，到宋江面前认罪，请他来处罚。

李逵不是不怕死吗，不是忠于承诺吗，此刻竟然也不再反对，照着燕青说的去做了。

《水浒传》中这样写李逵的可笑："却说宋江、柴进先归到忠义堂上，和众兄弟们正说李逵的事，只见黑旋风脱得赤条条的，背上负着一把荆杖，跪在堂前，低着头，口里不做一声。"

宋江一看便知，这是有人给他出了主意。问李逵，你这是求饶吗？

李逵说："兄弟的不是了，哥哥拣大棍打几十罢！"

原本是理直气壮地赌上了自己的脑袋，现在却又说打几十大棍，这个差别很大了。所以宋江就继续调戏他说："我和你赌砍头，你如何却来负荆？"

李逵一看说好话不行，就又来横的，说，哥哥若是不肯饶我，把刀割了这头，也行。说到底，还是一种道德绑架。

这个时候，下面的兄弟开始给李逵讲好话，讲什么呢，猜也猜得出。

宋江转口便将梁山泊的律例破坏了，不砍头了，而是换成一种惩罚："若要我饶他，只教他捉得那两个假宋江，讨得刘太公女儿还他，这等方才饶你。"

李逵和宋江的约法被轻易化解，便是梁山泊的法律根本不会执行的证据。大家都是同路人，出生入死，特权阶层便形成了。所有与宋江共患难的兄弟，都分到了这种特权，兄弟的头可不能砍。

恶意嫁祸

对于水泊梁山这个群体的猜测，不论是徽宗，还是朝中的一些大臣，他们还是很准确的。

比如，御史大夫崔靖是这样评价宋江这个群体的："臣闻梁山泊上立一面大旗，上书'替天行道'四字，此是曜民之术。民心既服，不可加兵。即目辽兵犯境，各处军马遮掩不及，若要起兵征伐，深为不便。以臣愚意，此等山间亡命之徒，皆犯官刑，无路可避，遂乃啸聚山林，恣为不道。若降一封丹诏，光禄寺分布给御酒珍馐，差一员大臣，直到梁山泊，好言抚谕，招安来降，假此以敌辽兵，公私两便。伏乞陛下圣鉴。"

这段话中，将宋江这群人的脉把得很准，这些人都是走投无路了，但是又打出替天行道的旗子，意思是自己不作恶。用这样的幌子来"曜民"，来吸引民众，寻找底层民众的认同。如果去征讨，那么底层民众便不会帮忙一起打他们，就会很费周折。

崔靖的意思很清楚，这样一群既是罪犯，又自称是侠义之士的人，最好的办法是，说好话，将他们招安，再用他们这些人来对付来犯的辽国官兵，岂不是一举两得。

而对于梁山泊这一群人的态度，崔靖也说得很清楚，要"好言抚谕"。意思是，这些人大多是粗鲁之人，十分在意别人尊敬，说点好话，便可以拉拢他们。

徽宗也正是这个意思，见有大臣说出自己的心意，便立即准了奏请，并派出殿前太尉陈宗善为使臣，前去梁山泊走一遭。

陈宗善领了诏书回到府中，立即得到同朝大臣的祝贺，但也有不少同僚前来忠告，《水浒传》中这样写这些人的意思："太尉此行，一为国家干事，二为百姓分忧，军民除患。梁山泊以忠义为主，只待朝廷招安，太尉可着些甜言美语，加意抚恤。"这段话便显示出了宋徽宗朝里官员的目光和水平，并不像宋江所说的"朝廷昏庸"。

陈太尉先是被太师叫到府上，一番安排，并派了一个干人和陈太尉一起去梁山，接下来又是高俅来见。高俅开门见山，说他根本不同意皇帝的举措，所以这次他也派了一个虞候陪着陈太尉前去。这是为他们后来闹事埋下一个伏笔。

历史真实未必如此。中国是一个颂圣文化广泛传播的国度，上有所好，下面不会有人反对，现在既然是皇帝让人下去招安了，这高俅胆敢派人破坏，那他岂不是找死。也就是作者为了讨好读者，讲故事的时候必须有坏人，宋江这一派才能成为好人。

这一行招安的队伍到了离梁山泊最近的城池济州府，济州府的太守张叔夜前来迎接，那张太守说与陈宗善的内容和当朝官员一样，也是要陈太尉赔着小心："论某愚意，招安一事最好，只是一件，太尉到那里须是陪些和气，用甜言美语抚恤他众人，好共歹，只要成全大事。他数内有几个性如烈火的汉子，倘或一言半语冲撞了他，便坏了大事。”

依然是要“甜言美语”，到这里，《水浒传》一书其实已经有些态度明了了，想想看，是什么样的人，才需要别人迁就他们，动不动要说好话哄着呢？显然就是巨婴啊，或者愚蠢之人，反正和他们又说不清道理，倒不如哄着他们将事情办好就是了。

虽然从皇帝到御史，从陈太尉到张太守，他们的观点都是一致的，来梁山泊招安，就是说好听的话，赔着笑脸，将招安的大事给办了。但是，一见面，这事儿还是给办砸了。

有两个原因。其一，果然是蔡京太师和高俅太尉派来的这两个人出言不逊，惹怒了梁山泊的人。

先是那张干办说话挑衅，问宋江为何不亲自来接，毕竟他们是朝廷派来，便如皇帝亲自前来，对着前来接站的萧让、裴宣、吕方和郭盛四人说：“你那宋江大似谁？皇帝诏敕到来，如何不亲自来接？甚是欺君！你这伙本是该死的人，怎受得朝廷招安？请太尉回去！”

这其实不合情理，虽然宋江没有亲自来接，但是这张干办说完冒犯的话之后，陈宗善总是可以说几句话来挽回一下吧？这当然是小说的作者在作怪，为让宋江这一伙人误解，不惜将这陈太尉给弃了。

张干办上来的一席话，算是得罪了梁山泊的人。

接下来的交锋更加激烈。一群人马上了三只船。陈太尉和李虞候上了同一只船。阮小七开船后，水手们便开始唱歌。

照理说，船上坐了朝廷派来的官员，这些水手应该肃静才是，他们如此故意吵闹，自然是一种表达不满的方式。

这个时候，高太尉派来的李虞候不干了，对着唱歌的人骂道："村驴，贵人在此，全无忌惮！"这李虞候说的倒也是实情，毕竟陈太尉是钦差大臣，这群水手像是乡野市场上做买卖的人，吆喝来回的，像是怎么一回事。

结果，李虞候不骂还好，他这一骂，这群水手唱得更起劲，有几个带头唱歌的还回话道，我们自己唱自己的，关你什么事儿啊。

如此调皮，这李虞候便拿了藤条来打那几个水手，结果水手一跃跳进了水里，阮小七一看这李虞候并不尊重自己的士兵，用手将船上的塞子拔了，那船立即便进了水。

其实这些安排都是阮小七自作主张的，宋江并不知晓。

阮小七将船弄漏，然后让陈太尉和李虞候坐上另外预备的船只，这个时候，他刚好借机尝了尝那陈太尉带的皇帝御赐的酒。

一个水手从陈太尉的担中取了一瓶酒交给阮小七，那阮小七嘴对着瓶子，一饮而尽。酒自然是好酒，阮小七吃完一瓶酒之后的评价是"有些滋味"，于是又吃了一瓶，仍然不尽兴，接下来，又连吃了两瓶，他一个人便喝了四瓶皇帝御赐的酒。

喝了也就喝了，等回到山上，向宋江说个明白也好，可这阮小七私下里做主，将剩余的六瓶酒让水手们分着喝了。

喝完酒之后，将空瓶子装上村醪水白酒，还专门找原来酒瓶的封头绑好了，看起来像是没有动过一样。

这下事情就变了味道。皇帝本来是好心好意赏了梁山十瓶好酒，但你阮小七自己喝了以后，又换成很差的酒。换了也就换了，还不汇报，让宋江吴用误会朝廷戏弄他们。

宋江等人在梁山脚下的金沙滩迎接陈太尉，一见面就看到陈太尉衣服湿了。那李虞候说，你们为什么用一只漏船来载太尉。

李虞候问得对，这陈太尉代表的是皇帝，阮小七私自放水，的确是一种罪行。

待到梁山泊的大厅里，开读诏书，众位英雄才知道，这皇帝的用词非常不客气。尤其是诏书的最后面，竟然是威胁之词："今差太尉陈宗善前来招安，诏书到日，即将应有钱粮、军器、马匹、船只目下纳官，拆毁巢穴，率领赴京，原免本罪。倘或仍昧良心，违戾诏制，天兵一至，龆龀不留。"

最后这句简直太狠毒了，天兵一到，连孩子都不留，把你们杀光。

尽管这诏书措词有误，却并不是陈太尉所能改变。

等到宋江好容易劝下容易激动的这些个兄弟，把陈太尉将皇帝赏赐的御酒分下来，让兄弟们都尝尝皇恩时，发现这酒却是村醪白酒，实在太难喝，于是众位兄弟爆发了。鲁智深第一个站出来，这是个爱喝酒的："入娘撮鸟？忒煞是欺负人！把水酒做御酒来哄俺们吃？"

鲁智深一恼火，武松也跟着拔出双刀，再加上其他人员起哄，一时间招安大事便只能作罢。

宋江连忙护送陈太尉离开梁山泊。他的要求其实也很简单："非宋江等无心归降，实是草诏的官员不知我梁山泊的弯曲。若以数句善言抚恤，我等尽忠报国，万死无怨。"

的确，这陈太尉完全失职，从尚未离开朝廷众人就反复劝说，让他一定要甜言美语，只是这厮答应得好好的，到了梁山一句屁话不说，这也太不符合常理了。

而阮小七呢，自己换光皇帝的酒，等着众兄弟喝了他换下的村醪白酒发脾气时，也一句话都不解释。

第一场招安的好戏，就这样在十瓶假酒中结束了。

庸众之梦

《水浒传》一百二十回本的第九十三回，宋江等人打田虎，又帮助宋廷收回了六座城池。时节正好赶到元旦，这一日，兄弟们贺节，大摆筵席。

那时的元旦，相当于现在的春节。次日恰逢下雪，所以，宋江又置酒请众兄弟赏雪。

如果在《红楼梦》里，赏雪自然是要赏出一房间的诗来，可这《水浒传》中的人多是草莽，能吟诗者少，能打架者众，所谓赏雪，不过是吹牛喝酒。

这一天，李逵又贪喝几杯，醉了，趴在赏雪亭中睡着了。李逵做了一个梦，这个梦颇有意味，这个梦差不多代表了水泊梁山大多数像他这样中下层头领的“梁山梦”，又或者是他们的大宋梦。

且来看看这梦的内容。

首先，李逵在梦里要建立自己的正义感。就是说，这是一个有着自我形象确立的梦。李逵在梦里遇到的第一桩事，便是有强盗正在强抢一户人家的女儿：“真个转过那山，忽见路旁有一个庄院。只听的庄里大闹，李逵闯将进去，却是十数个人，都执棍棒器械，在那里打桌击凳，把家火什物打的粉碎。内中一个大汉骂道：‘老牛子，快把女儿好好地送与我做浑家，万事干休；若说半个不字，教你们都是个死！’”

李逵自然是要主持正义的，板斧便是他主持正义的武器，三下五除二，一通乱砍，便将这十数人全都杀了。

虽然这主持正义的方式方法有待商榷，甚至有些防卫过度，但毕竟是在梦中，不好以梦做证据来进行打压式评论。不过《水浒传》的作者在这个时候倒是清晰，借着那老人的口说了一句：“虽是除了凶人，须连累我吃官司。”

李逵连忙吹牛，将自己的底牌亮了出来，说自己是梁山泊黑旋风李逵，后面有一百多个兄弟撑腰。叫那老儿不用怕，说到底呢，仍然是以多取胜。

因为主持了公道，李逵不但成为这老人家的座上宾，那户人家为报恩，还想将自己的女儿许配给李逵为妻。虽然李逵粗鲁拒绝，说明自己帮助他们一家不是为了让这女儿报恩的，但说到底，在梦里梦到人家将女儿主动许配给自己，这毕竟暴露了李逵的真实想法。

其次，还是因为这一英雄救美的故事，李逵在梦里可是反复利用了一下。从这庄院里走出去不久，李逵竟然跑到了当今皇帝的宫殿里。那皇帝问李逵为何杀这么多人，他便一五一十地将梦里看到的情形细说了一遍，那皇帝一听，李逵如此帮助弱小，很是高兴，对他说："李逵路见不平，剿除奸党，义勇可嘉，赦汝无罪，敕汝做了值殿将军。"

这一下李逵开心了，心中欢喜着磕头答应，并暗暗赞美皇帝明白事理。

最后，这李逵在宫殿之上，又听到当朝四个奸臣说他大哥宋江的坏话，四个大臣分别是蔡京、童贯、杨戬、高俅，说宋江表面上领着部队去打田虎，实际天天花天酒地，并不作为。

那李逵一听，怒发冲冠，操起两板斧将这四人砍了。殿前侍卫要捉他，李逵拔腿就跑。逃跑的路上还不忘记遇到一个秀才，并从秀才的口中得到了宋江打败田虎的秘笈。

这便是李逵梦的全部内容。

李逵算是梁山泊一百单八将中最为单纯低智的一个，他的梦，差不多相当于所有人梦想的公约数。

而仔细梳理李逵的这个梦，发现所谓的这一百零八个人，在人性上是有缺失的。他们所有人都活得没有自己，人格不独立。

李逵这个梦里有四个人生诉求，第一个是打抱不平，这是从道德上对自己的约束，照理说这是好事儿，但具体到李逵这里，他对道德的理解便是有问题的，总是靠杀人来解决简单的道德冲突，这样的话，他的道德便成为对别人的威胁。道德可以用来自律，如果用来律他，也许便是一种私刑。李逵在这方面差不多做到了私刑的极致，动不动就杀人，而且给别人随便安排一个不道德的名义，自己便心安了。

这显然是道德的败坏者。

梦中的第二个人生追求是，当自己做了好事，救了人，那户人家便主动要求把女儿嫁给自己。这在潜意识里，还是追求回报的心理。尽管李逵一听说对方要将女儿许配给自己，转身就逃跑了，但这恰好说明这个人更想保持自己帮助别人的纯洁性，为此将对方因为感激自己而嫁女这件事情污名化，以显示自己并不主动索要回报的美德。

第三，李逵因为追杀一个恶人误闯皇上正在办公的文德殿，将事情原委禀报给皇帝之后，皇帝很赞赏他的见义勇为，并立即封他做殿前值守将军。这也是普通民众最为欢喜的愿望，做了好事，一是当事人的女儿嫁给自己，二是被皇帝赏识，立即升职。李逵虽然没有看上女色，却对皇帝的嘉许十分在意，答应做这殿前值守将军。这足以证明，即使是一个智商超低的人，对名利还是十分看中的，而皇帝的封赏便是他的软肋。

李逵梦中的最后一个意愿是遇到一个秀才，告诉了他该如何攻破田虎，这个愿望显然是在为大哥宋江分忧。李逵和众多兄弟们活在一个团队中，而这个团队的管理并不科学，完全是靠自觉和权威说话，比如什么事情出现了问题，大家不是按规矩来办，而是找宋江裁决，所以凡事都以宋江说了算，时间久了，山寨里的兄弟们自觉地对宋江形成依赖，所谓的公平便不复存在了。

从这个梦境可以发现，一个愚昧的人，即使是在梦里，也充满了人性的荒诞。李逵在梦里杀了人之后，明明自己是在打抱不平，既体现了良知，又透着侠义，可是说出来的话却是：我是梁山泊的黑旋风李逵，杀了他们也不怕。虽然这话是为了安慰那老牛头，只是少了正义的前提，杀人不仅变得嗜血，而且有过度惩罚的嫌疑。至于那老儿将女儿许配于他，李逵却逃跑，则更表明此人虽然不坏，但是愚蠢而单调。他活着的目的除了为自己的大哥两肋插刀之外，再没有什么实际的目标。

这样的人，如果在一个团体里占据了大多数，那便是传说中的愚蠢的大多数。这样的人如果在一个社会里占据了大多数，那么，个人觉醒的路将会很长，因为他们单方面相信自己的大哥，即使大哥错了，他们明知道是错的，也一定会追随着大哥走下去。而他们自己的判断根本就没有，或者不重要。

这便是李逵梦境透露出来的梁山泊的趣味，单调且庸俗。宋江只会更加开心，因为，做兄弟的，连做个梦都不忘记帮着自己排忧解难，说明他的威权加强了，自然不去想这李逵在梦中的做派是不是在有意地讨好自己。

李俊水淹太原

卢俊义攻打太原城遇到阻力，原因是一场大雨，连续下了五天。

那雨有多大，《水浒传》中在写田虎的驻扎时是这样写的："是夜南风大作，浓云泼墨，夜半，大雨震雷。……自此霖雨一连五日不止，上面张盖的天雨盖都漏，下面又是水渌渌的，军士不好饮爨立脚，角弓软，箭翎脱，各营军马都在营中兀守，不在话下。"

既然田虎部队里上漏下流水，那么卢俊义的帐篷里应该也是一样的情形。士兵们被大雨给逼得吃不好饭睡不好觉，自然很难攻打太原城。远道来助战的李俊和关胜看到此情景，李俊对关胜说："卢先锋等今遇天雨连绵，流水大至，使三军不得稽留，倘贼人选死士出城冲击，奈何！小弟有一计，欲到卢先锋处商议。"

李俊便将部队交给童威童猛二兄弟，自己和张横张顺、阮小二阮小五阮小七率领水军三千，冒大雨到卢俊义大营献计。

卢俊义一听那计策大喜，看来，此时两人均被战争冲昏了头脑，打起仗来便不再顾得上城里普通百姓的死活了。

李俊出的计策，不过是用水淹太原城。

《水浒传》中写太原城的守城将领叫张雄，为人凶残，说是将太原城的老百姓虐待得十有八九都弃了家产逃跑。这就有些吹牛了，一个城市如果没有居民，这些军队靠什么生活，谁来种田做饭呢。所以作者也是信口胡说，大概是说城里的百姓所剩余不多，好为他们的水淹做一些道德上的减罪。

因为连续五天的大雨，让太原城周边的河水水位大涨，李俊带领自己的手下，趁着水势，在约定好的时间内，一起将围绕着太原城的“智伯渠”和晋水挖开决口，让大水直冲向城池里面。《水浒传》这样写大水的波涛汹涌：“骤然飞急水，急地起洪波。军卒乘木筏冲来，将士驾天潢飞至。神号鬼哭，昏昏日色无光；岳撼山崩，浩浩波声若怒。城垣尽倒，窝铺皆休。旗帜随波，不见青红交杂；兵戈汨浪，难排霜雪争叉。僵尸如鱼鳖沉浮，热血与波涛并沸。须臾树木连根起，顷刻榱题贴水飞。”

不需要仔细看这描述，只看这一句便知那太原城的百姓有多惨了——“僵尸如鱼鳖沉浮”。

大水到来之前，便已经有人发现水进城了。《水浒传》仔细记录了水淹太原城的过程：“当时城中鼎沸，军民将士见水突至，都是水渌渌的爬墙上屋，攀木抱梁，老弱肥胖的，只好上台上桌。转眼间，连桌凳也浮起来，房屋倾圮，都做了水中鱼鳖。城外李俊、二张、三阮乘着飞江、天浮，逼进城来，恰与城垣高下相等。军士攀缘上城，各执利刃，砍杀守城士卒。又有军士乘木筏冲来，城垣被冲，无不倾倒。张雄正在城楼上叫苦不迭，被张横、张顺从飞江上城，手执朴刀，喊一声，抢上楼来，一连砍翻十余个军卒，众人乱窜逃生。张雄躲避不迭，被张横一朴刀砍翻，张顺赶上前咔嚓一刀，剁下头来。比及水势四散退去，城内军民，沉溺的、压杀的，已是无数。”

太原城中有一个避暑宫，因为选址较高，附近的居民全都发疯似的往高处跑，情急之下，谁还顾得了礼让，结果，拥挤之中，践踏踩死的，也有两千多人。

李俊的计谋确实让卢俊义短时间内将太原城给攻下来了，可攻下来之后，也差不多成了一座空城和死城。

《水浒传》的作者一向赞赏水泊梁山的侠义忠勇，这一次也看不上李俊了，施耐庵第一次在作品里跳出来充当了一下毒舌评论：“至晚水退，现出平地，李俊等大开城门，请卢先锋等军马入城。城中鸡犬不闻，尸骸山积。虽是张雄等恶贯满盈，李俊这条计策，也忒惨毒了。”

李俊入伙梁山的时间并不靠前，然而，他是凭着自己的实力和宋江的关系，做上了第二十六把交椅，排名相当靠前，而且是梁山泊水军头领的第一位，排在了三阮和二张的前面。照理说，阮氏三兄弟上梁山的时间比宋江都要早，劫生辰冈的功臣，是梁山水泊发家的创始人，然而还是排在了李俊的后面，这足以说明，李俊这人有本领。

可以这样说，如果没有这一次水淹太原城，李俊也是一名英雄好汉。然而，太原城破的时候，只剩下千余人的活口，可以说，李俊杀的人比整个梁山泊连年征战杀的无辜百姓都要多。

尽管卢俊义进城之后，做了一些安民的工作，打开府库的银两散给在大水中受到冲击的百姓，将死的人都埋了，将被水冲倒的房屋重新修缮，然后再分给没有房屋居住的百姓。然而这些工作，对于已经死去亲人的太原城居民来说，能带来多大的安慰呢?

宋江是如何评价李俊的呢？宋江没有就李俊泄洪水淹城有任何责怪，只是在听到田虎被抓、威胜城破以后，大喜，对着众将说了一句“都赖众兄弟之力，得成平寇之功”。

更让人不可思议的是，这李俊的结局也不符合宋朝老百姓的三观，在后面的情节中，他称病没有和宋江一起返回朝廷，而是和童威童猛两兄弟坐船到了海外暹罗国，也就是现在的泰国，当上了泰国的国王。

《水浒传》开篇就讲因果报应，怎么到李俊这里，就统统扔掉了呢。

最后的陪葬

“飞鸟尽，良弓藏。狡兔死，走狗烹。”经过破辽军、拒辽国、征田虎、打王庆、败方腊等等战役之后，四海平静，原来便有对抗朝廷历史的梁山兵马，自然成为朝廷某些大臣的心腹大患。

战争结束后，鲁智深闻钱塘江潮信而坐化，武松因为残疾，不愿意跟随宋江回京师，而在六和寺出家。林冲瘫倒，后来在武松的六和寺病故，杨雄发背疮而死，时迁患搅肠痧而死，杨志也死在丹徒县。

后来，燕青不愿意跟随宋江返京。燕青聪慧，有先见之明，他劝说卢俊义也不要进京受封。卢俊义天真，对燕青说，我又不曾负过朝廷半点，朝廷怎么会负我。燕青只好搬出旧皇历，说："主人岂不闻韩信立下十大功劳，只落得未央宫里斩首；彭越醢为肉酱，英布弓弦药酒？主公，你可寻思，祸到临头难走！"

汉初的故事，在宋时市井颇为流传，卢俊义自然是知道的，只是他与燕青的看法不同，说是，这几个人如果不是心存造反，怎么会落得个如此下场。

燕青见说服不了卢俊义，只好告辞。

梁山泊一百单八将只有燕青一人有当今圣上御笔写的赦书，所以，他收拾了一些金银财宝，不辞而别。

临别时燕青给宋江留了一封信，那封信也是十分微妙。他在信中说，只怕主将义气深重，不肯轻放燕青走，所以才不辞而别，留下四句诗拜别："雁序分飞自可惊，纳还官诰不求荣。身边自有君王赦，洒脱风尘过此生。"你们当你们的官去吧，我身上有皇帝的特赦令，我去外面的花花世界风流快活去了。

宋江等人回到京城之后，面见皇帝，的确是得到了重赏。其封赏的细节如下：

皇帝比较仁慈，将已经故去的和受伤的将领也做了封赏，比如将张顺封作金华将军，鲁智深封赠义烈照暨禅师。武松呢，伤残折了一条胳膊，封为清忠祖师，赐钱十万贯，养着他。已故的扈三娘和孙二娘也有封赠。等等。

至于这些活着的忠勇之士，从皇帝的封赏来看，也算是实至名归。

宋江加授武德大夫，封为楚州安抚使，兼兵马都总管。卢俊义加授武功大夫，庐州安抚使兼兵马副总管。

接下来吴用授武胜军承宣使，关胜授大名府正兵马总管，呼延灼授御营兵马指挥使。花荣、柴进、李应、朱仝、戴宗、李逵、阮小七等人均有封赏。

然而，这封赏只是一个安慰奖。封赏后不久，戴宗第一个提出辞职回乡，而后，阮小七被人诬告，直接被贬为庶民。之后不久，柴进见阮小七被贬的原因竟然是在打下方腊的时候，开玩笑地穿了一下方腊定做的龙袍，只是贪玩而已，便被朝廷怀疑。而柴进也在方腊那里做过驸马，怕以后奸臣们知道了又来告发诬蔑，于是自己称病，归还了皇帝的官诰，回沧州老家当平民去了。

李应一看柴进辞了，也称自己患了风瘫，回家去了。

关胜某天醉酒从马上跌了下来，病亡。呼延灼后来阵亡。

终于有一天，轮到了宋江与卢俊义各自到工作岗位就任。

这二人都是能量极大之人，一个武功盖世，一个情义满天下，兄弟都为他拼命，所以还是引起了高俅和杨戬的嫉恨。那杨戬说，我有一计，可以先除掉卢俊义，让这宋江少了左膀右臂。

高俅和杨戬商量好了之后，果真找了两个庐州的土人，写诉状告卢俊义的谋反罪。皇帝不信，非要亲见卢俊义一面。于是高俅一不做二不休，直接在卢俊义的饮食里动了手脚。卢俊义和皇帝一起吃饭时吞下了杨戬给他下的水银，开始腰背疼痛，有一天，酒后坠入淮河，溺亡。

蔡京、童贯与高俅、杨戬四个人联手害了卢俊义的命之后，一直担心东窗事发，所以他们的下一个目标便是要取了宋江的命，永绝后患。

卢俊义死后，他们希望天子赐御酒以安抚宋江，好让宋江知道皇帝牵挂。

皇帝终于应了，哪知，那御酒早已经被高俅和杨戬二人动了手脚。

且说这宋江在楚州半年，官声倒是不坏。宣和六年初夏的一天，皇帝派人给宋江送来了御酒，宋江饮下。宋江这个人倒还明白，喝了御酒之后腹痛，已经知道坏事了，可他对皇帝忠心，一下便猜到是高俅等人所为。临死之前，这宋江还大发感慨："我自幼学儒，长而通吏，不幸失身于罪人，并不曾行半点异心之事。今日天子轻听谗佞，赐我药酒，得罪何辜。我死不争，只有李逵现在润州都统制，他若闻知朝廷行此奸弊，必然再去啸聚山林，把我等一世清名忠义之事坏了。只除是如此行方可。”

临死之前，宋江想的不是让李逵安分守己，也不是派人找到吴用，让吴用来安稳住李逵，而是想把李逵的命也一并带走。这简直是一个荒唐透顶的想法。

宋江连夜差人将李逵叫来。

其实这一点还是很让人疑惑的，看一下地图，当时的宋江在楚州，大宋朝时，楚州位于江苏淮安或者盐城一带，而李逵所在的润州便是今天的镇江。从镇江到淮安，即使是骑快马，恐怕也要一两天，所以宋江要他的部下将李逵连夜带回楚州，这怎么可能。

李逵果真赶到楚州，见到宋江。宋江让李逵喝了毒酒，然后对兄弟说了实话：“贤弟不知，我听得朝廷差人赍药酒来，赐与我吃，如死，却是怎的好？”

宋江只是想试探一下李逵，看看他是不是真如自己所猜想的，一定会造反。

那李逵冲动，一听宋江立了如此大功，竟然还是落得被赐毒酒，当然是建议哥哥造反。

宋江说，现在我们的人都已经被分散到各地，如何造得了反呢。

李逵便说，我那里有三千人马，你这里有多少啊，一起先扯杆旗子再说。第二天，宋江送李逵回去，临别的时候，毒药还没有发作。李逵还天真地对宋江说，不论何时起兵，他都会在第一时间支持。

宋江只好向李逵说出实情："兄弟，你休怪我！前日朝廷差天使，赐药酒与我服了，死在旦夕。我为人一世，只主张'忠义'二字，不肯半点欺心。今日朝廷赐死无辜，宁可朝廷负我，我忠心不负朝廷。我死之后，恐怕你造反，坏了我梁山泊替天行道忠义之名。因此，请将你来，相见一面。昨日酒中，已与了你慢药服了，回至润州必死。你死之后，可来此处楚州南门外，有个蓼儿洼，风景尽与梁山泊无异，和你阴魂相聚。"

这便是宋江的忠义理论。他觉得他死了之后，其他人都还好，只有这李逵与他感情最深，为人又最简单直率，所以决定将李逵也带走。

不论李逵如何愚昧，哪怕是你的亲生儿子，也没有强行剥夺别人生命的权利，最让人感恼火的是，他竟然还以道义的名义，说什么怕李逵破坏了他的名声。

再说，宋江所谓的忠义，也不过是他单方面的想象。他死之后，皇帝如何发布公告，他便不能左右了吧。也许这帮奸臣会用一个不忠不义的罪名公布于世呢。这个时候，李逵的造反，不但不会破坏宋江的忠义之名，还有可能有机会打败朝廷，并为他平反呢。

所以说，宋江的这种虚假的道义感，总是牺牲别人来成就自己。

有一个意外的细节。且说那吴用，被封为武胜军承宣使，他一个人，并无家眷，所以常常想念宋江。在这一段中，《水浒传》竟然这样写：“每每思念宋公明相爱之心。忽一日，心情恍惚，寝寐不安。”这吴用便跑到宋江和李逵的坟上，看到宋江果然已死，万念俱灰，想要上吊而死，追随宋江而去，却遇到花荣前来，两个人竟然一起上吊死在了宋江坟旁。

《水浒传》看到最后，一声叹息，那么多活生生的人，终于死的死伤的伤，得善终的并不多。这让梁山泊的忠义精神十分尴尬。好在，还有一些活着的人，逃过了这一劫，都是在价值观上得到了救赎的人，他们不再愚蠢，不再执著于那个时代所号称的忠和义，才逃过了世俗的毒药和嫉恨。

读完《水浒传》，我甚至觉得，这部作品正面歌颂水泊梁山，而暗地里讽刺这些人愚蠢的忠义精神，让他们不得好死，难道不正是作者要告诉大家的道理吗？

我们把书做好　等待您来发现

来这里找到我们

读库微信

读库天猫店

读库微博：@读库
读库官网：www.duku.cn
投稿邮箱：666@duku.cn
客服邮箱：315@duku.cn

图书在版编目（CIP）数据

读库. 1905 / 张立宪主编. -- 北京 : 新星出版社, 2019.11

ISBN 978-7-5133-3784-7

Ⅰ. ①读… Ⅱ. ①张… Ⅲ. ①中国文学－当代文学－作品综合集

Ⅳ. ①I217.61

中国版本图书馆CIP数据核字(2019)第226923号

读库1905

主　　编：张立宪
责任编辑：汪　欣
责任印制：韦　舰

出版发行：新星出版社
出 版 人：马汝军
社　　址：北京市西城区车公庄大街丙3号楼　100044
网　　址：www.newstarpress.com
电　　话：010-88310888
传　　真：010-65270449
法律顾问：北京市岳成律师事务所
经销电话：010-57268861
官方网站：www.duku.cn
邮购地址：北京市海淀区万寿路邮局67号信箱　100036
印　　刷：北京雅昌艺术印刷有限公司
开　　本：770mm × 1092mm　1 / 32
印　　张：11
字　　数：220千字
版　　次：2019年11月第一版　2019年11月第一次印刷
书　　号：ISBN 978-7-5133-3784-7
定　　价：42.00元

版权专有，侵权必究；如有质量问题，请与读库联系调换。客服邮箱：315@duku.cn